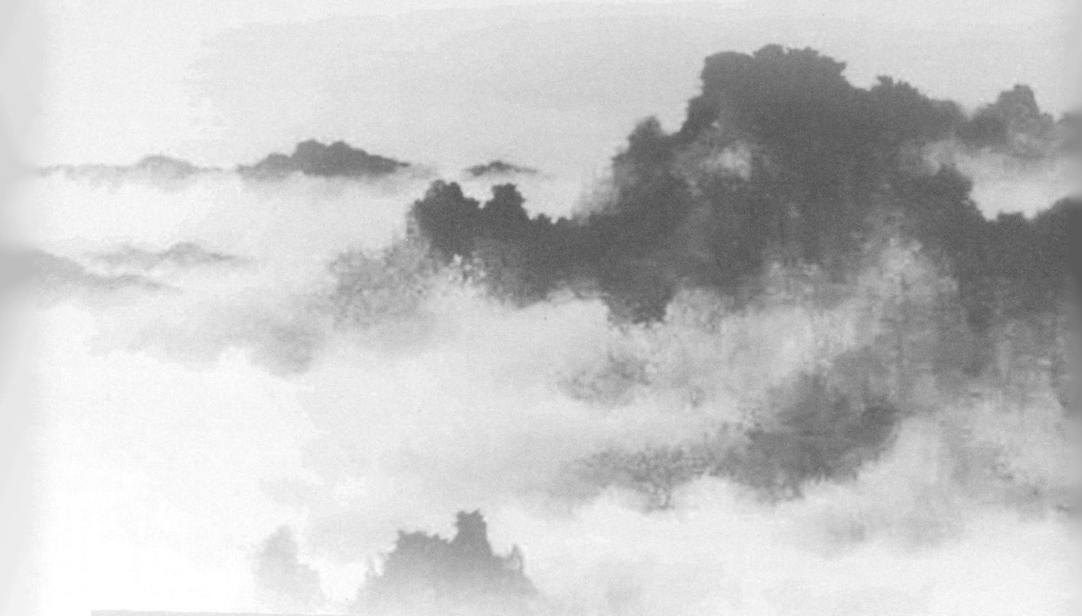

上官鼎與武俠小說

在武俠小說發展過程中，家人同心，戮力於武俠創作的拍檔，頗不乏其人，父子後先創作的，有柳殘陽及其父親單于紅；兄弟檔的有蕭逸、古如風及上官鼎，可以說都是武壇佳話。相較於柳氏父子、蕭家兄弟的各別創作，上官鼎兄弟三人合力共創同部作品，而又能水乳交融、難以釐劃的例子，則是迄今武壇上相當罕見的。

三兄弟協力，鼎取三足之意

上官鼎之名，為兆藜、兆玄、兆凱三兄弟協力共創小說的筆名，鼎取三足之意，大凡故事劇情、人物設定、重要情節，皆三兄弟於課餘閒暇商量討論而定，然後各負責其中章節，大抵兆玄擅於思想、結構，兆藜長於寫男女情感交流，兆凱則優於武打橋段，各有所長。

從少年英豪到調和鼎鼐

上官鼎之名，「上官」複姓源自於武俠說部無論是作者或書中角色刻意「華古」的傳統；「鼎」字則取「三足鼎立」之意，暗示作品實由劉家三兄弟協力完成的。劉家三兄弟，主其事者為排行第五的劉兆玄。

劉兆玄和大多數的武俠作家一樣，
他喜愛武俠文學，
也投入武俠創作的行列，
或者，他只是將武俠視為他的「少年英雄夢」，
而成長之後，還有更重要的夢想該去達成。
上官鼎的「鼎」，尚有「調和鼎鼐」的功能，
與他之後所擔任的職務，或可密合無間了。

林保淳

上官鼎
武俠經典復刻版14

俠骨關

（二）

東海俠踪

上官鼎 著

俠骨關(三)

東海俠蹤

目錄

卅一　蘭舟毒酒

那黑巾人跑著跑著，竟往秦淮河畔而去，白鐵軍緊跟在後，漸漸地距離又告拉遠，那黑巾人狂奔不已，白鐵軍喟然止步，才一瞬間，便消失在黑暗中。

白鐵軍忖道：「世間輕功能練到這地步，真是不可思議的了，這人掌勁怪異，力道沉雄，絕不弱於我半分，到底是何許人，難怪老四不是對手了。」轉念又想道：「這人如果在金陵作案不止，說不得只好和他周旋到底，唉！如果我那左老弟在的話，說不定能追上他。」

他一生之中面臨大敵何止千萬，此時敵人實在太強，竟有勢單之感，但他天性豪邁，這念頭只有一瞬，邁著大步，又充滿信心忖道：「只要姓伍的不離開金陵，任他也不能橫行。」

正沉思間，忽然耳畔絲竹聲起，他適才忙於追敵，此番才發現秦淮河上燈火如炬，正當熱鬧的時候。

白鐵軍心中一動：「我要不要去瞧一瞧蘭姑娘？」

他想到此，那蘭姑娘的輕憂薄愁、纖弱惹人憐愛的倩影又浮了起來，一時之間，一種強烈的激動，他心中喃喃地道：「只要心善人好，出身平庸又打什麼緊了？唉，母親一定是天下少有的好女子，不然爹爹怎肯不顧一切要娶她，但世人之見，便連祖父這等大俠也勘不破。唉，人間為什麼如此煩惱？」

他漫步走著，腳步走向河旁，忽然背後有人叫道：「董公子！董公子！」

白鐵軍回頭一看，正是蘭姑娘船上的小女孩，白鐵軍心中一喜。

那小女孩笑道：「咱們姑娘想公子想得緊，快去看蘭姑娘！」

白鐵軍臉一紅道：「我正是來看蘭姑娘！」

正說話間，忽聽河中嘩啦啦一陣搖槳之聲，一艘小船靠岸泊住，白鐵軍目力極強，當下心中大喜，但卻囁嚅不知該如何上前招呼，他生平豪爽，但知大碗喝烈酒，高談闊論，此時心中竟有侷促不安之感。

小船靠岸，一個白衣女子姍然上了岸，那小女孩喜叫道：「蘭姑娘，董公子來瞧妳啦！」

那白衣女子一抬頭，只見白鐵軍神色略略遲疑，她心中歡喜，掩不住笑生雙靨，露出兩個深深的酒渦，白鐵軍不由看得癡了。

白衣女子道：「難得公子大駕光臨，小萍，快備酒宴，董公子，到船上去談談可好？」

白鐵軍囁嚅地道：「在下不敢打擾姑娘！」

蘭姑娘嫣然一笑道：「公子怎講這話？來，快上船，我划你到大艇中去！」

她心中愉快，再無上次那種憂愁之色，月光下更增幾分嫵媚，白鐵軍行走天下，從來沒有顧忌過任何人，此刻竟是小心翼翼，生怕失態被她笑話，這粗壯高大的漢子沉默凝重起來，令人更有幾分敬畏之感！

兩人上了小艇，這時明月當天，秦淮河水光粼粼，那絃歌延綿，彷彿從天上來，無邊無涯，白鐵軍幼時生長在僻涼山野，行走江湖但爲別人的事忙，何曾經過這等豪華風流？當下雖未飲酒，竟覺微醉，那蘭姑娘身上陣陣香氣隨風襲鼻，好聞之極，白鐵軍嗅著嗅著，竟不知是人間還是天上。

那小船緩緩在河中划行，槳聲蕩漾，兩人默然相對，白鐵軍抬眼一看，蘭姑娘笑容未減，似乎喜之不勝。

白鐵軍膽子一壯，笑道：「人言秦淮河風光綺麗無限，今日才得一見，果是名不虛傳！」

蘭姑娘抿嘴一笑道：「公子別著急，待會兒還有真正好看的哩！」

白鐵軍訕訕道：「小人真是眼福不淺了！」

蘭姑娘道：「待會兒午時一過，便是煙花競賽，金陵好玩的公子爺們，莫不巧盡心思，要出奇制勝，那才叫美不勝收哩。」

白鐵軍心中暗道：「天下將有大亂，這江南粉飾太平，哪有一絲戰鬥氣氛？」

但他不願破壞這溫柔局面，連忙把這種思想拋開，那小船行了一會兒靠上了大船，大船上放下木梯，兩人先後登上大艇。

蘭姑娘引著白鐵軍走上花廳，廳中華燈如炬，照得有若白晝，蘭姑娘微微一笑，轉動燈扭，漸漸地燈光愈來愈是柔和，花廳中一片碧影，四周花草林立，新蘭吐蕊，香郁不絕。

蘭姑娘招呼擺酒，這時花廳中只有他兩人，蘭姑娘半晌道：「董公子別來可好？」

白鐵軍笑了笑道：「多謝姑娘關懷，小人體健如牛，成日無所事事，說不上好與不好。」

蘭姑娘道：「公子印堂發紅，行將揚名天下，他日公子得意，相煩前來，以證賤妾相人之術如何？」

白鐵軍笑道：「姑娘過獎，小人一個莽夫何能揚名天下？」

蘭姑娘低眸瞧了白鐵軍數眼，白鐵軍只覺她臉上黯然，想要逗她歡喜，卻不知從何說起是好！

白鐵軍想道：「妳……妳……不用麻煩了！」

他想想這話並不得體，便住口未說，蘭姑娘捧出琵琶，調了數下弦，彈了起來。

這時河上絃樂愈來愈頻，夜風襲襲，白鐵軍鼻端盡是香氣，船上的夜蘭花怒放了。

這蘭芳是秦淮河上第一歌伎，那船中佈置極是華麗，她天性雅緻，這廳中也是蘭心巧思，每一件物事都放得恰到好處，令人看起來說不出的舒服。

白鐵軍和蘭芳姑娘對坐廳中，水波徐徐，拍拍擊在船弦，白鐵軍這一生風塵僕僕，奔走往返，何曾領略過這種靜緻之雅，他是天性的豪傑，竟覺這場合十分不習慣，抬起頭來，只見蘭芳款款凝思，心中一些不耐，早就化爲輕煙。

默默相對一刻，酒宴已經開上，蘭芳語道：「咱們這裡也沒有什麼山珍海味，公子便將就用點吧！」

白鐵軍見滿桌酒菜細點，不但色香俱佳，便是杯盤器皿都是考究已極，他心中暗暗忖道：「我哪裡還像一個叫化頭兒！」

想到此處，不覺啞然失笑。

蘭芳已將酒斟滿，嫣然一笑道：「公子賞光蒞臨，賤妾敬公子一杯！」

白鐵軍忙道：「哪裡！哪裡！」

但想想這話答得不甚得體，微窘之下，一口乾了，只覺那酒香洌無比，醇醇然似乎是數十年佳釀，他乃是大碗喝酒的行家，這一嘗之下，只覺此酒雖佳，但溫溫然總是不夠味道，轉念忖道：「娘兒們正該喝些紹興酒，怎能和咱們叫化子比呢？」

蘭芳喝了半杯，笑笑道：「公子別來無恙，氣神更見沉穩，唉！當年董爺如有公子這等豪氣，怎會造成悲劇。」

她想到昔時主母遭遇之慘，不禁黯然。

白鐵軍聽她提到先人，也是淒然。

蘭芳道：「賤妾真是該死，又惹公子不樂，該罰！該罰。」

她舉起半杯酒飲盡，又勸白鐵軍飲了幾杯，白鐵軍是每杯必乾，酒入肚中，便如石沉大海，臉上顏色絲毫不變。

蘭芳道：「酒多傷身，公子請用茶。」

白鐵軍食量極佳，他這時漸漸習慣，不再拘束，放懷大吃，蘭芳微笑凝注，心中又是羨慕又是歡喜，吃到中夜，已是杯盤狼藉。

蘭芳忍不住問道：「公子此來金陵，可還有幾日逗留？」

白鐵軍一怔道：「那也沒有一定。」

蘭芳黯然，半晌道：「公子如果有暇，賤妾陪公子去棲霞山去。」

白鐵軍心中極是願意，想了想道：「小人久慕江南風光，正該遊覽。」

蘭芳道：「賤妾陪公子去探看山上令堂的衣冠塚如何？」

白鐵軍道：「什麼？」

蘭芳道：「唉，主母葬身漠北，離此地何止萬里，關山遙遙，我一個弱女子怎能再去？賤妾追念主母，便將主母平日衣物葬在棲霞山嶺，賤妾懷念主母，這便前去探望。」

白鐵軍好生感激，一時間半句話也說不出來，呆呆望著手中酒杯，心中發痛，那酒杯卻在暗暗的燈前，放出明亮的光芒。

蘭芳道：「這酒杯是漠北夜光杯，聽說價值連城，千秋萬世仍是光芒依舊，但主母呢？公子，人生苦短，須得及時行樂，來，賤妾唱個曲兒給公子解悶。」

白鐵軍見她酒後臉上紅暈，眼神發慵，心中一動，但轉念暗自忖道：「我白鐵軍堂堂大丈夫，豈能欺暗室弱女。」

只覺此間再不能多留，正沉思間，蘭芳站起身來，取下壁上琵琶，調弄幾下，幽幽唱了起來：

「人世間慵慵擾擾，認真是神傷！
長門女子總薄倖，怎奈思量。
勸君更進一杯酒，此去何方，此去何方？」

聲音淒傷絕倫，那琵琶聲已息，歌聲猶自飄盪河上，白鐵軍聽著聽著，不由英雄氣短，大起憐惜之心，不忍立時便去了。

白鐵軍道：「姑娘此言差矣！人間事正該由人去管，整日間憂愁不展，那濟得什麼事？」
蘭芳神色一整道：「公子是英雄，自應有胸懷，請寬恕賤妾失言。」
白鐵軍又道：「長門女子豈皆薄倖？家……家母不是……不是……」
蘭芳幽幽地道：「主母是聖人，便和菩薩一樣情操，豈能以常人論之？」
白鐵軍正要勸說，忽然門簾一掀，那侍候蘭芳的小姑娘進來道：「楊公子要見姑娘！」
蘭芳道：「告訴他，姑娘今日不見外人！」
那小姑娘向白鐵軍瞟了幾眼，口中答諾，笑吟吟地走了。
白鐵軍道：「夜已深沉，小可亦該告辭！」
蘭芳默默瞧了他一眼，雖是一言未語，但月光中卻充滿了渴望之情，白鐵軍雖是粗邁，但也理會得了，當下心中尷尬，走也不好，不走更是不好，茫然坐下。
蘭芳見他坐下，精神一振，微笑搭訕道：「這姓楊的不知是何路數，當真富可敵國，這夜光杯便是他送的。」
白鐵軍哦了一聲。
蘭芳道：「公子雅人，這長夜漫漫，咱們對奕一局如何？賤妾記得當年董爺最善圍棋，令堂棋力亦佳，往往一坐便是終夜……」
她說到此，忽然想到話中語病，臉一紅說不下去。
白鐵軍心道：「她這是留客了，我欲一走而去，無奈心中不忍，白鐵軍啊白鐵軍，你昔日豪氣何在？」

他生平最不喜這種棋琴書畫，以為此乃雕蟲小技，男兒自當學萬人敵，救國救民，那還有時間涉足於此？但見蘭芳放好棋盤，只有坐下再說。

圍棋一道首重悟性，白鐵軍確是不善此道，但他悟性本高，規則也懂，出子又快又疾，根本甚少思索，那蘭芳見他下子雖是破綻處處，但著意遠大，隱約之間大開大闔之氣勢呼之欲出。

下到分際，蘭芳連佈數陷，白鐵軍漸漸不利，正在緊要關頭，驀然白鐵軍一推棋盤，大聲喝道：「奸賊，竟敢暗算大爺，妳……妳……」

他話未說完，一個踉蹌跌坐地下，全身發抖。

蘭芳大驚失色，上前扶持，白鐵軍揮手一擊，拍的一聲正中蘭芳面門，登時五個深紅指印現了出來，蘭芳倒退三步，跌倒壁前，虧得白鐵軍此時功力全失，不然這一掌蘭芳豈還有命在？

蘭芳見白鐵軍臉上黑氣直升，全身顫抖，她也顧不得痛，當下又要上前去扶，忽然廳門一開，一個人影如鬼魅般閃了進來，冷冷打量白鐵軍道：「姓白的，向女子婦人發威算得什麼好漢？」

白鐵軍運功止毒，不能發語。

蘭芳大驚叫道：「楊公子！是你？」

那楊公子冷冷地道：「這小子命在旦夕，蘭姑娘，妳好好替他安排後事吧！」

白鐵軍運氣數周，但那毒素依舊上竄，半點止遏不住，當下心中一陣慘然：「今日死在楊群手中，真是蒼天有意絕我丐幫了。」

原來那姓楊的正是楊群，他一步步走近白鐵軍，目光中一片殺機，對白鐵軍道：「世上既有姓楊的，便容你不得，哈哈……蘭芳，多謝妳安排的連環巧計。」

白鐵軍知難逃此危，當下也不再運功，高聲喝道：「想不到閣下是這等小人，唉，人心難測，姓白的認栽了，你快快下手吧！」

他說到後來，竟是嘆息蘭芳心險若斯，語氣中全是絕望之意，那蘭芳心中一慘，咬牙道：「董公子，蘭芳死給你看。」當下飛快一頭撞向牆去。

正在這時，忽然青影一閃，一個人影疾如閃電直衝進來。

那身形實在太快，凌空連走數步，硬生生將蘭芳後襟拉住，雖是如此，但畢竟慢了半步，蘭芳一頭已撞在牆上，砰的一聲鮮血直流，昏倒地下。

只見來人年逾古稀，但衣著適身，青袍飄飄，瀟灑無比，白鐵軍心中忖道：「世上還有這樣快身法，師父能不能辦到？」

那老者冷冷打量楊群道：「你去告訴魏定國，是好漢的何必藏頭藏尾，這下毒伎倆更是下作，要想到中原來撒野，只怕還沒有如此便當！」

他抬頭言道，根本未將楊群放在眼內。

楊群心念一轉，他雖是個自負極高的少年，但一時之間也被來人氣勢壓懾，半晌道：「家師日夜禱告老前輩長命百歲！」

那青袍老者道：「快給老夫滾，老夫豈能和你一個小輩動手？」

白鐵軍只道楊群定然暴怒，他熟知此人功力，只怕此人突然發難，那老者難以應付，正要發言警告，但萬萬料想不到，不可一世的楊群竟如鬥敗公雞一般，一言不發而去。

那老者嘆息一下，走到蘭芳面前，伸手凌空數點，啪啪數聲，點中蘭芳背上脈道，那血登時流得緩了，過了片時，血流停了。

白鐵軍大吃一驚，他心中忖道：「以氣化劍，這人難道是神仙不成？」

那老者從懷中取出數枚丹丸，走到白鐵軍身前，凝目注視白鐵軍，目光愈來愈是柔和，親切無比。

白鐵軍一生之中，師父待他極好，但師徒切磋武藝，便如良朋一般，那好友錢冰雖是意氣相投，但也從無如此關切之情，一時之間，白鐵軍胸頭一熱，才叫一聲：「老前輩，您……您……」

這時，他只覺那毒酒上升，再也支持不住，昏了過去。

過了良久，悠悠醒來，只覺齒間清香猶存，背上大脈一陣渾厚真氣緩緩輸入體內，舒適已極，卻是不能發聲。

又過了半盞茶時間，那股真氣愈來愈是淳厚，白鐵軍只覺全身真氣暴漲直欲裂體而出，他是武學大行家，當下心中忖道：「這老者以本身真功力助我加強真力，這……這……真是萬載難逢的奇緣，世上能強過我本身真力，能導我真氣入竅的有幾人？他是誰？爲什麼對我這等好法？」

思索之間，不禁運氣不純，耳畔只聞一個沉著的聲音道：「不要胡思亂想！」

白鐵軍連忙屏息運氣，又過良久，全身真氣歸竅，略一運氣，竟是渾渾自如，意到氣至，他心中狂喜忖道：「我……我……已到『萬流歸宗』的地步，這……這……不是我日夜夢寐以求的境界麼？」

只覺背後真氣漸漸移去，回頭一瞧，那青袍老者含笑望著他，一臉嘉許之色。

白鐵軍翻身便拜道：「多謝前輩成全，請教前輩尊姓？大恩大德，小子再不敢忘。」

那老者笑笑道：「孩子，你內功很不錯呀！魏若歸有徒如此，真是老懷大快了！」

白鐵軍道：「前輩認識家師？」

那老者道：「南魏百陽真氣，是天下武林一絕，老夫雖未見其人，但他徒弟如此，想來當真了不起！」

他雖是輕描淡寫幾句話，但白鐵軍聽起來卻有無比份量，當下只覺那老者可親已極，心中的話再也不能隱藏，衝口道：「晚輩對於家師神功雖只窺其門徑，但心中卻知便是家師功力，只怕也不及前輩。」

那老者哈哈一笑道：「如果你只窺其門徑，那老夫萬萬不信，哈哈！天下武功殊途同歸，魏若歸的奇門武學大異常理，但也修成如此可敬功夫，真是難得！」

白鐵軍道：「小可一時大意，中了奸人之計，卻連累前輩消耗真氣療毒，真是過意不去，前輩若有差遣，萬死不辭！」

那老者點點頭道：「好一個萬死不辭，你這孩子誠摯無倫，異日必是領袖群倫的人物，真是將門之子，哈哈！」

白鐵軍望望地下倒著的蘭芳，只見她前額創口極大，心中又是憐惜又是懊悔，心中道：「是我害了這姑娘，白鐵軍啊白鐵軍，你糊塗如此，受了別人暗算，怎能把一口怨氣發洩在這善良姑娘身上？真是禽獸不如了。」

當下對那老者道：「晚輩還有一個不情之請。」

那老者見他目光凝注那地上姑娘，大是憐惜關切，當下淡淡地道：「你要老夫治那姑娘麼？」

白鐵軍點點頭。

那老者道：「你放心，這姑娘死不了！」

白鐵軍欲言又止。最後忍不住道：「前輩靈藥，請賞這姑娘數枚，她創口極深，如果經風，只怕難以痊癒。」

那老者哼了聲道：「你知那丹藥是什麼？」

白鐵軍道：「小人也知道這丹丸非同小可，但……但萬望望前輩賞賜一枚也好！」

那老者忽然目放奇光，望著白鐵軍道：「這是少林大檀丹，你知道麼？」

白鐵軍心中一震，要知這少林大檀丹是武林至寶，聞得便是少林寺中，此丹也僅存了數枚，當下不敢再出言相求，心中對這老者更是感恩深沉，當下走到蘭芳身畔，將蘭芳扶起，抱到內室安好，又替她推拿一番，見她脈息漸粗，心中這才放下。

那青袍老者待他走出，沉聲道：「孩子，你與這姑娘是什麼關係？」

白鐵軍道：「萍水相逢，又有什麼關係？」

那老者喜道：「此言當真？」

白鐵軍點點頭。

那老者又道：「少年人風流雅興，走馬章台原非不可，但如沉溺於此，那便大大不該，如果認真起來，那更是自討苦吃，身敗名裂。」

接著那老者又數說一頓，告誡白鐵軍不可如此，白鐵軍唯唯諾諾。

那老者又道：「青樓女子豈可留戀，大丈夫迷於歡場，有什麼好下場，孩子，你要切記。」

白鐵軍雖對這老者敬愛無比，但聽他此言，心中不以為意，他性子直爽，馬上形之於色。

那老者冷然道：「孩子，你不服氣是不是？」

白鐵軍道：「前輩之言雖是不錯，但也未必一言而盡，像這位姑娘，身世可憐，非若前輩所說但知惑人蕩家。」

那老者不耐道：「老夫比你大了幾倍，難道講的話還不能算數？」

白鐵軍婉轉道：「人之好壞，但求諸心，身雖富貴榮華，心卻卑劣如蠍，那不過是衣冠禽獸，再則……」

那青袍老者怒聲截斷他道：「老夫說青樓女子不好便是不好，哪有這許多歪理？看來你迷溺已深，不可救藥。」

白鐵軍昂然道：「大丈夫受人滴水之恩當泉湧相報，前輩您說是不是！」

那老者神色大是緊張道：「你受她什麼恩惠，多與她些錢財，替她謀一良人託付終身也便罷了，你若無錢，老夫助你一臂，十萬八萬都不成問題。」

白鐵軍道：「錢是身外之物，又豈是萬能？」

那老者怒道：「那麼你是有意娶這姑娘了？」

白鐵軍一怔，他雖對蘭芳有傾慕之心，但哪裡會想到這麼多，思索良久道：「這姑娘天生冰潔麗質，怎能看上區區一個武夫？」

老者大怒破口大罵道：「真是下流胚子！下流胚子！」

白鐵軍默然。

那老者忽然柔聲道：「孩子，你的性命是我所救是不是！」

白鐵軍點頭，老者又道：「你說過老夫但有差遣，萬死不辭是不是？」

白鐵軍又點點頭。

老者道：「那麼，你便聽老夫一句話，離開這姑娘，永遠不要見她，老夫包管替她安排妥貼，要她享一輩子福。」

白鐵軍不語。

那老者柔聲道：「老夫生平未求過人，這便算求你如何？」

白鐵軍定了定神，侃侃道：「前輩要小人死，小人也不敢辭，但要小人棄這姑娘不顧，卻是萬萬不能！」

那老人瞪著看他，只見白鐵軍臉色慘白，額上汗珠沁沁而出，知他心中極端難處，這句話是下了天大決心，當下心中暗暗嘆息忖道：「董家的孩子，正該如此，富貴貧賤不移不變。」

但想到昔日自己固執，造成一幕悲劇，這悲劇不能再任其延續，心中登時憮然無奈，對白鐵軍又看了數眼，嘆息道：「孩子，你年紀太輕，等到後悔時，只怕已是太遲了，一個人一生不能走錯一步，走錯了再回頭，那真是大大的困難！」

白鐵軍昂然道：「爲義而前，萬無反顧！」

那老者再不多說，一揮手大步而去，才一出門，忽回身拋來一物道：「這包中尚有三粒大檀丸，你行走江湖只怕有用，老夫便送給你。」

白鐵軍一怔道：「這大檀丸前輩珍藏，小人豈敢拜領？」

老者哈哈一笑道：「天下豈有人能傷得我！」

大袖一揮，身形凌空而起，一起一伏之間，已飛躍岸上走了。

白鐵軍呆呆出了一會神，他心情激動，便如打了一場大仗，汗流浹背，衣衫都濕透了，想到這老者行徑，如神龍不見首尾，又不知對自己爲何如此好，直到老者身形消失在黑暗之中，心中仍悵然若失！

白鐵軍心中喃喃道：「佛說眾生皆是平等，眾生猶且如此，又何況人呢，我一定要善待這姑娘。」

想到此，連忙奔回內室，只見蘭芳睜著秀目，目中淚光閃爍，癡癡瞧著他，那目光真叫人心碎了，白鐵軍強抑情思，打開紙包，取出一粒大檀丸便給蘭芳服用，蘭芳卻死也不肯。

蘭芳泣聲道：「公子，我都聽見了！」

白鐵軍聽她不再「賤妾」的稱她自己，心中一喜，當下點了她穴點令她服了大檀丸。

蘭芳只是流淚，半晌才道：「公子，人之相知，貴在知心，蘭芳只聽公子那一句話，死有何憾？」

白鐵軍柔聲安慰，蘭芳新傷之後，又得傾心安慰，心下一放，倒在白鐵軍懷中，漸漸地睡去了。

白鐵軍撫著她如絲秀髮，心念起伏不已，望望她額間傷口忖道：「這傷口好了，只怕要留下痕跡，唉，這樣也好，我脾氣粗暴，但只要看到這傷痕，便會好好憐惜她。」

當下便在船中照顧蘭芳傷勢，那大檀丸何等靈效，過了數日蘭芳大好，她得人愛憐，不再自輕自卑，整日溫柔伴在白鐵軍身旁，細心體貼。

白鐵軍一生之中何曾享受過這等溫柔，不覺又逗留了幾天，這日見蘭芳傷口痊癒，便對蘭芳道：「我還有要事辦，妳先住在我一個朋友家裡，待我事了，再來瞧妳。」

蘭芳含淚應了，白鐵軍便將她接出秦淮河。

蘭芳瞧著那繁華河畔，是自己出生的地方，如今得君子垂愛，從此再無人敢輕視，心中又是歡喜，又是惶恐，生怕自己失態以貽心中人之鄙。

白鐵軍將蘭芳安置在金陵鏢局孫總鏢頭家中，此人曾受白鐵軍深恩，自是竭誠歡迎。

白鐵軍懷著欣喜心情，又大步踏上征程，他飄泊江湖，這時心有所定，更是意氣煥發，他在秦淮河畔逗留半月，竟會感到依依不捨，也虧得這一逗留，改變了好友左冰的命運。

卅二　奇蟒怪客

且說在左冰和李百超站在洞內，只聽那足步之聲越來越近，兩人心中都緊張異常，忽然遠處傳來一聲尖嘯之聲。

李百超和左冰對望了一眼，忽然之間那足步之聲停住了，左冰輕聲道：「這嘯聲是什麼人所發？」

李百超搖了搖頭。

忽然那足步之聲漸漸向外一直行去，不消片刻便再也沒有聲音，顯然是離遠了。

左冰疑惑地問道：「這……這是怎麼回事？」

李百超搖了搖首，一臉沉思之色。

左冰又問道：「這谷中可還有其他人在麼？」

李百超搖首道：「這個老朽並不十分明白，只因這谷底甚是廣闊，老朽平時極少走動，谷邊一帶根本就未去過。」

左冰啊了一聲，兩人心中雖是疑惑不解，但到底一時解除了危機。

李百超雙眉緊皺道：「這谷深數十丈，四下峭壁尖聳，若是進了這谷，想要出去可是大大不易，非得要有二個人以上不可！」

左冰啊了一聲，李百超接著道：「在靠谷南，有一處短小的石壁，高僅二十丈上下，如果有一個同伴在谷上放下長繩，勉強可以出進，那卓姑娘便是如此，只是，谷內的人若想要出去，那是萬萬不可能的了。」

左冰道：「如此看來，那兇手至少是兩個人一起行動了。」

李百超頷首不語，緩緩拿出那一冊岳家散手及霸拳的武學秘笈遞給左冰，道：「左老弟，老夫心情此刻混亂已極，但想找一處靜坐思想，你無事不妨翻翻這書吧。」

左冰黯然點首，望著李百超蹌踉走入洞內，他想了一想，不再留在洞口，一路順著谷中走去，走累便坐下來翻開那一本武學秘笈。

左冰是抱著隨手翻翻的心情，但見那岳家散手都是擒拿小打的功夫，但高妙之處，簡直匪夷所思，秘笈上圖形說明極為詳盡，左冰忍不住跟著練了好幾式，他悟性甚高，這樣過了兩天功夫，的確學了不少，只是他沒有練習招式的經驗，那招式每一下都記熟了，卻不知何處何時當用。

這一天左冰想起李百超，再者自己這兩天只吃了些野生果實，便緩步走回，卻見洞外東一堆、西一堆石塊，不知何時李百超已佈了大陣。

左冰想了一想，開口喚了兩聲，卻不見回答，他心想大約是李百超正在苦思什麼事情，自己一時也不急於打擾，便又信步而行。

這時天色漸黑，左冰走得累了，便找一塊乾淨的草地躺了下來，他仰望著紫雲密佈的天空，心中默默地付道：「不該死的時候，怎麼樣也死不了，這條命算是揀回來了。」

天空一隻孤鳥飛過，他想道：「下一步的問題是，何年何日我才能出得了這個絕谷，也不知道爹爹現在怎樣了？」

他想到這裡，不覺又有些悲從中來，想到孩提時代的種種趣事，雖然已是十多年前的往事，但是此刻想來卻是歷歷如在目前，不知不覺間，左冰的眼角不禁濕了。

這些日子來的經歷，使左冰堅強了不少，他想了一會，便舉袖擦乾了淚水，暗暗想道：「路總是人走出來的，老天爺既不叫我死，我總有出去的一天，我終能再見爹爹一面的。」

他伸了一個懶腰，緩緩站了起來，拍了拍身上的灰塵，便向那一片原始的林子走去。

林子中已經黑得伸手不見五指，左冰走在厚厚的樹葉上，發出沙沙的聲音，他仰首看上去，高聳入雲的大樹一棵棵矗立，彷彿這個世界中只剩下了左冰渺小的一人，他緩緩走著，漸漸月光已經上來了。

忽然，他的腳步停住了，他輕叫了一聲倒退一步，只見一棵合圍的大樹上倒掛著一條黑黑長長的帶形怪物，左冰暗駭道：「蛇！」

但是立刻他發現那是一條死蛇，他凝目仔細望去，只見一條丈餘長的大蛇倒掛在樹上，只有尾巴還捲在樹枝上，碗大的蛇首部分卻被一枝細如小指粗的枯枝釘在樹幹之上。

左冰大吃一驚，這蛇頸至少有茶碗粗細，更加皮厚鱗堅，竟被一根這麼細的枯枝釘在樹幹之上，如果這一截枯枝是人爲的，那麼這人的武功簡直不可思議。

他緩緩走近一些細看，只見除了那枯枝外，蛇的身上別無傷痕，分明是被人用一截枯枝當做暗器釘死的，他全身汗毛登時倒豎起來，暗暗忖道：「難道這絕谷中還有絕頂的武林高手居於其中？會是那兇手麼？」

他悄悄在四面搜查了一番，除了這條死蛇，什麼都沒有發現，他懷著滿腹的不解與恐懼之心，悄悄離開這裡，繼續前行。

走了一程，左冰把四下情況分析了一下，想道：「這附近有一個絕頂高手是一定的了，只是不知碰上我時會是敵是友……」

想到這裡，他不禁想回頭走，但是畢竟壓不住心中的好奇心，於是他依然戰戰兢兢地向前走。

又走了一程，忽然之間，他聽到一種古怪的噓噓之聲，左冰前後左右望了一望，卻是沒有什麼動靜，他正待繼續前行，忽然那噓噓之聲從他身後清晰地傳來，左冰猛一轉身，只見兩點碧綠的寒光正急速地向他追來。

左冰心中一陣緊張，伸手一抓，「喀嚓」一聲抓了一截樹幹在手中，只見那兩點綠光漸近，月光下依稀可辨出竟是一條長近三丈的巨蟒急速向著他游來，從形狀和色澤看，顯然與方才釘死樹上那條大蛇是一窩的。

左冰暗暗吸了一口氣，只覺腥風撲鼻，那巨蟒游到一丈之外，忽然停下身來，昂起首來對著左冰不斷吐信噓氣，那模樣可怖之極。

左冰心想人畏蛇三分，蛇畏人七分，我裝著不理牠，也許牠也不動。

他緩緩把橫於胸前的樹幹放下，正待回首，忽然一陣腥風吹來，那巨蟒動作居然比脫弦之矢還要疾速地向著左冰射來。

左冰向左猛然一閃，那巨蟒如旋風般一個扭身，尾巴如一條巨鞭掃過來，轟的一聲，正掃在一棵碗口粗細的杉樹幹上，嘩然一聲，那棵杉樹竟然被牠一尾掃斷。

左冰又驚又駭，他向著樹木濃密之處沒命奔去，只聽到耳後呼呼風起，轟轟然枝折樹倒之聲不絕於耳，那巨蟒全身竟如精鐵打造，那些樹木擋者披靡。

急忙之中，左冰回首向後一望，只見那蛇首已到了他背後不及八尺之遙……

左冰一急之下，猛可一縱而起，這時他自己在緊張之間絲毫不覺，但若讓另一個武林中人看到了，馬上令他口呆目眩不敢相信，只因左冰這時沒命一縱，竟然縱起將近五丈，那姿勢和速度足以令天下任何武林大師嘆為觀止。

豈料那條巨蟒一聲怪嘯，尾部點地，整條笨大的軀體像一支箭一般射向空中，竟然直追左冰足跟。

左冰升勢已盡，只好儘量向左落去，那蟒蛇似已通靈，身在空中一盤一絞，尾巴劃圓地橫掃出去。

左冰此時已把生死置之度外，頭腦反而冷靜無比，潛在體內那不可思議的輕功發揮到極致，只見他身體彷彿在忽然之間失去了重量，輕靈無比地沿著那蛇尾尖端外緣一尺之遙跟著也劃了一個圈，堪堪把那橫掃一記巧妙無比地躲過。

他身在空中，抓住一枝樹枝，一弓一彈，已落在三丈之外。

那巨蟒一落地面，緊跟而上，左冰舉起手中樹枝，對準那巨蟒左目，準備一擲而出。

就在此時，忽然一聲陰沉無比的吼聲發自左方：「住手！」

左冰駭然一怔，只見一個滿臉虯髯的大漢盤膝坐在左方地上，那巨蟒似也發現此人，奇的是那兇猛無比的巨蟒竟是忽然之間停了下來，盤成一圈昂首對著那人怪嘘，不敢前進一步。

那人盤膝坐在地上，一動也不動，雙目牢牢盯視那巨蟒，滿臉凝重之色，那巨蟒蜷縮一圈，只是不斷吐信，似乎對這人十分畏懼。

那人雙手各持一截短樹枝，腳旁地下還有一大堆，他雙目盯著巨蟒，口中卻對左冰道：「小子你好俊的輕功。」

左冰覺得這人所說的話口音十分古怪，倒像是個外國夷人學說中原語言的樣子，當時他也不暇細想，叫道：「這巨蟒絕非常蛇，好生厲害。」

那人冷笑了一聲道：「常蛇？嘿嘿，憑老夫的武功和牠相鬥已有十年，依然制服不了牠，這長蟲的厲害絕不在任何武林高手之下。」

那巨蟒方才那麼兇猛，橫衝直撞無堅不摧，這時對著這虯髯漢子手持一截枯枝，竟是不敢越雷池半步，左冰看了不禁暗暗稱奇。

那虯髯漢子與巨蟒相持了一會，左冰忍不住問道：「前面那條較小的蟒蛇可是閣下所殺？」

那人哈哈一笑道：「那條畜生比起這條來不可同日而語。」

左冰見他既不逃走，又不攻擊，只是與那巨蟒四目相對，不禁十分納悶，過了一會問道：

「咱們如何想個法子殺了這蛇？」

那人哼了一聲道：「談何容易！這畜生除了七寸之下有一寸軟肉外，全身有如百練精鋼，用削鐵的寶刀也休想砍動牠分毫。」

左冰緩緩放下手來，疑惑地望著那人道：「然則我們該如何下手？」

那人道：「等到天亮，這畜生自然會走了。」

左冰道：「牠此刻爲何不動？」

那人不答，只一彈手，右手上那一截枯枝忽然發出嗚的一聲怪呼，宛如流星閃電一般直射向那蟒目，那蟒首忽的一低，啪的一聲，一截枯枝正中蟒蛇頭頂，一跳而起，釘在樹幹之上，直沒於尾，深入五寸！

左冰幾乎驚叫起來，一截枯枝被他一彈指之力送出，居然威力如此，這虯髯漢子指上神功簡直難以置信了。

那巨蟒受了一擊，只是怒目相視，怪嘘連連，卻是依然盤蜷不動，那虯髯大漢道：「老夫這指上的功夫如何？」

左冰由衷嘆道：「晚輩是嘆爲觀止了。」

那人似得意以冷峻地哼了一聲，然後道：「小子你可是從中原來？」

左冰道：「不錯。」

那人似乎久未與人類交談，很想和左冰聊聊，他右手拾起一截枯枝道：「依你看來，老夫這手自創的指上功力比你們中州少林寺的金剛指如何？」

左冰想了想道：「少林寺的金剛指雖負盛名，晚輩卻是無福目睹。」

他說到這裡，忽然想起這人方才所說的「比你們中州少林寺的金剛指如何」，心中一動，脫口問道：「前輩你不是中州人？」

那人側目瞟了左冰一眼，不再言語，左冰碰了一鼻子灰，心中大不是味道，但他心中敬服此人武功，也就不再言語。

過了不知多久，斗轉星移，天空已現曙光，那巨蟒忽然尖聲怪嘘起來，似乎有極端不安之色，左冰暗暗注意那虯髯漢子，只見他面露極端謹慎之色，雙手各抓起一把枯枝，雙目一眨也不眨地凝目注視那巨蟒動態。

左冰正待開口，那虯髯漢子已道：「小心，畜生要攻擊了。」

果然，過了片刻，那條巨蟒忽地高昂其首，仰天長嘯，紅信連閃，猛地一扭胴體，如電閃般向著虯髯怪人捲來。

虯髯大漢伸手一揮，擲出五截枯枝，他左掌輕一拍地，整個人保持原勢直升起來，輕飄飄地落在三丈之高的樹幹上。

左冰見他雙腳軟綿綿在盤在一起，恍然暗道：「難怪他一直盤膝而坐，敢情他下身癱瘓不能行動。」

那五根樹枝有如五支利箭，全部分毫不差地射中巨蟒的門面，發出刺耳的拍拍之聲，雖然傷不得巨蟒，巨蟒卻也疼痛得緊，一聲怪叫，又向虯髯大漢落身之樹衝了過來。

虯髯大漢忽地大喝道：「小子你仔細看，畜牲七寸下方有一寸見方白色的小斑，那是牠致命之處。」

左冰凝目望去，果然發現那巨蟒頭下有一點白斑，極爲醒目。

那蟒蛇翻了一個身，忽然倒立身軀以頭支地，用尾巴直射向那虯髯大漢，左冰大叫一聲：「留神！」

那虯髯大漢忽然一把擲出手中樹枝，單掌一縮一攻，驀地鬚髮全部根根直豎起來，猛一伸掌，緊接著霹靂一聲暴震，左冰幾乎以爲是天空霹靂迅雷驟至，驚駭地仰天一望，天空昏黑一片，疏星幾點，哪有什麼驟雷，再看下面，只見那條巨蟒被虯髯漢子一掌之力打得滾落丈，又盤蜷在地上，而蟒蛇的周圍，四五棵碗粗大樹齊腰而折。

左冰再也忍不住叫一聲：「好掌力！」

那虯髯漢子面上毫無得意之色，盤坐在樹幹之上，雙目凝注著左冰，面上露出一種難以下定決心的神情。

左冰望了他一眼，心中暗暗奇怪，他心中想道：「這個虯髯大漢，分明不是中土人士，一身功力實是不可思議，真猜不透是什麼來歷。」

他低頭一看，驀然發現地上有自己淡淡的影子，仰首望去時，只見天空已現曙光，再看那條巨蟒，牠一見天色將亮，忽然一個盤旋，挾著千軍萬馬之勢倒竄而退。

那虯髯漢子只是坐在原地，並不追擊，左冰暗道：「這條巨蟒也怪，怎麼一見天亮就跑了。」

那虯髯大漢忽然揮了揮手道：「小子，你過來——」

左冰緩緩走過去，那虬髯大漢道：「你由何而來？」

左冰聳了聳肩膀道：「被人害了。」

那虬髯大漢嘆了一口氣，點首道：「被人害了？唉，不錯，若非被人所害，誰會到這個死谷裡來？」

左冰愣了一楞。

虬髯漢子又道：「你在中州是哪一派的弟子？」

左冰從不知自己算是那一派，聞言不禁怔了一怔。

虬髯漢子道：「崑崙派？」

左冰搖了搖頭。

虬髯漢子想了想，自言自語道：「不是少林又不是崑崙，莫非……」

他臉色微微一變，大聲道：「你可是來自武當山？」

左冰道：「不是。」

那虬髯漢子臉上竟然流過一種輕鬆的表情，左冰愈想愈是不得其解。

那虬髯漢子瞟了左冰一眼，忽然拉開前胸的衣襟，曙光下只見他鎖骨之下一條長達半尺的紫紅色創疤，他冷冷笑了一笑道：「這道創傷險些沒要了老夫的命，這就是那武當天玄老道所賜。」

左冰想不到他還跟天玄道長交過手，更是驚奇無比。

那虬髯漢子忽然笑了笑道：「其實我對中原武林門派陌生得緊，所以胡亂猜測，小子你既不是武當山的，我也不多問你了，聽說你們中原武林人最忌諱別人打探師門及出身來歷。」

左冰忽然覺得這個操著生硬漢語的虬髯大漢頗有意思，他也笑了笑道：「我根本什麼派別也不屬，我……」

那虬髯大漢揮手打斷道：「你不需對我說，我是見你輕功了得，忍不住想起一個人來。」

他雖只是輕描淡寫地說了「輕功了得」四個字，但是臉上仍然忍不住露出欽佩之色。

左冰道：「什麼人？」

那虬髯漢了道：「聞說中州有個奇人鬼影子，一身輕功已臻達摩祖師一葦渡江的神奇地步，老夫卻是無緣一見，小子你從中原來，可曾見過鬼影子其人？」

左冰心中一陣狂跳，但他只是淡然搖了搖頭。

那虬髯漢子望了左冰一眼，道：「小子，你可知道那條蟒蛇有多少年修煉了？」

左冰搖頭，虬髯漢子道：「至少是兩百年壽命了，憑老夫的功力與牠相持十載，卻是依然無法制服牠，而且愈打牠愈通靈性，狡猾狠毒無比……」

左冰道：「不知加上晚輩一人，能不能有所幫助？」

那虬髯大漢臉上閃過一絲喜悅之色，但左冰卻覺得那喜悅之色的後面似乎包含著某種陰謀。

只聽得虬髯大漢道：「如此大妙，咱們好好計劃一下，今夜聯手定能成功。」

左冰老實地道：「晚輩除了幾分輕身功夫，實則其他功力差得很。」

那虬髯漢子道：「老夫年輕之時有兩個大志，第一個大志是要練就一身武功，成爲西方武林第一高手。」
左冰道：「第二個呢？」
虬髯漢子道：「第二個大志是遍遊中原名山大川，要尋中原武林名手一一較量，中州武術源自西方達摩祖師，我就不信咱們反倒不如中原武林。」
左冰道：「前輩一身神功深不可測，想來第一個志願必已達到了。」
那人聽了左冰這句話，雙目放出奇光，牢牢盯著左冰，左冰被他看得有些心慌起來。
過了一會，他對左冰一字一字地道：「小子，你爲什麼只問我是否達到第一志願，而不問是否達到第二志願？莫非你覺得中原武學確實高過咱們西方武林麼？」
左冰是個忠厚人，一時竟不知怎麼回答。
虬髯漢子又逼問道：「你心中想的是什麼？快快告訴我，不要騙我……」
左冰見他滿臉急色，只好把心中所想老老實實說了出來：「晚輩其實不懂什麼上乘武功，也不知中州和西方武林高手究竟有多高，我見前輩指上神功出神入化，是以猜想在西方必是一流高人，前輩的第一志願多半已經達到……」
虬髯漢子點了點頭道：「老夫的第二大志呢？」
左冰道：「前輩武功雖高，但在晚輩心中，中原武林有一人，天下無人能擊敗他的。」
虬髯漢子雙目圓睜，沉聲道：「是誰？是誰？」
左冰正色道：「是我爹爹！」
那虬髯漢子呆了一呆，半晌後忽然哈哈笑道：「你爹爹？兒子說老子天下無敵，哈哈，你爹爹是誰？」

左冰一字一字地道：「家父姓左，名諱白秋。」

虯髯漢子皺眉想了一想道：「左白秋？左白秋？沒有聽過。」

左冰忍不住，脫口道：「鬼影子你總聽過了。」

虯髯漢子以手加額，失色嘆道：「原來是鬼影子，難怪……難怪你的輕功……」

他的臉上驚駭之色，還帶著釋然的表情，左冰說出這句話後，又有些後悔了，他望著虯髯漢子，一時不知該說什麼。

虯髯漢子道：「既然如此，今夜除掉那條畜生還有什麼問題？」

左冰道：「說實在話，晚輩自幼不曾習武，拳腳功夫差得很。」

那虯髯大漢面露不信之色，哈哈笑道：「小子你不必假客套，反正憑咱們兩人之力，那長蟲再厲害，管教牠活不過今夜。」

左冰道：「然則如何下手？」

虯髯漢子道：「十年來老夫與這畜牲鬥過何止百次，今夜先由老夫激怒牠與牠單鬥，你只要聽我大叫一聲，立刻運勁於指，直取牠頸下白色要害。」

說到這裡，他見左冰面有懷疑之色，便道：「老夫與牠打過那麼多次，保險天衣無縫，只是那白色要害地帶過於細小，還是用手指代暗器來得穩當，務必一舉成功。」

左冰也沒有細想他話中的破綻，便點頭道好。

虯髯漢子道：「老夫名叫郎倫爾，小子你怎生稱呼？」

左冰道：「左冰。」

天色亮了又黑，原始森林裡根本沒有時間觀念，只知道天黑了是夜的來臨，天亮了又是一天的開始，於是，又到了黑夜來臨的時候。

左冰跟著那郎倫爾悄悄地靜坐在林子裡，等候那奇種怪蟒的出現。

月亮已經升起，左冰微感不耐，問道：「也許那巨蟒今夜不出來了。」

郎倫爾摸了摸頷下的虬髯，微笑道：「小子你放心，馬上就出來了。」

左冰望著他，從他那微笑中忽然又感覺出一種難以形容的陰森感覺，彷彿能感覺出那郎倫爾邀自己合手殺蟒是一個包藏禍心的陰謀，但是左冰仔細思考了一下，又察覺不出有什麼不對之處。

他想了一想，心一横，忖道：「反正這條命是揀回來的，我有什麼好怕的？」

正在這時，忽然林子中有了動靜，一種沉悶的轟隆之聲隱隱傳來。

郎倫爾低聲道：「那畜生來了。」

左冰微感緊張，他仰首觀天，只見天空一輪新月，幾點疏星，黑色的天空深邃而平靜，彷彿這個世界上什麼事都不會發生。

左冰睜圓了眼，牢牢盯視著黑壓壓的林子，這時，那熟悉的噓噓之聲已經能夠耳聞，漸漸，黑暗之中出現了兩點令人心寒的綠光。

郎倫爾道：「來了。」

果然只是片刻之間，那條三丈長的怪蟒如騰雲駕霧一般到了他們面前。

郎倫爾毫不遲疑，舉掌便打，他的掌力全是隔空所發，每揮出一掌都挾著一種震人心弦的霹靂之聲，左冰緊張地注視著那巨蟒的活動，側耳傾聽郎倫爾約定的訊號。

那巨蟒全身刀槍不入，郎倫爾雖有驚世駭俗的內家掌力，卻也傷牠不得，慌忙之中，左冰猛可聽得郎倫爾一聲大喝：「左冰！下手！」

左冰精神一凜，凝目一看，只見那巨蟒正全身昂起，腹部正好全部正對著自己，那白色的方寸之地顯眼之極。

左冰猛吸一口真氣，雙足一曲，整個身體如同脫弦之箭直射上去，右手雙指並立如戟，力貫指尖，對準那一小塊白色之處點去。

哪曉得他的手指堪堪戳到那白色軟皮部分，那巨蟒的頸下忽然伸出兩隻弧形小鉗，閃電一般向左冰雙指上夾去。

左冰作夢也想不到這蟒蟲生得如此之奇，在他全身唯一的致命要害旁邊還隱藏著一對小鉗，這一下任你何人也萬難躲過。

左冰當時又驚又駭，心急如焚，他人喝一聲，一口真氣猛的一吸，右手不由自主地一圈一抖，空中傳來「啪」的一聲輕響，那 對小鉗夾了一個空，兩隻肉鉗互相壓碎，血漿灑了一地。

左冰雙目如神，右指再伸，「噗」的一聲，已戳入了那要害之中。

左冰這一圈一攔是天下武學中所找不出來的一招，他在緊急之間自然而然地施出岳家散手中的招式，岳家散手中三十六路小騰挪是大下指上功夫靈巧之最，南宋後遺失於世，想不到在此時救了左冰一難。

左冰雙指戳入蟒頸，立刻感到一件又冰又涼的圓潤東西，他自然一扣之下便抓了出來。

那巨蟒在肉鉗夾空自碎的一剎那，似乎元氣大傷，身體一抖落下，郎倫爾一飄而至，對著那白色傷口又是一指彈到，他指上功夫何等厲害，巨蟒一聲慘嘶，雙目暴突。

郎倫爾哈哈大笑。

然而就在此時，那巨蟒忽然迴光反照，一尾橫掃過來！

這一下事出突然，距離太近的郎倫爾正在得意之際，發現之時，已是不及發掌相禦，霎時之間，面如死灰。

左冰一看望去，正好望見那張死灰般絕望的臉孔，霎時之間，左冰只覺一股熱血上湧，他大喝一聲，拚命向前一縱，直如一陣旋風般搶到了蛇尾之前，一把抓起郎倫爾，雙足並未落地，只是飛快地一蕩，竟比來勢更快地倒飛回原地。

這一下左冰被迫施出了全部體內的潛力，普天之下只怕沒有第二人能夠辦到，因為即使有人在輕功上能辦得到，卻也絕無這份不要命的勇氣。

轟然一聲巨震，那條有如千軍萬馬般的怪蟒倒斃於地，臨斃一擊，猶把三棵大樹擊倒在地。

郎倫爾死中得生，驚魂甫定，睜著一雙怪目牢牢盯著左冰，臉上的神情有說不出的激動，過了好半天方才道：「小子……你為什麼要這樣捨命救我？」

左冰聳了聳肩，對於自己方才的勇氣他自己也感到驚訝，他只好裝著不在乎地道：

「這……也不為什麼。」

說出了這句話，他忽然自覺某些地方和白大哥有幾分相近了，於是左冰心中沒來由地開心起來。

那郎倫爾喘息道：「你……你可知道方才我是想謀殺你？」

左冰糊塗地道：「謀殺？」

郎倫爾道：「你聽我說，我不說出來心中可難受得緊，我是想利用那巨蟒頭下那一對奇毒無比的肉鉗要了你的命……」

左冰奇道：「毒鉗？你要我的命有什麼好處？」

郎倫爾道：「我與此蛇相峙十年始終沒辦法制服，就是因為無法破牠那臨危一鉗，此蛇有個怪處，那一雙肉鉗必到攻擊物堪堪觸膚方才發動，換句話說，你若真想傷牠，絕無逃過牠一夾之理，那鉗中劇毒只須片刻就能致人死命，我曾用樹枝試過多次，無一成功……」

左冰恍然道：「於是你想利用我……」

郎倫爾道：「這種蟒蛇叫做『樓鳳龍』，據說是前古遺種，天下大山絕谷中不會超過十條，此蛇除了刀槍不入外，牠那致命軟皮下藏有一對內丹……」

左冰忽然想起自己方才曾抓出一件東西，只是剛才一陣慌亂，已不知失落何處了。

郎倫爾繼續道：「這一對內丹又有一樁奇處，據說左面的一粒是天下之至毒，右面的一粒卻是天下之至寶，武林高手服下去便可成為天下第一人無疑……」

左冰道：「有這等事？難怪你……」

郎倫爾搖手道：「郎某平生不曾受人滴水之恩，今日你小子救我一命，那自然沒有話說了，那顆至寶內丹送給你小子了。」

左冰哈哈笑道：「我救你可不是要你的寶貝。」

郎倫爾急道：「是老夫甘心情願送你，你難道不受？」

左冰笑道：「當然不受，你得你的寶貝，我走我的路，再見。」

郎倫爾一把將左冰抓住，叫道：「小子你先別走，咱們先找那一對內丹再說，那寶貝過了半個時辰就要失效了。」

左冰走到蛇首旁，找了一會，在草地上果然找到失落的兩顆暗黑圓珠，叫道：「在這裡了。」

那郎倫爾見他一手拿著一顆，頓時臉色大變，顫聲叫道：「什麼？你把兩顆內丹弄斷開了？完了完了！」

左冰一怔，隨即大悟，叫道：「這樣不知哪顆是左邊的，哪顆是右邊的了？」

郎倫爾面如死灰，呆呆地怔了半天，忽然長嘆一口氣道：「你把兩顆內丹都交給我。」

左冰把手中內丹遞了過去，郎倫爾伸手接過，盤膝坐在地上，臉上陰晴不定，不知他在想什麼。

過了一會兒，郎倫爾的臉上忽露出一片和平之色，他望了左冰一眼，道：「小子，你見了天下至寶怎麼能無動於衷？」

左冰笑道：「天下至寶惟有德者得而居之，咱們好漢講的是『苟非吾之所有，雖一毫而莫取』，寶貝是你的，干我何事？」

郎倫爾十分驚奇地望著左冰，想了半天，搖了搖頭道：「唉，咱們蠻夷之人可不懂這些，郎某雖然沒有讀過什麼書，可也知道有恩必報這句話。」

左冰道：「現在你無法分出哪一粒是毒丹哪一粒是寶貝，這便如何是好？」

郎倫爾微微一笑，忽然舉起左手之丹，放在嘴邊伸舌舔了一下。

左冰大驚失色，正叫道：「你……你……」

郎倫爾雙手一攤，微笑道：「小子你聽著，若是過了半盞茶時分，老夫仍沒有被毒死，你就服下左手之丹，若是老夫被毒死了，你就服下右手之丹，這樣不就分出來了麼？」

左冰又驚又駭，一步衝過來，大叫道：「前輩，我……你怎可如此？」

郎倫爾雙目一閉，並不回答，只是雙掌攤開，兩掌上各放著一粒一模一樣的黑色圓珠。

左冰心急如焚，卻是一籌莫展，他抓住郎倫爾手臂用力搖撼，大叫道：「前輩……」

他話聲未完就說不下去了，原來郎倫爾的身體已冷，左冰大叫一聲，郎倫爾忽又睜開眼，低聲道：「看來老夫吃錯了一粒，小子，你成了天下第一人後，可願爲老夫做一件事？」

左冰不知該說什麼好，郎倫爾斷續地道：「替我殺死一個人，替我殺死魏定國……」

左冰大驚失色，一連叫了數聲，郎倫爾已經毒發身死，僵硬的身體依然盤膝而坐，雙掌上各放著一粒黑色圓珠，動也不動。

這一下事起突然，左冰霎時之間只覺心中思潮如湧，又覺感動，又覺氣憤，想到生爲萬物之靈的人類的愚昧和貪欲，不禁想得呆了。

他挖了一個坑，把郎倫爾的屍體放入坑中，望著那雙一毒一靈的內丹，長嘆道：「他終身想得到這內丹，就把這對內丹陪葬了吧。」

於是這天地之至寶便這樣被左冰「暴棄」掉，葬入黃土之中，天地有靈，也該浩然長嘆一聲。

左冰覺得胸中有無限的悲哀，卻不知悲哀的是什麼。

卅三　藥師揭秘

晚風陣陣拂面而來，令人有一種柔和的感覺，這時皓月當空，銀華遍地，左冰踏著月色，一路向後谷大平地行來。

左冰生性是淡泊開朗的人，他就是有心事在胸，也不會牢牢不忘，這時只覺眼一闊，心中開暢得多了，足下步伐也跟著輕鬆了不少，

他走著走著，雙目不住四下隨意瀏覽，這後谷大平地一帶，左冰從未來過，有幾次散步到了這附近，也從未走這麼遠過，這時但覺景色新奇，月色之下亂石叢木卻也有一番氣象。

突然一陣山風拂過，隱隱傳來一陣低喘之聲，左冰呆了一呆，暗暗忖道：「什麼？這谷中還有別人？」

他確定自已方才所聽到的絕無錯誤，心中不出惴然，回頭張望一下，四下人蹤全無，月色如水，心中暗思道：「那低喘之聲分明是有人受傷所發……」

心中好奇之心漸熾，緩緩移過足步，循聲而行，但這一刻間卻再也沒有聽見那低喘之聲。

左冰走了幾步，那聲音再不響起，不知該向何處尋找，正茫然之際，忽然只聽右前方

「呼」地響了一聲，這一聲聽得清清楚楚，分明是拂動衣袖所發！

左冰心中一震，陡然身形一輕，掠開數尺之外，這時來得較近了，月光之下只見三丈之前有一堆亂石。

左冰一縱身形，來到那堆亂石之前，只見那堆亂石交錯排列，石後黑暗無比，左冰暗暗吸了一口真氣，這時，他已有一探究竟的決心。

他的江湖經驗已大大進步，略一沉吟，身形斜斜掠飛而起，在空中微微一頓，美妙地一折身形，落在右方一塊石頂上。

他身在空中的那一瞬間已看清了那石堆之後原來是另有一個洞穴。

他雙目注視著那洞穴的入口，心中暗暗想道：「想來這洞中一定有些不尋常的秘密了。」

他伸出手來在地上摸索，拾起兩塊小小的石頭，輕輕向一左一右兩個方向彈出，石頭在空中嘶地發出響聲，然後落在地上。

「啪」地一響，清脆地傳出好遠，左冰四下張望，卻是不見一點動靜，心中忖道：「看來若是要想有所發現，非得採取主動不可了。」

他略略考慮，一步跨出石堆，緩緩走到那洞穴之前，朗聲道：「什麼人在內，恕左某放肆進入。」

那聲音在靜夜之中傳出好遠，洞中仍是了無聲息，左冰等了一會，忽然洞中又是一陣急喘。

左冰再也忍不住了，身形一掠，直飛入洞內，他雙手護胸，雙目不住四下打量，一直飛出三丈之外，忽然只覺左方一個黑影一動，慌忙一提真氣，向右平平飛開數尺，定神一看，只見一個人盤坐在地。

左冰呆了一呆，輕聲道：「你……你受傷了麼？」

那黑影默不作聲，卻微微低喘兩聲，左冰一步跨前，忽然那黑影右手一抬，一團火光應手而燃。

左冰大大吃了一驚，那火光一陣搖擺，只聽那個黑影沙啞地問道：「你……是……誰？」

左冰定了定神，火光之中只見那人渾身上下都是一片焦黑，也不知是何緣故，口中答道：「在下左冰，請恕在下不請自入……」

他話尚未說完，那黑影手上的火光忽然劇烈晃動起來，喘氣之聲也陡然加強，左冰一步跨上前去，這時他和那人的距離不到二尺，只見那人臉孔之上焦黑斑斑，竟像是被烈火燒過，心中不由打了一個寒噤。

忽然那人身形一歪，手中火摺也掉在地上，左冰再也不能多想，右手一伸，輕輕放在那人後頸之上，內力陡發，一股柔和的真氣不住衝入那人身體之內。

左冰的內力修爲有「玉玄歸真」絕世奇功的根基，真氣極爲淳厚，過了半盞茶時分那人吁了一口氣，緩緩睜開雙目！

左冰收回手來，在地上拾起將要燃盡的火摺，在左方一塊平石上找到半截獵燭，立刻點燃起來，燭火之中那人似乎舒服不少，坐得也比較端正了。

那人望著左冰，好一會才說道：「你……你姓左？」

左冰點了點首問道：「不知閣下尊姓大名？」

那人喃喃道：「老夫……姓姚。」

左冰啊了一聲道：「姚老前輩，你的傷勢十分沉重……」

那人仰天長嘆一聲道：「左老弟，你別費神了，老夫的傷勢是決無指望，只是老夫的大仇不能報復，天啊，這真是死不瞑目啊！」

左冰道：「姚老前輩，你別急，在下這就去叫人來瞧瞧，一定有辦法醫好你這傷勢的……」

那姓姚的怪人陡然一把抓住左冰的手，顫聲道：「你……你說什麼？這裡還有其他的人？」

左冰點了點頭，姓姚的怪人面上神色一緊，喃喃說道：「你……你是什麼人派來的麼？」

左冰呆了一呆，不知所答，那人陡然厲吼一聲道：「姓魏的派你來收老夫的屍骨麼？」

左冰又是一怔，忍不住問道：「姓魏的？前輩，你……」

姓姚的怪人雙目如炬注視著左冰，但見左冰面上一片茫然，誠懇，心中一鬆，陡然鬆開抓住左冰的手，默默不再說話。

左冰呆了一呆，忽然目光一轉，瞥見那姓姚的怪人左腳之前放著一大張不知什麼野獸的皮毛，那皮毛已被刮得十分平滑，上面血跡斑斑。

左冰抬頭望了望那老者，那姓姚的怪人似乎也發覺左冰留意著那一塊獸皮，一伸手抓起來翻過一邊，左冰心中暗暗奇怪，卻也不便相問。

那姓姚的怪人歇了一會，忽又開口問道：「左老弟，姚某尙未相謝相救之德呢！」

左冰忙搖搖手道：「老前輩哪裡的話，在下遭奸人所害，打入谷底，僥倖爲人所救，前輩……」

他正待說下去，那姓姚的怪人忽然雙目一閃，咦了一聲問道：「什麼？你……你也是被人所害？」

左冰點了點頭道：「在下被人相害，自山頂打落深谷，萬般僥倖能保得性命。」

姓姚的面上忽然掠過一陣古怪的神色，哈哈一聲長笑說道：「如此看來，咱們可是同病相憐了。」

左冰啊了一聲道：「前輩也是遭人陷害？」

姓姚的怪人冷笑一聲道：「老夫這一生被奸人反反覆覆相害，不知幾許……」

左冰搖了搖頭，想及自己及錢大伯，不由嘆了一口氣，說道：「唉，武林之中，真是步步陷阱啊！」

那姓姚的怪人忽然一把又抓起那一張獸皮，翻過面來，遞在左冰面前，大聲說道：「老夫這一生的事蹟都寫上去了，老夫自知傷重再無希望，左老弟，你幫忙將這一張記載傳之武林之中，好讓幾件轟動天下的公案得以水落石出。」

左冰聽他口氣如此，不由吃了一驚，順目一瞟，只瞥見那獸皮末端的署名爲「姚九丹」。

左冰登時只覺這三個字十分熟悉，好似在什麼地方聽過好幾遍似的，左右思索，卻是不得其解，口中不由喃喃低念：「姚九丹……姚……九……丹。」

那姓姚的怪人見左冰反覆低念自己的姓名，忍不住開口問道：「左老弟，你認得老朽？」

左冰茫茫搖了搖頭，道：「我……我好像聽過什麼人提過這個名字。」

那姚九丹陡然大吃一驚，急忙問道：「左老弟，什麼人？什麼人提起老朽？」

左冰奇異地望了他一眼，陡然一個靈光在腦中一閃而過，他脫口大呼道：「是錢伯伯，他提過的！」

姚九丹面上神色好比凍結一般，上氣不接下氣地問道：「錢伯伯……錢……」

左冰呆了一呆，問道：「你……你認識我錢伯伯？」

那姚九丹大吼一聲：「他可就是錢百鋒？」

左冰心中一喜，陡然又是一驚，心中飛快忖道：「我一提錢伯伯，他立刻猜測是錢百鋒三字，而且神色怪異緊張之極，難道……」

他心中思索不住，口中卻答道：「正是他老人家！」

那姚九丹忽然仰天大喊一聲道：「蒼天有眼，蒼天有眼！」

左冰呆不知所措。

那姚九丹顫聲道：「他……錢大俠現在何處？」

左冰呆了一呆道：「在下不知。」

那姚九丹面上神色一變，左冰才想起解釋道：「錢伯伯已出了落英塔，在武林之中行動。」

姚九丹顫聲問道：「他……他已出了落英塔？」

左冰點點頭道：「他老人家不久之前和在下曾會了一面，想來現下又動身回塞北去了。」

姚九丹啊了一聲道：「左老弟，你可知道你錢伯伯背了一個天大的罪名？」

這件事左冰隱隱約約也知道一些，但知之不詳，是以搖了搖頭。

那姚九丹長嘆一口氣道：「這是一個絕世的秘密，涉及本朝天子、重臣、武林高人、瓦剌外族，姚某知道此中最大陰謀。」

左冰陡然只覺心中一陣狂跳，他不知如何，似乎泛起一陣緊張無比的感覺。

那姚九丹道：「姚某一生爲此事，失陷異域十多年，從壯年到老年，無一時一刻不想將之公佈武林，在這一張獸皮之上，姚某雖詳盡錄下心中所知，卻終怕不能有人親口直言，單憑一張獸皮，武林中對十多年來的舊觀不易改變，今日上天遣使左老弟前來，我……我說給你聽……」

左冰見他神色甚爲激動，氣息不均，緩緩伸出右掌在他背後穴道上催力相助，好一會姚九丹才平靜下來。

那姚九丹說道：「錢百鋒錢大俠在武林之中的名聲始終是毀多於譽的，正派人士對他抱著敬鬼神而遠之的態度，老朽當年爲了　椿武林中的事，和他衝突起來。

那錢百鋒對那件事的處理雖有些過分，但卻公正一絲不苟，老朽當年在醫術上略有虛名，武林之中稱老朽一聲『神藥師』，那一次老朽有一個姓郭的朋友被錢百鋒重傷了，老朽趕去爲他治療，千里迢迢趕了十多天。

到得那裡時，卻見那錢百鋒端端坐在室中，一手抵在老朽朋友的背心，老朽一看便知他正用上乘內力爲之療傷，心中不由大大疑惑不解，唉，那已是近二十年前的往事了！
老朽看了一會，只見那朋友面上神色逐漸紅潤起來，錢百鋒頂門之上陣陣白煙冒起，已然到了緊要關頭，那時須要用外力柔勁相助才行，錢百鋒卻猛吸一口真氣，似乎要用力猛催。
老配朽忍不住大吼一聲：『住手！』
那錢百鋒陡然右手一揮，一股力道斜逼而上，老朽大吼一聲，雙掌齊出，一接之下，錢百鋒身子一抖，那朋友長長吁了一口氣，竟然站了起來！
老朽呆了一呆，陡然想起那相傳中錢百鋒練就了武林中失傳已久『玉玄歸真』功法，這種內力便全是以柔和之勁相托的。
那錢百鋒緩緩轉過身來冷笑道：『你是什麼人？錢某與這位郭大俠的事情，你爲何要插手此事？』
老朽見他口氣十分狂大，心中不由暗暗有氣，而姓郭的朋友原爲他所傷，不由怒道：『在下姚九丹，這位郭大俠是姚某至交！』
錢百鋒點了點頭說道：『原來是神藥師，難怪在一旁亂呼亂嚷。』
老朽冷笑一聲，卻是不語，錢百鋒怒道：『瞧你的模樣，你大約自視醫術甚高，超人一等……』
老朽並不理他，只對那姓郭的朋友道：『郭大哥，小弟來遲了。』
那姓郭的朋友忙解釋道：『姚兄弟，這位錢大俠與爲兄的有一些誤會，事後他發覺誤傷爲兄，執意要爲我治療。』

老朽當時哼了一聲，那錢百鋒卻仍不曾釋怒，冷笑一聲道：『大藥師，錢某有一付藥引子你聽過麼？』

老朽冷笑一聲道：『姚某武術之上萬萬不及你姓錢的，在醫術之上，嘿嘿，你姓錢的尚不夠瞧。』

錢百鋒冷冷一笑，忽然道：『熊精、雪蓮、白雪子。』

老朽呆了一呆，脫口答道：『斷腸散。』

錢百鋒似乎大大吃了一驚，雙目不瞬地注意著老朽，忽然他雙手抱拳，一揖倒地道：『佩服，佩服！』

老朽不料他有此一舉，但也確感他爲人豪邁得緊，那錢百鋒這時候上前數步道：『錢某願與姚兄結交，不知姚兄可肯屈身相就？』

老朽心覺這錢百鋒原來並不像傳言之中是那種殺人魔頭，從此便與他相交爲至友。

錢大俠時常在閒談中提起武林之中對他的批評，每每嗤之以鼻，老朽和他相交久了，也逐漸覺得他爲人甚是公正，只是操之過急，但老朽對他的好感日益加深。

中間有好幾年，老朽和他分離一直沒有見面，忽然武林之中傳出錢百鋒與楊幫主會同武當掌教、點蒼雙劍等人以報國爲先，出塞外和胡人周旋。

老朽那時聽了，對這個消息自然十分關心，立刻星夜趕到山東，想在丐幫大舵之中找錢大俠。」

姚九丹一口氣說到這裡，神色逐漸沉重起來，這一段左冰雖已知大概，但他明白一切事實真相便是從此開始，越發凝神傾聽。

姚九丹想了一想，繼續又說道：

「老夫趕到山東大舵時，那裡發生了驚人的慘變，丐幫的高手全叫人在一夜之間廢掉了。老夫打聽錢大俠，卻恰巧不在舵中，老朽等了他一日一夜，仍不見歸來。這時那楊陸幫主便和群雄一起出發了，留下了信訊給錢大俠，叫他隨後跟來。老朽當時並未將真實身分告訴楊幫主，是以不好也跟隨而去，便想跟在後方，慢慢行動，一方面也可以等著錢大俠。

行走了兩天，地勢越來越近北方，塞外風光到處可見，老朽一個人跟在後面，這時處處已可見我大明朝兵士軍官來往奔馳。

後來，楊幫主等人加入軍營，直接去和軍官大臣接洽，老朽一個人也不去軍營，便暫時和楊幫主他們分離。

到了第三天，老朽果然見錢大俠匆匆自後方趕來，老朽大喜，忙上前相見，錢大俠也是驚喜不已。

這時胡兵已逼近了，皇上御駕親征，戰雲密佈，已至一觸即發的階段。

錢大俠匆匆與老朽交談了數語，便也加入軍營而去，他叫老夫幫他趕到丐幫大舵去一趟，去找一個姓左的人，那姓左的人竟是武林中談之色變的左白秋，老朽當時心中震驚不已。」

左冰聽到這時，臉色不由變了一下，姚九丹一口氣說下去，倒並沒有留神這一點。

「他叫老朽通知那左白秋說他已傷癒加入軍營，老朽聽不明白，錢大俠說一言難盡，叫我先趕回山東大舵去見左白秋一面再說。

老夫當時也沒有再多問，便和錢大俠分手了，再度向南方趕回去，哪知道走了不到三天，突然軍事戒嚴，所有向南官道都不得通行了。

老朽暗暗叫苦，心知戰火已燃，趕忙又趕回塞北。向塞外的道路雖然還可以通行，但盤查甚嚴，行走得很慢，這樣一來一往，延誤了將近八九天工夫。

一路北行之中，起先幾日聽到戰情僵持的軍訊，到四五天後，戰情急轉直下，老朽心中暗驚，有許多武林一等高手助戰，戰情尚會吃緊，可見戰況之劣。

到了一天，突然檢查得不嚴了，漫山漫道都是我朝的兵士，人人面上神色肅然，老朽知道我朝已吃了大敗仗。

老朽心中憂急無比，立刻兼程趕路，好在此時道路兵士雜亂，也沒有人問了，老朽趕了一日，那一天突然下起大雨來，雷擊電閃不停，老朽在黑夜之中實在不能再趕路了，便找了一處山穴，正待歇下來，忽然一陣電擊，老朽瞥見不遠之處黑壓壓地站著四五個人，其中一人便是錢大俠。

老朽忍不住大叫一聲：『錢大俠！』

錢百鋒回首一看，滿面都是淒愴冷傲之色，老朽呆了一呆，突然錢百鋒大踏步走了過來，一把握住老朽右手，沉聲說道：『姚老弟，你要幫我　事！』

老朽怔怔地望著他，這時電光連閃，老朽清楚地看見那幾個站在一旁的是武當掌教、點蒼雙劍和那神拳無敵簡青。

老朽答道：『什麼事，錢大俠？』

錢百鋒道：『你幫我將這柄魚腸劍帶出去，這是錢某一生中最緊要關頭，你回去後，立刻找尋左白秋，那劍鞘夾層之中有一密箋！』

老朽見他神色凝重得無與倫比，當時也不知說些什麼好，錢百鋒伸手入懷，遞給老無一柄短劍，老夫尚待多言，錢大俠忽然大吼一聲：『快走吧！』

老朽呆了一呆，隱隱感到事情之中陰謀秘密重重，一言不發，轉身便走了。

那點蒼雙劍等人卻是不聞不問，老朽滿心疑慮，在大雨之中疾疾奔行。這時天空黑如濃墨，大雨傾盆而下，偶而陣陣雷聲，老朽不停奔行，驀然只覺眼前一花，一個人影迎面而立。

老朽大吃一驚，抬起頭來一看，只見一丈之外有一個黑影，這時正好一陣閃電，蒼白的電光照在那人身上，只見那人面上罩著一方黑巾，身上披著一件大黑袍，一身是黑，黑得說不出有多神秘可怖！」

姚九丹喘了一口氣，繼續說道：

「老朽只覺那黑衣人眼神陰惡險毒，心中寒意大增，這時那黑衣人一步跨了上去，冷然道：『你可是姚九丹麼？』

老朽點了點頭，那人冷冷道：『錢百鋒那傢伙方才交給你什麼東西，你快拿來！』

老朽心頭大震，想到那錢大俠方才交給老朽之時面色沉重之極，這人又開口相問，看來這懷中之劍必然是大大重要了，當下心念一動道：『你是什麼人？』

那人陰陰一笑，只是不答。

這時天空漆黑，雖只相隔不到一丈，卻是雙目難辨。
老朽又道：『你怎知道錢大快交找一物？』
那黑衣人冷笑道：『我親目所見，你不必想弄什麼花招了，到底拿不拿出來？』
老夫緩緩伸手入懷，裝著滿面迷惑不解之色，摸出了一個竹筒道：『就是這個。』
老夫話聲未落，陡然之間那黑衣人一把抓了過來，老朽只覺右臂一麻，那竹筒已然落在對方手中。
老朽登時出了一身冷汗，不料對方武藝竟然高強如此，那人拿了那竹筒，打量了一會兒，老朽知他一揭開竹蓋立刻便糟，此時老朽已完全喪失了以武相抗的念頭，一心一意打算如何逃脫。
那人冷笑了一聲道：『就是這個筒兒？』
老朽故裝疑惑不解，道：『這筒兒不是給你的，你拿去作甚？』
那人雙目一翻，黑暗之中，只見那雙眼睛之中精芒陡長，神態好不嚇人。
那人緩緩伸出右手，一把向筒口劈去。霎時一道極亮的火光自筒中冒出，一直衝向長空，才大吼一聲，身形一掠，拚命向右邊逃去。
那黑衣人也絕不料老朽這筒中的機巧，登時雙手一鬆，雙掌當胸一連退了好幾步，等到他發覺老朽疾逃的身形時，老朽已奔出十丈有餘。
老朽心中知道今日的對手太過高強，只望能逃出他的視線，進入前方的密林中，或有一線生機。

老夫心知那錢大俠交予的那一柄魚腸短劍是萬不可以落在對方手中，對方之意看來完全在那魚腸短劍，老朽雖不知那劍中有些什麼古怪，但是已隱隱猜到劍內的秘密關連十分重大。

老朽拚命地奔著，這時筒中冒出的火光陡然一暗，忽然只聽『呼』地一聲，老朽只覺目前一花，那黑衣人竟然有如鬼魅一般，已趕到老朽身前。

老朽驚得呆在當地，趕忙收住足步。

那黑衣人逼近一步，冷冷一笑道：『姓姚的，你是自找死路了！』

老朽心中緊張之至，卻不斷思索如何將那懷中之劍藏起來，那黑衣人似乎知道老朽心懷鬼胎，又是一聲冷笑，緩緩揚起右掌，一字一字說道：『最後問你一句，姓姚的！你拿不拿出來？』

老朽咬牙道：『拿出什麼來？』

那人仰天一笑道：『那麼，你是死定了！』

老朽陡然吸了一口真氣，身形暴掠而起，這一次直向他停身之處衝去。

那黑衣人冷哼一聲，右掌一側，老朽只覺一股綿勁纏體而生，自己的力道再也遞不出去！

這時老朽身形在半空，陡然天空霹靂一聲，一道電光直閃而下，大地為之一明！

這一明之間，老朽看清了停身之處原來左倚高壁，右面卻是黑忽忽的深谷！

這一刹那間，那黑衣人內力已吐，老朽索性一散力道，身形登時被他打得翻了一個身，就在一轉之際，老朽自懷中摸出那魚腸短劍。

這時老朽心中暗禱方才他在遠處沒有瞧清那錢大俠遞給老朽之物究竟是何，老朽這時將短劍不隱反露，他便不會懷疑那東西便是這短劍！

萬幸那黑衣人當時果然沒有看清，他看見老朽右手一揚，多了一柄短劍，仰天大笑道：『亮兵刃了麼？』

老朽假裝情急拚命，右手一翻，順在左掌上倒挑而起，那黑衣人大吼一聲，雙掌平錯，老夫只覺右手一麻，那短劍噹地落在地上！

老夫一伸左足便待勾起那短劍，哪知黑衣人功力委實高絕，右手一揮，那短劍被他強大內力虛空一擊，登時飛了起來，落在右方深谷之中。

老夫呆了一呆，心中不知是憂是喜，雖說這短劍終沒有落在對方手中，但錢大俠的訊息也無法再傳達。

就在這一呆之際，只覺雙手一麻，那黑衣人欺身過來，展開擒拿將老朽脈門扣住！

那黑衣人雙手一加勁，老朽只覺全身酸麻難耐，那黑衣人道：『姚九丹，你有神藥師之號，今日看你能救得你自己一命麼？』

老朽道：『閣下恃強辱人，姚某學藝不精夫復何言。』

那黑衣人右手連動，點了老朽好幾處穴道，便伸手在老朽懷中摸索起來，卻無所獲。

老朽冷笑一聲道：『閣下別枉費心機了。』

那黑衣人停下手，怒聲道：『你還有什麼花招麼？』

老朽道：『閣下若是要搶那錢百鋒交給姚某之物，姚某已經奉上了。』

那黑衣人問道：『什麼？』

老朽道：『那竹筒中所盛的百陽火引，可是千年難求的珍品……』
黑衣人大吼道：『錢百鋒給你那百陽火引作何用？』
老朽索性騙他：『他要老夫將這火引交給……交給他一個朋友！』
黑衣人呆了一呆，道：『什麼朋友？名叫作什麼？』
老朽思索了一下才道：『一個姓左的朋友！』
那黑衣人果然吃了一驚，道：『可是那左白秋？』
老朽點了點頭。黑衣人不再言語，看來他倒有七成相信了。
過了一會兒他又道：『那百陽火引可有什麼用途？』
老朽冷笑道：『乃是治療內傷聖品。』
那黑衣人忽然冷哼一聲，一把抓住老朽脈道，冷冷問道：『他叫你到何處去找左白秋麼？』
老朽一時不知如何回答得當，乾脆不答，那黑衣人陰笑一聲，忽然老朽只覺脈穴之中衝入一股熱流，體內極爲難過，初時還可忍耐，逐漸痛苦加深，難過之極，老朽忍不住呼了出來。
那黑衣人陰笑不止，老朽嘆了一口氣道：『他叫姚某先找另外一人。』
黑衣人道：『另外一人又是誰？』
老朽笑了一笑道：『楊陸楊幫主！』
那黑衣人忽然大笑起來，那笑聲之中充滿著狠毒，好不可怕，只是老朽這時有了把握，他對老朽這一番話多半是相信了，只因他在老朽身上搜了半天不得要領，他絕未想到他要找的東西就是他親手將之擊下落谷的那一柄短劍。

黑衣人漸漸收住笑聲，一把將老朽抓了起來，冷笑一聲道：『好，姚九丹，是你死期到了。』

老朽一言不發，他右手一收，陡然一掌擊向老夫前胸要穴而來。

老朽閉目待斃，忽然那內力一輕，黑衣人又收回掌勢！

老朽睜目一看，卻見那黑衣人低頭想了一想，然後對老朽道：『姓姚的聽著、今日我要你性命易如反掌，但我突然想到你還有利用的價值——』

老朽心頭一震，果然他接著說道：『我要你為我好好配幾付藥引。』

老朽哼了一聲，正待發言，那黑衣人人笑一聲，舉手點出，老朽長嘆了一口氣，看出只得走一步算一步了。

那黑衣人當時便將老朽點了暈穴，到了老朽醒轉之時，已經身處一個很深的地窖中。

老朽被關在地窖之中十多年頭，其間每隔幾月那黑衣人便來一次，留下食物及很多種藥物要老夫配製，老者雖不知他要配這些藥物何用，有時閒來無事便配好了又予以毀去。

那黑衣人每次來取藥品之時，總是大怒要致老朽於死，老朽卻是聽天由命，看來他並不十分急求藥品，折磨老夫一二便又遠去。

慢慢地老朽也死了這條心。

哪知到了近兩三年以來，那黑衣人來得次數越越來越多，有時更是數月不離去，看來是將那地方作為一個根據之地。

終於有一日，那黑衣人又到地窖之中，拿出數包藥草，叫老朽為他配製。

老朽打開一一查看，心知那幾種藥一旦配製成功，乃是一種極為厲害的毒藥，能夠害人於無聲無息之間，而且是慢性毒殺，老朽立刻想到他是要用以害人，本待一口拒絕，但這次見他面上神色甚為沉重，分明是志在必得，自己若是又拒絕，多半會立下殺手。

老朽心想便若是要死，也得先問個明白，便道：『姚某要問你一事。』

那人雙眉一皺道：『什麼？』

老朽道：『姚某為你所囚十年，卻始終不知你姓什名誰，姚某就是一死也不瞑目！』

那人冷笑道：『你何必一定要得知？』

老朽冷笑一聲道：『你何必一定要姚某配藥！』

那人沉吟了一會，冷笑道：『你聽仔細了，老夫魏定國！』

老朽恍然大悟道：『原來是魏大先生，難怪有資格與錢百鋒作對！』

魏定國仰天大笑道：『作對？姓錢的夠資格麼，武林中人千夫所指……』

老朽心中一震道：『他，他做了什麼？』

魏定國面色一變道：『他……他害了楊陸！』

老朽陡然心中雪亮一閃，這其中的蹊蹺原來在這裡，魏定國千方百計要搜老朽身上之傳信，想必他有什麼陰謀怕錢大俠與楊幫主對質，他這種陰險的人什麼事都做得出！』

老朽面上卻保持不變，嘆了一口氣道：『他……他竟做出這等事？』

魏定國似乎不願多提此事，冷笑了數聲，便離開了地窖。

老朽心中暗想，如今老朽這條命更要緊了，那秘密我知其一二，若是不為他配藥，那是必死無疑，爲他配了，害人千萬，但保得一時，總還有逃出去的機會。

考慮不下，以後一個月中，老朽天天苦思。

總算上天相助，老朽無意之中想通了一層道理，終於想出了一道解藥。

當下心頭之困既解，便將藥配置完畢，老朽一時興奮過度，竟忘記雖得解藥，自己卻出不了地窖，又有何用，當下便想將已配好的十二瓶藥擊毀，尚未動手，那魏定國卻已到來。

老朽堅持不肯交藥，他怒火大發， 掌擊斷老夫左臂，登時搶去了三瓶，老朽右臂一振，將其他九瓶一齊擊碎，魏定國功力雖高卻也救之不及。

當時他雙目之中凶光四射，一步步向老夫走來，正在這時，突然那地窖外一陣足步，顯然是有人經過。

魏定國似乎對這地窖根據地萬分重視，立刻轉身出窖，以後便聽得連連硬擊之聲，老朽心中大疑不已，不知是哪個高手能和魏定國硬擊交手！」

姚九丹說到這裡，嘆了一口氣，他萬萬不能料到能和魏定國在地窖上硬擊的，竟是二十多歲的青年——白鐵軍。

白鐵軍那日在古廟之中迎敵，連擊幾十掌後不敵而退，便是和魏定國交手，他當時發現一個活動燈座，正是那地窖的入口，他沒想到他任意一動那燈座，天可憐姚九丹竟能逃出，使這一切隱密能重現世間，只是他不知其中曲折罷了！

左冰聽得全神貫注，姚九丹歇了一會，才接著道：「後來那交擊之聲不再響起，然後……

然後便是大火！魏定國放火燒了他的秘密，自然連老朽一起燒……」

左冰見他神色益發慘然，想起他一身焦黑，心中不由打了一個寒噤。

姚九丹接著又道：「老朽全身衣服都著火了，神智已然模糊不清，拚命向出口衝去，哪知那平日百擊不開的石門竟然一撞而開，這真是奇蹟！老朽呆了半晌，忽然全身一痛，神智才清醒過來，不再多想，拚命地向外一直奔去，才奔出大門數步，身後轟然一聲，整個屋子都倒了下來。

老朽火傷太重，走了不遠，便倒在山坡之上，一路滾下來，正好滾到這谷中，勉強找了草藥內服外敷，但雙膝用力太過，已然注定殘廢！

老朽當時真是絕望已極，好不容易逃出地窖，卻又落在這絕谷之中，而且雙足殘廢，再難行動，心中所知秘密又傳之不出！

後來老朽逐漸平靜下來，心想在谷中有外人的機會較之在地窖中總要大得多，只怕自己生命延續不久，便爬出來打死了一隻野獸，除皮記錄心中所知，這幾日以來傷勢益發不可收拾，天幸你竟找到洞中，這不正是天意嗎？」

左冰呆呆地望著姚九丹，忽然姚九丹面上神色一僵，筋肉抽搐起來。

左冰吃了一驚，一步跨上前去，右手一探，緊緊拍在姚九丹的背脊之上，那姚九丹忽然一張口，一口鮮血噴射而出。

左冰內力才發，那姚九丹陡然大叫道：「快收力！」

左冰呆了一呆，姚九丹面上神色古怪，哈哈怪笑道：「我……我終於傳出去了……」

忽然他似乎想起什麼事，怪笑之聲立刻停止了下來，雙目注視著左冰，一字一字道：「但你也出不了此谷！」

左冰一怔，這的確是很困難的，但眼見那姚九丹雙目之中渴望之情呼之欲出，咬咬牙裝作輕鬆地道：「在下出入自如！」

姚九丹吁了一口氣。

左冰搶著道：「姚老前輩，你爲何叫我收止內力？」

姚九丹慘笑一聲道：「姚某自知已至散功時際，若是外力一入體內，立刻崩散反擊，那臨終散功之力甚強，你不留神之下，多曾受傷，而且若你出力相抗，則姚某八脈立斷！」

左冰知道他有神藥師之稱，醫學方面自然知之甚詳，吶吶答道：「那……那怎麼辦？」

姚九丹嘆了口氣道：「老朽已知今日是散功之期，天幸你及時趕到，現在只有靜候功散，好在老朽已無他憾。」

左冰心中不忍。

姚九丹又道：「那魏定國搶了三瓶毒藥，那素藥極爲霸道，解藥老朽書之於獸皮之上，你出谷之後，立刻交予一個武林高手，並將之公開……」

左冰見他聲音越來越低，驀然之間，那姚九丹大叫一聲，全身骨節一陣急響，那本已殘廢的雙足這時竟能一站而起，雙目之中精芒四射，滿臉一片鮮紅，神色好不怕人。

左冰嚇得不由退了一步，那姚九丹又是一聲大叫道：「魏定國！」話聲未完，猛然一跤跌在地上，眼見是不活了。

左冰心中慌亂如麻，他呆呆望著姚九丹，心中默默地忖道：「姚老前輩，在下一定會將你一生的願望實現，蒼天保佑吧！」

卅四　賣劍葬母

左冰拿著獸皮緩緩走出洞來，尋來了大的小的石塊，一塊塊將洞中堵死了，眼見那空隙一點一點小起來，到最後一塊石子堆完，左冰恭敬地行了禮。

這時他只覺思潮紛雜，忍不住席地坐了下來，緩緩伸手入懷摸出那一柄一切關鍵所在的魚腸劍，真是老天有眼，這許多秘密，這許多陰謀，竟然一件一件由左冰無意之中發現。

那短劍中「事急，楊兄速來見我」的短語和姚九丹的故事大有關聯，看來，楊陸的死是大有文章了。

還有那羅漢石，左冰只覺每一件事都好像有關連，又好像每一件事都是雜無章序，也許，當每一件事都能連貫一致，便是水落石出，真相大白的時候了。

想到那朗倫爾，又想到姚九丹，短短的時日中，竟然在這絕谷之中連連遭遇奇人奇事，而且，兩個人的臨終遺言都是要取那魏定國之命！

「魏定國，魏定國！」左冰暗暗地默呼，那朗倫爾神秘的身分，高得出奇的武功，那陷害錢大伯的陰謀，一件一件湧上腦際。

想起錢大伯，便想起了爹爹，真不知什麼時候才能出得了這山谷。

左冰搖了搖頭，站起身來，夜風拂在身上，他茫然而行，不知走了多久，走回李百超居住之處。

這時李百超大約已不再沉思難過了，居處透出昏黃的燈光，左冰走了進去，只見李百超盤膝而坐，一言不發。

靜靜的夜裡，左冰默默望著白髮蒼蒼的李百超，想到他暮年喪子的心情，自己想說句話，卻是不知從何說起。

夜風呼嘯，松火陰暗，李百超眼神湛然，正在專心一致卜卦，忽然咦的叫了聲道：「奇怪！奇怪！」

左冰忍不住問道：「前輩有何發現？」

李百超緩緩拾起腳下雙卦，凝神又推研了半天，望著左冰道：「這卦顯示吉凶應於旦夕，偏有大利客座，老弟險中得救，行將大利。」

左冰心中對他之才能，真是五體投地，不由不信。

李百超道：「此地只有老夫與兄弟兩人，武功均是有限，如說遇凶逢救，真是參悟不透，再說此地唯一通路，昔年已由老夫父子封閉，老弟此番要出去，只怕大大不易了，如果不出谷地，有何大利可行？」

李百超沉聲又道：「老夫五十而後，問卦十九不離，七十而後，那可說是心如止水，神靈交融，難道今夜心亂不準麼？」

左冰這才找到機會，將這數日所聞所見告訴李百超。

李百超淡然道：「老夫知這谷中有谷，其中定有隱居高人，但彼此遁奔逃避，何必相識，再則這谷中地勢險峻已極，非有上乘輕功絕難行走，唉，難道這救星便應於此？」

原來左冰輕功絕頂，他這數日到處行走，在他看來雖是山勢崎嶇，卻並未有行不得之苦，其實便是武林中人，能安步當車，行此如履平地，也是數得出的高手了。

左冰忽道：「李老前輩勿憂，那……那『岳家散手』……很管……很管一點兒用哩！」

李百超一驚道：「什麼，『岳家散手』你看懂了？」

左冰見他滿臉驚異之色，略感不好意思地道：「晚輩照著書中所載而學，那動作簡樸，但威力可大得緊！」

李百超嘆口氣道：「天生稟賦，雖強何爲？麟兒參悟半生，再加上老夫推敲，也只能窺皮毛，精微之處哪能領會？不然麟兒又豈會慘死於敵人之手？」

那「岳家散手」原是岳武穆一生武學精華，世人只道岳飛長於戰陣，衝鋒奪關，哪裡料到他是一個內家絕頂高手？左冰自幼受錢百鋒教授內功，這運氣之道已臻上乘，是以學起招式真是事半功倍，毫無滯礙之處了。

左冰見李百起神色慘淡，星光下更形蒼老，想到自己只怕也要被困在這谷底，心中真是百感交集，對李百超油然而生親密之感，脫口道：「前輩學究天人，晚輩如不能出谷，此生願侍奉前輩，得聆教益，也是不枉此生了。」

李百越淡淡一笑道：「你前程似錦，屢有遇合，且谷中又有敵蹤……」

左冰道：「有前輩妙陣，天下人只怕再難以入內，令郎不幸，也是遭害於陣門之外，前數日敵人分別入谷，但卻不得其門而入，高坐妙陣內，暢談天下事，前輩且釋憂懷，晚輩與您老人家對奕一局如何？」

李百超道：「天下陣法，有人佈得，便有人解得，豈可仗恃？昔年西域蓋代奸雄凌月國王，他無論陣法、奇門八卦、五行相生之學，都不在老夫之下。」

左冰幼時曾聽錢百鋒說起本朝數十年前大破凌月國的故事，此為本朝開國以來第一件大事，是以傳之極廣，當下道：「凌月國王不是敗於前輩之下，一蹶不振麼？」

李百超搖頭道：「凌月國王哪裡是敗給老夫？他是敗在一代奇才董其心手中，老夫生平見過幾個大智大慧的人，至今猶難有出我董老弟之右者。」

左冰道：「原來如此。」

李百超道：「像董其心、凌月國王這種人，如果學武，便是一代宗主，如果學佛便是一代大師，智通圓慧，如是心懷叵測，那真是非同小可。」

他歇了歇氣又道：「昔年凌月國王以四旬之年，敗於我那廿歲左右之董老弟，實是天意懲凶，利令智昏，使他輕視了我那沉穩無儔的董老弟。」

他一生之中，心中只欽服兩人，一人便是昔年甘青總督安靖原大元帥，李百超佐助安元帥如水乳交融，相得益彰，另一個便是董其心，是以只要一提此人，李百超不禁眉飛色舞。

左冰聽得悠然神往，不由道：「董老先生上次解了小人之圍，雖是年逾古稀，但手采依舊，神光照人，晚輩恨不能早生數十年，得睹董老先生英風俠行。」

李百超含笑道：「這種大智大慧的人，真是千百年難得一見也，想不到老夫暮年有幸，又能得見一人。」

左冰問道：「是卓姑娘麼？」

李百超搖頭不語，半晌忽道：「如果敵人侵入陣內，你千萬不要管老夫，自顧逃遁，你輕功頗好，一定能逃得了。」

左冰搖頭道：「咱們聯手抗敵，總勝似前輩一人對敵。」

李百超正色道：「老夫救你一命，豈願你又傷於奸人之手？」

左冰道：「前輩難道要陷小人於不義？」

李百超嘆息道：「楠木與朽木孰重？老夫風燭殘年有何留戀？你留在此，與老夫共死，又有什麼價值？」

左冰道：「晚輩與前輩相較，真是天淵之別，老前輩這比喻怕有點不妥當！」

李百超厲聲道：「你走是不走？」

左冰這人生性最是隨和，從不願給人難堪為難，當下口中道：「好……好……晚輩這便走，這便走。」但腳步卻動也不動，雙目瞧著李百超，全是真摯之色。

李百越高聲叱道：「你問為什麼是不？老夫不願見一個能承襲董老弟的人死在面前！」

左冰一震道：「什麼？」

李百超喃喃地道：「吾教之興，漠北之英，不死禪師真具大神通，慧眼能識數十年光陰之後事。」

左冰呆呆的望著他，心中不解。

李百超正視左冰，又緩緩地道：「知其不可而爲之，禪師，禪師！我李百超只有以死相渡，報答禪師大恩。」

左冰正要發問，忽然谷中一陣怪嘯，聲音刺耳，令人心驚膽顫，李百超臉色大變道：「來的至少兩人。」

那嘯聲才一停止，只聽見谷中一個沉重的聲音道：「在下一路追趕閣下，是好漢劃下道來。」

左冰一聽這聲音，心中狂跳，對李百超道：「不妨事了，來的是朋友。」

李百超一怔，左冰已放步出屋，東轉西轉，幾個起落便走出重重陣外，只見月光下，一個如鐵塔般的大漢，背著他沉穩而立，就瞧那背影，已是威風八面了。

左冰脫口叫道：「白大哥，是你！」

那大漢慌一轉身，也高聲道：「左兄弟，你怎會到這兒？」

左冰放目而視，只見白鐵軍身前五步，站著一個老者，正冷冷打量兩人。

白鐵軍道：「待爲兄和這奸賊了結，再和兄弟敘話，對了，左兄弟，這賊子腳底滑溜，你替大哥注意了。」

那老者正是擊傷玉簫劍客的人，白鐵軍離開蘭姑娘，北行第三天又撞著此人，他一路跟蹤幾次，幾乎著了這老者道兒，最後一次，白鐵軍僞裝食了老者下的毒藥，老者以爲他必死，這便又來到谷底，不意才一入谷，白鐵軍已尾隨而到。

那老者瞪著左冰道：「快將『岳家散手』秘笈交出，老人便放你兩個小輩，不然……嘿嘿！那姓李的便是模樣！」

左冰叫道：「白大哥，這人上次在此殺了一個前輩……」

他話尚未說完，白鐵軍雙手一合叫道：「看招！」

那老者驀的一縮身，閃過一招，身形微動之際，已然連發三招，白鐵軍見招破招，從容對應。

這時李百超緩緩走出，那老者見對方人愈來愈多，知道佔不了便宜，全勁擊了一掌，驀然縱身而起，白鐵軍叫道：「左老弟，快追。」

左冰反應快捷無比，聲未落身形早起，但前面老者身形實在太疾，幾個起落便消失了身形。

左冰立足嘆息道：「小弟起步慢了半步，至多可以和他保持一定距離，如要追上，卻是辦不到的事。」

白鐵軍點點頭道：「此人怪異，輕身工夫真是匪夷所思。」

李百超打量著白鐵軍，忽道：「閣下如何進此谷中？」

白鐵軍道：「小可從東南一處小洞進來！」

李百超大驚道：「那……不是被萬鈞巨石封住了？」

白鐵軍點頭道：「但巨石當心之處，卻有一個容人小孔，所以通行無阻。」

李百超喃喃道：「化石神丹，這老者居然配成了失傳多年的丹方，看來他要取這『岳家散手』，真是處心積慮了！」

又對白鐵軍道：「多謝閣下代逐強敵，此人身法怪異，倒使老夫想起昔年江湖一大魔頭，但這魔頭已死於我董兄弟之手，這倒奇了！」

白鐵軍急問道道：「什麼魔頭？」

李百超道：「這魔頭綽號天禽，與天劍、天魁齊名，人稱天座天星！」

白鐵軍忽然想起師父的事來，跌足嘆道：「正是天禽身法！難怪無人能及。」

李百超道：「此人多半是天禽徒侄之輩！」

李百超說完肅容入內，白鐵軍與左冰談起別來之事，愈說愈是精神，不禁長夜已盡，曙光早現。

左冰道：「如非白大哥前來，小弟只有終老於此谷了。」

白鐵軍望著那陡峭山勢，點點頭道：「如果兄弟不成，作大哥的更是不用談啦！」

兩人談話之間，李百超走上前道：「此地既是通開，老夫再難在此靜修，天亮了和你們一走罷了，老夫到東海去會會故人！」

三人吃了早飯，往谷東南走去，走了一個時辰，來到一處狹徑，前面是萬鈞巨石，路擋得死死的，真是水洩不通。

李百超道：「老夫昔年運用機關之學，歷經艱辛，造此天險，卻不料強中更有強中手，這巨石是白設了。」

左冰定眼一瞧，那石中央有一方小孔，用淤泥隱蓋，不留心卻也瞧不出來。

原來那日李百超之子走到石旁，發現此秘密，連忙趕回家報告，但才一到家，強敵躡足而至，終遭殺害滅口。

三人鑽孔而出，行了一天，來到大道，恰巧三人路途均異，便在交叉口分手而去。

左冰頂著迎面而來的涼風疾奔，他心中只惦念著爹爹，其他的什麼都不想，他越過一片叢林，又登上一個土丘。

這時日正當中，淡淡的清輝灑在地上，左冰疾行如飛，他墜落谷中九死一生，身上衣掌已是襤褸不堪，更加數日沒有梳洗，身上又髒又亂，但是左冰這一切都感覺不到，他只知道快些趕路，早些見到爹爹。

一直到天亮的時候，他想到一個重要的問題，銀髮婆婆給他的黃金於墜谷時失落，他身上已是一文不名了。

這時，天色微明，他走入一個不大不小的市集，石板道路上冷清清的，遠處有幾家早起的店家，屋頂上已冒出幾縷炊煙，左冰拍了拍衣上厚厚的灰塵，腹中感到飢餓得緊，卻是一文錢也沒有。

他在那市集中來回踱了一遍，起床開門的人家愈來愈多，清靜的街道上開始傳來陣陣打水洗梳之聲，左冰心想：「先找個地方躺躺休息一下，等一下再想辦法吧。」

他信步走去，抬頭一看，是一幢相當高的大樓，門前黑底金字：「天台客棧」。

左冰暗道：「這個客棧相當大，門面也蠻有氣派的，我還是繞過去尋個僻靜地方躺躺吧。」

他繞過那幢高樓，只見前面是一個木柵圍成的馬房，他便靠在木樁坐在地上，把雙腿雙手儘管放鬆了一下。

那馬欄裡一陣騷動，左冰暗驚道：「怎麼會有這麼多駿馬？莫非住在這客棧中的客人全是騎馬來的？」

他伸頭向馬欄中望去，只見二三十匹駿馬都瞪著眼睛看著他，左冰不禁暗暗想道：「此刻我如有一匹馬趕路就好了。」

看那些馬匹，匹匹神駿，左冰看了一會兒，搖搖頭暗道：「口袋裡一文錢也沒有，想有什麼用？」

他苦笑一聲回轉頭來，不再看那些駿馬，把頭靠在木樁的凹處，運氣休息。

這時太陽已經照上街道，早點鋪子已經開始忙碌，鍋鏟聲，吆喝聲，蒸籠上的水氣騰騰，混成一片乳白色的晨景，左冰看著，不覺更是飢腸轆轆了。

這時客棧大門已開，兩個小廝扛著水桶刷子和馬料走到馬房這邊來，他們老遠就望見躺在木樁邊的左冰，四隻眼睛一齊向這邊看來。

左冰正想點個頭，那兩人別過頭匆匆走入馬房，那眼光就像在路上看見一個病倒的叫化子又臭又髒，掩鼻快步而過的樣子，左冰不禁又是苦笑一聲。

只聽那兩個小廝在裡面一邊餵馬，一面閒談。

其中一個道：「他媽的，這批凶神真是難伺候，半夜三更不睡覺，聊天的聲音大得好像吵架，別人都甭想睡覺了。」

另一人道：「我服侍的那幾位更麻煩哩，三更過了還要喝老酒，燙了酒送上去還嫌菜不好，真是倒了霉……」

「老板再三關照，這批人個個都是神仙般的本事，咱們萬萬不能得罪，一個搞不好，腦袋就要搬家……」

左冰聽這兩人發牢騷，忖道：「怎麼這個小市集裡一下聚合了這麼多武林人物？這倒是怪事了。」

那兩個小廝一面工作一面胡扯，倒也自得其樂。

左冰望著不遠處街對角上早點鋪裡剛揭開蒸籠，雪白的饅頭包子冒著熱氣，實是忍不住咽把口水，他閉上眼默默想道：「這樣可不是辦法，挨過今天可挨不過明天，還沒有見到爹爹，也許就要餓死途中了。」

他忍受著飢餓的煎熬，心中想著別的事來分散注意力，但是只過了一會兒，他又無法忍耐下去，他暗暗忖道：「我只要略施輕功，偷他幾個饅頭，然後再奪一匹馬，立刻就能上路，下次經過這裡時，一定十倍奉還他們。」

他想到這裡，不禁躍躍欲試，雙手一撐便站了起來，緩緩向那對角街上的早點鋪走去。

他走到店鋪邊上，望著那一籠籠肉包子，香氣撲鼻，夥計忙碌地端著一籠籠也往裡送，左冰心中對自己道：「我下次經過這裡時，一定以十倍價錢賠賞這店家……」

他計劃了一下得手撤退的路線，便走到店門前。

這時，那掌櫃的伸出一張肉團團的笑臉道：「客官，要用點什麼？」

左冰望著掌櫃的那張笑臉，忽然覺得慚愧起來，他慌慌張張地答道：「不……不要什麼……」便趕快匆匆地走開。

他走了幾步，四面瞥了一眼，發現並沒有什麼人在注視他，於是他又垂著頭，緩緩踱回到那馬棚的木樁旁。

左冰心中暗暗道：「我是想下次十倍賠償於他，所以我便覺得偷他幾個饅頭是理所當然的，焉知那些強盜小偷在他被生活逼得第一次下手時，不也是存著我這樣的想法？左冰啊左冰，你差一點就淪爲竊盜小偷了。」

他暗自難過了一會，飢火又升了上來，回頭看了那兩個小廝，仍在起勁地工作，一個刷馬，一個沖水，嘰哩咕碌仍是喋喋不休。左冰忽然想起自己在巨木山莊做伐木工人的那一段生活來，那時他用自己的勞力賺取路費，雖是過著機械般沒出息的生活，但是卻另有一種勞動的驕傲和滿足。

想到巨木山莊，他耳邊似乎又聽到哀傷的簫聲，還有那一張清麗含怨的臉孔與溫柔含情的目光。左冰下意識地伸手在眼前揮了一揮，似乎想要揮去那些煩惱的影子。

他轉過頭來，暗自忖道：「我何不幫這兩個小廝做工，混頓飯再作道理？」

想到這裡，便覺此計可行，他站起身來，那兩個小廝都不理地繼續工作，他又故意弄出些聲音來，可惜那兩個小廝仍然沒有注意到。

於是左冰只好輕推開木柵門，走到那兩個小廝的身後，望著他們，心中盤算著怎麼開口。

他忖思道：「只要說一聲『我替你們把工作做好，只要供我一頓飯就行』，他們多半會答應的……」

但是這句話卻也不易說出，直到那兩個小廝看見了他，皺著眉頭問了一聲：「小子，你要幹什麼？」

左冰忽然氣餒了，那句話再也說不出來。他搖了搖頭，又退出了馬房。

這時，街道上已熱鬧起來，有些買菜的人提著籃子在街邊陰涼的走道中擠來擠去，左冰心想：「就空著肚子上路算了吧。」

忽然，街道的中央走來一個魁梧的大漢，那大漢身上穿得雖是破爛，但是氣度卻是威風得很，紫黑色的方臉上流露出一種力可拔山的氣勢。

那大漢走到街市中央，他身旁還站著一個獐頭鼠目的瘦子，那瘦子站定了便大聲道：「列位朋友老兄，這位方大哥乃是從京城到咱們這兒來的，只因路上老母病倒，花光了盤纏，咱們家主人丁老爺向來濟貧救窮，三個月來一直免費為他老母醫治，無奈這位方兄的老母年高體弱，終於不治身亡，咱們丁老爺雖然慈善，卻也無力再替這位方兄治喪，所以……」

那瘦子說到這裡停了一停，他說了這一大篇，周圍已經圍了一大堆人，瘦子繼續道：「這位方兄在此英雄末路之際，身無長物，只有祖傳寶劍一口，今日想要把它賣了為母治喪，萬望列位父老兄弟幫忙則個。」

那大漢背上背了一柄長劍，劍柄上裹著墨綠色的獸皮，柄端上飄著兩段大紅穗絲，他臉上的神情十分淒然，望了眾人一眼，開口道：

「小人流落貴鄉，老母不幸去世，身上只剩下這柄寶劍，請各位品評一下。」

他抱了抱拳，從身上解下了那柄長劍。

人群中有人問道：「兄弟，你這柄劍要索怎麼個價錢？」

那大漢道：「老兄願出多少？」

那人道：「上好的寶劍，三兩銀子也夠了。」

那大漢搖頭道：「這劍不只值此數。」

眾人道：「你倒說說看值多少？」

大漢舉起手中劍來，喃喃自語道：「寶劍呵寶劍，今日我若一百兩銀子賣了你，可真太委屈你了。」

眾人一聽一百兩銀子，立刻傳來一片譏諷之聲，全都散開了。

那大漢抱著劍長嘆一聲，低聲道：「不賣也好，寶劍到了他人手中，也就變成凡鐵一塊，不賣也好……」

他身旁那瘦子道：「你這小子究竟是什麼意思?你欠了咱們老爺一百兩銀子幾個月了，既不還錢又不搬走，替你出個主意來賣劍，你一開口就把大夥兒氣跑了你……你究竟是什麼意思?」

那大漢冷笑一聲道：「咱們身上五百兩銀子不到兩個月全讓姓丁的老頭偷走了，你們又動手搬了咱們的東西典當賣光，咱們還欠你什麼銀子?」

那瘦子道：「狗咬呂洞賓不識好人心，你這小子不念咱們老爺的恩惠，反倒罵起咱們來，我警告你，你今天晚上有錢也好，沒錢也好，一定得背上你老母的屍身上路，咱們丁老爺是個醫生，可不是開停屍館的。」

那大漢雙目圓睜，怒氣直升上來，但是立刻他又強自忍下，冷笑一聲，不再說話。

這時忽然那「天台客棧」中走出一批人來，個個都是武林人物，當先一人叫道：「喂，賣劍的，且等一等。」

那大漢回頭一看，那批武林人物湧了上來，當先那人道：「聽說你在賣劍，可以讓咱們瞧一瞧麼？」

那大漢把手中劍拔了出來，只見劍才出鞘，立刻放出一縷清碧色的光芒，大漢略一揮動，站得近的人立刻感到寒氣遍體，大夥兒忍不住喝道：「好寶劍！」

當先那人掄著道：「聽說你要索價一百兩是麼？」

那大漢搖了搖頭道：「賣給閣下，卻要賣一千兩銀子了。」

他此話一出，那瘦子在旁勃然大怒，但是一批武林人卻是沒有一人發笑，因為他們全是識貨人。

那當先之人道：「天下那有漲價漲那麼快的道理？」

大漢道：「閣下自己心中明白，這柄劍落在閣下手中，難道不值一千兩麼？」

當先那人笑道：「好，好，一千兩就一千兩。」

那獐頭鼠面的瘦子驚得呆了，想不到世上真有人肯出一千兩白銀買一柄破劍，看那買主卻是迫不急待地叫道：「咱們一手交錢一手交貨，不可反悔了。」

那大漢望著手中長劍，忽然仰天長嘆：「昔日秦瓊賣馬，英雄末路莫過於此，想不到我方一坤也為了幾個錢把寶劍都賣了，唉，一文錢逼死英雄好漢。」

他向那賣道主：「好，就賣給你吧。」

那賣主連忙從懷中掏出兩個金元寶來，道：「這裡大約值三百兩白銀，算是定洋，剩下幾百待我回頭再交給你，那時銀貨兩訖，你拿錢，我拿劍。」

那大漢把手中的長劍遞過去道：「寶劍先放在你手上，我先去辦了母親的喪事再來拿錢吧。」

他漫不在乎的把手中寶劍遞給了人家，拿著兩錠金元寶，大步向左走了。

左冰躺在木樁旁目睹這一場賣劍，見這個大漢看來有些傻呼呼的，行事卻是大氣得很，心中不禁暗暗稱奇。

過了一會，街左角幾個大漢扛著一具上好棺木走了過來，那大漢手持著一根長達丈許的烏黑頭杖，鳩頭上繫著一個破布包，跟著棺木緩緩走到街心。

那一群武林人物一看到那大漢手中的長鳩杖，忽然全部臉色大變，發出一片驚呼之聲。

左冰知道事情就要發生了，他緩慢站起身來，悄然走近人群，立在一邊作壁上觀。

那大漢一手持杖，一手扶著棺木，臉上全是哀傷的淒然神情，對這邊眾人的驚呼全不在意。

那買劍之人和同伴幾個相對望了數眼，這時那幾人抬著棺木正要行過，買劍之人大叫一聲：「嗨！且慢！」

那大漢似乎是吃一驚，揮揮手，棺木停了下來，那買劍之人手中持著那柄寶劍，一步躍到大漢身前，只見他一起一落，竟是上乘輕功身法，行止之間，無不恰到好處。

左冰在一旁忖道：「原來這些人竟然全是名門高手！」

大漢道：「什麼事？」

那買劍的人是個中等身材的白淨漢子，他望了望大漢手中的特長鳩形黑杖，然後指著那具全新的上好棺木道：「這靈柩中是你什麼人？」

那大漢聽了這句話，似乎傻了一會兒，然後哽咽地道：「母親。」

他只說出這兩字，忽然之間眼淚流了下來，滿臉茫然的表情，似乎一提起他這個至親的人，立刻使他回想到極其久遠的往事，整個人呆住了。

那白淨漢子緊接著問道：「你可是姓方？」

大漢似乎沒有聽見，也不回答，只是傷心地流著眼淚。

路旁有兩個路人幫他答道：「不錯，他是姓方。」

那白淨漢子一聽這句話，忽然之間慘喝一聲：「鳩首羅刹，殺人償命，血債血還，她倒逍遙地入土爲安了……」

他伸手拔出手中寶劍，忽地如同瘋狂一般像那大漢撲去。

那大漢立在那裡呆若木雞，白淨漢子手中寶劍如風而至。大漢只是恍若未覺，左冰立在對面，忽地大聲道：「劍下留人！」

他一步搶入，身形真如閃電一般，竟然後發先至地搶到大漢身旁。

那白淨漢子劍出如風，挾著一種嗚嗚雷鳴之氣概，直刺向大漢左肩，左冰急切之間，渾忘一切，看準那劍子來勢，伸手便拿——

這一伸手，施的就是岳家散手的精華。岳家散手從出手到變化，完全不是武林中常見武學的路子，是以用在一個普通武林人物的對招中，顯得奇快無比，左冰只是一伸手之間，卻是正好拿在那白淨漢子的命門要穴，只是一分一合之間，一柄長劍已到了左冰手中。

那白淨漢子似乎已陷入半瘋狂狀態，絲毫沒有停頓，舉掌便向棺木拍去！

那大漢這時才清醒過來，他大叫一聲：「不要打，不要打，我不能和人動手的，我不能和人動手的……」

那白淨漢子反手一掌拍下，大漢不躲不閃，「啪」的一聲正好打在他肩上，大漢卻是理也不理，伸手一抱，便把那具棺木抱起，低身放在自己肩上。

這具棺木加上裡面的屍身何等沉重，那大漢卻是輕若無物地背在背上，所有的人都暗暗倒抽一口涼氣，尤其是那買劍的白淨漢子，心中更是驚駭無比，只因他一掌打在大漢肩上，直如擊中鐵板，震得自己腕間隱隱生痛。

那大漢的臉上卻滿是恐怖害怕之色，扛著那具棺木，拔腿逃跑。

白淨漢子大喝一聲：「鳩首羅剎，我派死仇，各位且莫放他逃走！」

眾人一聽此言，全都圍了上去。

那大漢背著棺木只是一味閃躲，絕不肯還手，有時實在閃不過了，便大叫一聲：「勿傷棺木！」然後用身體去硬接一掌，直打得他胸前背後無一寸完整。

左冰也被圍在人群之中，他究竟沒有打鬥經驗，看到那麼多對手發招攻來，根本不知發招相抗，只是施展輕功閃避，只數招後，所有的對手全被他一身不可忠議的輕功驚呆了。

這時，客棧中其他武林人物全出來觀看，嘈雜聲中，只聽得有人在叫：「祁連派的門人竟在這地方碰上了鳩首羅刹的兒子，幹了起來……」

「還有一個小叫化似的人，不知是幹什麼的……」

一片七嘴八舌、嘈雜喧嚷之中，忽然聽得那大漢叫一聲：「我不能和人動手，我要走了。」

只見一條龐然灰影沖天而起，那大漢手挾鳩首長杖，背著一具棺木，竟然如同一隻大鳥飛了起來。

眾人全是武林好手，一看之下，全都說不出話來，左冰趁機也是一拔而起，緊跟著那大漢身後如飛而去。

那大漢背著棺木，竟是其行如飛，左冰腳下微一加勁，漸漸追了上去。

這時兩人已遠離市集，左冰問道：「兄台神力令人好生佩報。」

那大漢緩緩停下身來，放下肩上棺木，然後抱拳道：「兄台拔刀相助，方一坤無以為報，請受我一拜。」

說著就拜將下去，左冰連忙一把拉住，道：「方兄不可如此，小弟這點能耐，如何稱得上拔刀相助。」

那方一坤也不多說，點了點頭道：「兄台請稍待，小弟先把家母棺木埋葬妥當。」

他就在左邊挖了一個坑，把棺木埋了，還立了一塊木「碑」，伸指在木上刻道：「方母錢老夫人墓」。

埋罷也不管左冰在旁，便抱頭痛哭起來，哭得好不傷心，嘴裡含含糊糊地不知在訴說什麼。

過了一會兒，他站起身來，伸袖把臉上眼淚抹去，便坐在左冰旁。

左冰道：「小弟名喚左冰，兄台與那批人怎麼結上仇的？」

方一坤抓了抓頭道：「小弟實是不識得那些人，大概是家母生前的仇人，家母生前似乎仇人極多。」

他說著，伸手就從懷中掏出一大包饅頭來兩人共吃，饅頭已被壓成扁平餅狀，但左冰經過這一段打鬥逃跑，腹中更是飢餓，這時飽餐一頓，只覺舒服得緊。

方一坤道：「小弟曾在母親靈前立過誓，除了對一個人外，我終生絕不與任何人動手打鬥，是以無論那幫人如何打我，我只有逃跑一條路。」

左冰心中覺得奇怪，但又不好多問，只好把手中寶劍遞給方一坤道：「這柄劍正好還給方兄。」

方一坤道：「據家母云，此劍名喚『追靈』，是柄不祥之物，家父之死即與此劍有莫大關系，據說這劍中藏有一件重大秘密，但是數十年來，家母不斷推敲研究，卻是什麼名堂也沒有看出來，如今家母過世，留在我這傻瓜手上毫無意義，左兄慧人，還是給你算了。」

左冰握著那柄劍仔細看了一番，只覺劍身非鋼非鐵，泛出一種柔蕩的暗綠色光茫，劍柄上一邊雕著一條玉龍，刀工十分精緻，栩栩如生。

方一坤道：「小弟自幼依母爲生，如今母親故去，是以忍不住失態痛哭，左兄包涵一二。」

左冰道：「方兄那裡的話，倒是有一事小弟想請教……」

方一坤道：「左兄有事請問。」

左冰道：「方才方兄說道令堂生前仇家極多，方兄又立誓不與人動手，那麼方兄在江湖上行動豈不危險之極？」

方一坤哈哈笑道：「小弟自幼至今，二十餘年來除了練武外，無任何其他事感興趣，武林高手雖多，小弟打不過他們，難道逃都逃不掉麼？」

左冰從見到他開始，第一次看到他真正的笑容，也是第一次聽到他如此豪放地說話，霎時之間，在左冰心中，這大漢的氣度與他的外貌相配極了。

左冰望著他虎目中所流露出來的英雄威勢，不知不覺間又想到了白鐵軍。點了點頭道：「不錯，三十六計，走爲上策。」

方一坤道：「我要走了。」

左冰想問他到哪裡去，但終於忍住沒有問，他站身來，望了對方一眼，道：「咱們就此別過。」

方一坤拱了拱手道：「左兄後會有期。」說罷便大踏步走了。

左冰望著他魁梧的背影逐漸消失，想到自己迷迷糊糊地和他認識，又迷迷糊糊地分手，不禁暗自搖了搖了頭，想到剛才飽餐了一頓饅頭，忍不住由衷地道：「方兄，謝謝你的饅頭。」

但是方一坤的背影已經消失了，左冰轉首望了望那個新墳，喃喃道：「下次碰上錢伯伯，一定要問問他鳩首羅剎什麼人物。」

他拍了拍身上的灰塵，便開始繼續上路，剛吃過了饅頭，體力完全恢復，走起來又輕又快，他想到這一頓是解決了，可是下一餐卻是毫無著落，於是左冰又微微苦笑一下，自己對自己說：「管他下一頓怎麼樣，反正餓不死的。」

卅五　金沙神功

他一口氣走到日中正當的時分，才停下身來，前面是一片林子，左冰隨便採了一些野果吃了就算了事，靠在樹下足足休息了一個時辰，才爬起來繼續上路。

夕陽西沉之時，他走出了一這一大片莽莽森林，前面忽然出現廣闊的黃土平原，左冰深深吸了一口氣，似乎已經可以嗅到故居的氣息，那無垠的黃土給他一種難以形容的親切感，他的腳步也不知不覺間加快了起來。

這時日迫西山，餘暉漸弱，大地也開始昏暗起來，左冰看見前面出現一座破落的祠堂，暗忖道：「看這附近無人居住，怎會有個祠堂？」

他加速趕向那祠堂，這時，天已黑了。

祠堂外，地上除了一些碎瓦殘磚外什麼都沒有，祠內也沒有燈火，只是一片黑暗。左冰放慢了腳步，緩緩走近那祠堂。

忽然一陣微風吹來，帶過來一陣血腥之味，左冰不禁暗暗打了一個寒噤，四面張望了一番，卻也看不見什麼，他暗暗想道：「這裡分明久無人居，怎麼會有這種血腥之味？」

他懷著緊張的心情向前摸索，忽然被腳下一物一絆，險些跌了一跤，他連忙俯下身來伸手一摸——

這一摸幾乎使他驚叫起來，他的手指感覺到摸在一個冰涼的臉孔上。

左冰湊近一看，只見地上躺著一個魁梧的屍體，再伸手一摸，只覺那人是個光頭，身上也穿著僧袍，竟是一個和尚。

左冰暗暗皺了皺眉，心想：「在這個地方竟有一個和尚暴斃地上，是怎麼一回事呢？」

他悄悄站起身來，向左走去，豈料走不了幾步，腳下又被絆了一下，他只略一凝目，知又是一具和尚的屍體，這一來，左冰心中不僅寒了起來。

就在此時，祠堂裡忽然傳來一聲輕微而沉重的長嘆，在這死一般的寂靜中忽然傳來這麼一聲幽然長嘆，真令左冰毛骨悚然，他拚命壯著膽向前走去，要想探個究竟。

這時祠堂中傳來一個低沉的聲音：「大修，是什麼時分了？」

另一個較年輕的聲音道：「不知道，反正天已全黑了。」

那蒼老的聲音道：「大覺他們全送命了嗎？」

那年輕的聲音道：「全完了，唉！」

那蒼老的聲音道：「大修，你還撐得下去麼？」

那被喚爲「大修」的年輕人道：「師父，我大約也要不行了……」

蒼老的聲音長嘆一聲道：「唉，想不到咱們傾寺而出，卻在這裡全軍覆沒，我之罪，我之罪也……」

那大修道：「師父不可自責，天意如此，咱們出家人認命就是，有什麼好氣惱的？」

那蒼老的聲音道：「大修，你雖是爲師的弟子，可是在佛法領悟修爲上，卻是超過爲師多多，你能這麼想，足見心境靈台一片和平，爲師雖然經書念得比你多，卻是萬萬做不到……」

他說到這裡，停了停然後繼續道：「大修，你猜爲師此時心中在想什麼事？」

那大修道：「師父在想那批偷擊我們的蒙面兇手究竟是什麼來路？」

蒼老的聲音道：「知師莫如徒，爲師就是想不通那批人個個都是超凡入聖的稀世高手，究竟是從哪裡來，爲什麼要狙擊咱們？」

那大修輕噓一聲沒有回答。

過了一會兒，那蒼老的聲音又道：「大修，你猜爲師現在又在想什麼事？」

那大修道：「師父在想咱們大漠金沙寺數世盛名，金沙神功獨步天下，這一次全軍覆沒，如何想個法子能將衣缽傳下去？如何找個人去應明夜之約？」

蒼老的聲音又是一聲長嘆：「唉，大修你深知吾心，可是這只是想想而已，這裡荒僻絕頂，咱們兩人坐以待斃，難道天上會掉下　個天資上乘的人來傳我衣缽？罷了罷了……」

那大修不答，忽然傳來急促的呼吸之聲，蒼老的聲音叫道：「大修，大修……」

那大修低聲道：「師父……弟子去了……」

接著一片寂靜。

過了一會兒，那蒼老的聲音長嘆一聲道：「阿彌陀佛，大修，汝登極樂，我雖入地獄猶嘆無門！」

那聲音中充滿著絕望的哀傷，絕不像是一個和穆僧人說出的話，左冰躲在黑暗中聽得似懂非懂，他只覺得裡面那老和尚這句話似乎包含著許多意思，但是一時卻也不明白，呆想了一下，一不小心腳底發出一點聲響。

裡面那老和尚冷哼一聲道：「朋友，老衲我還沒死呢，有種的只管進來下手吧！」

左冰叫道：「大師不可誤會……」

他一面推門而入，話尚未說完，那老和尚忽地大喝一聲：「咄！你給老衲住口！」

左冰被他搶白一句，不覺有些發怒。

那老和尚道：「你走過來一點。」

左冰心想「難道我還怕你。」於是大步走上前去。

黑朦朦之中，只見那老和尚端坐在地上，低著頭一動也不動，他走到那老和尚身前五步之處，停下身來。

那老和尚頭也不抬，忽然之間大袖一揚，一股熱風隨袖而發，有如具形之物疾如閃電地捲向左冰，老和尚大喝一聲：「倒下！」

左冰忽覺那股熱風襲來，在灼熱之中夾著一種刀刃般的刺膚之感，他向後退了一步，然而那灼熱氣流驀然已經壓體而至。

在左冰的經驗中，從未想像到過世上有這等迅如閃電的掌力，他大驚失色之下，忽地雙足倒轉，身體向下已經倒了下去，堪堪離地尚有一寸，整個軀體如同一支箭一般射了出去。

這一招變幻之奇大違武林中輕功的路子，老和尚雙目一睜，牢牢盯著丈外挺立的左冰。

左冰只覺那股熱風從胸腹側部吹過，好比一股剛起鍋的蒸氣，又如被嚴冬冰雪北風迎面削過，整個胸腹之間感到疼痛不已，他驚魂甫定，駭然地望著坐在地上的老和尚。

然而他卻不知那老和尚心中更比他驚異十倍，左冰不知這一袖乃是大漠金沙功中精華，金沙功是武林中絕頂神功之一，比之名滿天下的「流雲飛袖」絕技，威勢猶有過之，昔年奇俠董其心年少之時得了金沙掌精奧真傳，一上手就令西方霸主凌月國王失手無措，老和尚這一袖捲出，在他想法中，對方萬無逃出之理，然而此刻，左冰卻好生生挺立在一丈之外。

老和尚道：「年輕人，你到底是什麼來路？在老衲歸去之前，你總得讓老衲弄個明白，死也瞑目。」

左冰搖手道：「大師誤會了，晚輩乃是過路之人，並非襲擊大師之人。」

老和尚長長啊了一聲，凝目注視著左冰，過了一會道：「方才咱們的對話你全聽到了？」

左冰老實地道：「都聽到了。」

老和尚長嘆一聲道：「十多年來，老衲靜坐大漠，未入中原半步，想不到才一入關，竟被人糊裡糊塗地偷襲，大漠金沙寺全軍覆沒於斯，真乃天有不測風雲……」

左冰道：「大師不知偷襲之人是誰麼？」

老和尚道：「老衲想破腦袋，也想不出是什麼仇家，能在一夕之間糾合如此多的絕頂高手。」

左冰道：「大師可曾看清他們面目？」

老和尚不答，忽然對左冰道：「施主你請過來一點。」

左冰依言又走了過去，那和尚忽地又是猛一伸手，一下子就抓向左冰手肘脅腰五個大穴。

左冰驚呼道：「你……你……」

他身形一閃，手翻如電，但是肘上一緊，仍然被那老僧扣住。

左冰怒道：「你怎麼老來這一套？」

那老僧只如未聞，側頭想了半天，忽然鬆手道：「不錯，你確非方才來偷襲咱們之中的人。」

左冰又氣又怒，冷笑道：「大師口口聲聲偷襲，自己卻是連番偷襲我，是何道理？」

那老僧微笑道：「施主莫要惱怒，實是老衲身受重傷，性命只在旦夕之間，是以不得不以小人之心度君子，施主多多包涵。」

左冰見他這麼大把年紀說出道歉之語，也就不怒了，他搖搖首道：「晚輩見大師出手如電，豈會命在旦夕之間？」

老僧微微一笑道：「施主有所不知，老衲背上中了兩記大力金剛掌，體內主脈全傷，能撐到天亮已是奇蹟了。」

左冰暗暗吃了一驚，心想大力金剛掌乃是內外兼修的佛門神拳，連中兩拳之下，居然談笑風生宛若未傷，這老和尚的定力和功力，簡直是深不可度了。

那老僧望了左冰一眼，忽然問道：「施主，你可是中州名門弟子？」

左冰搖搖頭道：「晚輩連師承都沒有，哪是什麼名門弟子？」

那老和尚皺著眉注視了半天，臉上露出十分費解的神情，過了一會道：「孩子，你可知道漠北的金沙門？」

左冰道：「聽過。」

老和尚長嘆一聲道：「金沙門世世扼守大漠，雖未踏入中原半步，然而金沙門的大漠神功威震天下，中原武林縱然代代出高手，卻也不敢輕看我金沙門絲毫，然而百年前敝門內生大變，青虹祖師與掌門師兄同室操戈，青虹祖師一怒攜了我金沙神掌中最精華的三卷秘笈一去不返，從此金沙門大不如昔……」

左冰聽他忽然談起金沙門的歷史掌故來，不禁大為不解，但他見老僧臉上露出一片淒然的神情，不忍出言打斷，只有聽他繼續說下去。

「記得青虹祖師圓寂之際，為我大漠一門之興衰卦了一課，結果命吾門弟子百年之內不可擅入中原，否則必遭巨禍……」

老僧說到這裡，忍不住又長嘆一聲道：「想不到咱們後人不聽青虹祖師之言，昔年敝門九音神尼受人挑撥，在北固山上與丐幫決戰，雖然一戰而勝，把丐幫幫主七指竹藍文侯打成重傷，然而丐幫捲土再來時，董其心在青龍寺助戰得勝，九音神尼率眾離寺遠去不知所終，今日老衲不聽祖師之言，率眾南下，竟也應了那一卜真言，弄得全軍覆沒，看來我金沙門此後是煙消雲散了，叫老衲何以對祖師於九泉之下？」

左冰聽他說得淒然，不禁同情之心油然而生，老僧淒然望著左冰，似乎有什麼隱衷極難下定決心，左冰只是默然，於是漆黑的破祠堂中立刻陷入死一般的沉寂之中。

過了一會兒，那老僧忽然長聲吟道：「佛愛眾生，豈言無情，皮囊猶在，意氣終生。老衲原非西天緣人，祖師爺請恕弟子妄爲之舉。」說罷，他面對左冰道：「施主你尊姓大名？」
左冰道：「晚輩名叫左冰。」
那老僧喃喃念道：「左冰……左冰……」
忽然他突如其來地問道：「左冰，你可願入我金沙門下？」
左冰吃了一驚，結結巴巴地道：「晚輩資質愚鈍，如何敢……」
他話尚未說完，老僧已長嘆一聲打斷道：「施主不肯也罷，施主可肯爲老衲做一件事？」
左冰道：「大師有何驅遣，只管明言。」
老僧吸了一口氣，臉上露出痛苦之色，過了好一會，才恢復平靜，苦笑著道：「老衲內傷已開始發作，看來支持不到明天了，咱們萍水相逢，老衲臨終有託，萬望施主承允……」
左冰道：「大師有言請說。」
老僧道：「此去西南百里，有一峰名曰棲霞，後日之際，請施主登峰尋一老嫗，其肩上繫有黃帶一條，施主尋到她之後，便對她說……」
老僧說到這裡，想了一想道：「施主便對她說，飛月和尚和她昔年之約已經作罷，金沙門途中中伏，全軍覆沒，飛月和尚望她念在昔日交情上，收藏此物……」
他說著從懷中掏出一卷皮紙來，低聲接著道：「……要她將來爲我金沙門重立門戶……」
他把那卷皮紙交給左冰後，忽然道：「她若不肯接受，施主可將此物交給她看。」
他一面說一面又掏出一個小銀船來，左冰見那銀船不過么指大小，卻是製得桅舵俱全，精緻無比。老和尚交出此物時，雙目露出無比依依之色，左冰心覺奇怪，卻也不便多問。

忽然之間，聽得老僧呼吸急促起來，老僧張口連呼，高聲叫道：「施主，你過來……」

左冰走近老僧，老僧忽地又是雙手猛伸，抓住左冰雙脈。

左冰大叫道：「你……你……」

他只覺雙脈之間忽然有一股無比渾厚的熱力源源傳入，使他立刻生出一種昏厥欲睡的感覺，話也說不出來。

迷迷糊糊之間，只聽得老僧嘶啞地在他耳邊道：「左冰……你務必照我所言去做……金沙門人在地下必感大德……幫助我吧……幫助我吧……一個有道高僧……一個罪孽之人……」

接著，左冰就昏睡了過去。

老僧長嘆一口氣，喃喃地對躺在地上的左冰道：「你若要練武，從此可以省卻二十年的苦修。」

然後，老僧也緩緩合上了眼。

黑夜將退之時，左冰悠悠醒轉過來，他一睜開眼，立刻爬起身來向後看去，只見那飛月老僧含笑盤坐地上，摸他脈門，早已僵冷了。

左冰忽然之間被一種難以形容的悲傷之情所籠罩，他與飛月和尚相識不過數個時辰，照理說不會有什麼情感，但是左冰望著他盤坐含笑的屍身，心中生出一種奇怪的感覺，彷彿覺得自己對他負欠了一些什麼。

他輕輕把那飛月和尚交給他的一卷皮紙和一隻小銀船拿出來細看了一看，喃喃地道：「西南百里……棲霞山……白髮老婆婆……」

他走到門口，忽然覺得腰間多了一件東西，他伸手一摸，只見腰帶上綁了一個小方布包，他打開一看，裡面是兩個小裝藥葫蘆，還有一些銀錢，他知道這是飛月和尚之物，想到這老和尚對他設想的周到，忍不住回頭再望了他一眼。

天邊曙光初現之際，左冰離開那荒廢的破祠堂匆匆上路了。

他辨別了一下方向，一直向西南馳去，走了一整天，到達了山區。

他從一條小山路走入山區，心中暗暗忖道：「這裡群山錯雜，也不知道哪一座山叫做棲霞山。」

這時天色已暗，左冰心想：「在黑夜之中，若不尋個人問問路，豈不是瞎闖盲撞麼？」

他向四面眺望了一番，不見有什麼人煙蹤跡，於是想道：「倒不如先尋個地方休息一番再作道理。」

他向山上走了一程，尋了一塊平滑的大石頭，便坐了上去，正要休息一陣子，忽然耳中聽到人語之聲。

左冰一躍而起，只見下面有兩個光頭小和尚扛著一大桶水走了下來，左冰躍下石台，迎上前去，打個招呼道：「小師父請了。」

那兩個小和尚放下水桶，合十一禮，然後道：「施主請了。」

左冰道：「在下想向兩位小師父打聽一個地方。」

左邊那小和尚道：「施主請問就是，咱們自幼住在此處，附近山地都很熟悉。」

左冰道：「請問小師父，有個棲霞山是否在此附近？」

那兩個小和尚一聽到「棲霞山」三個字，互相對望了一眼，繼而相顧大笑起來。

左冰心中不禁覺得奇怪，正要開口，那小和尚已笑著道：「施主有所不知，今日一日之間向咱們打聽棲霞山的已有七批人，施主是第八批了。」

左冰聽說已有七批人打聽「棲霞山」，心中更是不解。

那小和尚道：「施主只要沿著這條路一直向上走，爬到此山頂處，有一條索橋，走過索橋到了對面那山腰上，再往上爬到頂，就是棲霞絕頂了。」

左冰暗暗記下了，他向兩個小和尚道了謝，便匆匆向上奔去。

轉過了彎，左冰便施開輕身功夫，如一條灰煙般一直滾向山頂，那速度之快，轉氣換式之瀟灑，當真是天下罕見。

左冰正奔得興起，忽然之間聽到迎面而來的山風中帶來了人聲，他知道自己跑得太快，已經追上走在前面之人，於是他一面稍爲放慢腳步，一面凝神向前看去。

這時山勢已經相當之高，四面雲霧茫茫，左冰什麼都看不見，他向前再行一程，只聽得有一個尖細的嗓音道：「咱們不必趕得太快了，反正天亮以前一定可以趕到棲霞山頂。」

另一個比較粗壯的聲音道：「前面那四個人多半是金刀駱鏢頭的人，方才他們趕過咱們時，連正眼都不瞧咱們一下，咱們若是到遲了，豈不更要吃他們的恥笑？」

那聲音尖細的道：「若是明天碰上了崑崙山的那兩個蠻子，咱們要不要動手？」

那聲音粗壯的道：「師父臨行前不是再三的叮囑咱們不可輕舉妄動麼？」

那聲音尖細的道：「那麼明天咱們若是碰上了呢？」

那聲音粗壯的道：「假裝沒有看見就是了。」

左冰根據聲音判斷，前面的人距他最多只有三丈之遙，竟是一點人影也辨不出來，可見雲霧之大。

這時，前面的人忽然叫道：「到山頂了，到山頂了。」

左冰放慢了腳步，只聽得那聲音粗壯的叫道：「咱們找一找索橋在哪裡。」

「喂，小心一點，霧太大了！」

這時候，忽然之間，一團更濃厚的茫霧滾滾而至，

霎時之間，四面什麼都看不見，左冰低頭一看，連自己的鞋子都看不到，他心中忖道：

「索橋下面是深淵，這時一個失足豈不是慘了。」

前面那聲音尖細的道：「找到了，索橋就在這裡，師兄你快過來。」

那聲音粗壯的叫道：「咱們過去吧，霧太大，千萬小心一點。」

那聲音尖細的道：「不成不成，太危險了，咱們還是等霧散了再過去吧。」

那聲音粗壯的道：「怕什麼，我走前面吧。」

左冰這時已到了他們身後不及兩丈之處，他一聲不響坐在一塊大石頭上，就在這時，忽然之間，一陣輕風飄過左冰身旁，左冰雖然什麼也沒有看見，但他敢斷言那是一個人施展上乘輕功由他身旁擦過，他心中暗道：「這是誰？莫非方才一直跟在我的後面？」

他才想到這裡，忽然身邊又是一陣風吹過，顯然又有一人疾奔而過，緊接著他聽到前面的

那粗壯的嗓子叫道：「喂，什麼人，咱們先到的，你怎麼不講理……」

左冰暗道：「必定是方才從我身邊奔過的第一人要搶先過索橋，發生爭執。」

立刻又聽到那尖細的聲音大叫道：「呀！這人跳下去了！」

但是左冰並未聽到慘叫之聲，顯然那人急著搶過索橋，話都不說就跳落下去，如此大霧之中，他一躍而下，雙足正好落在單索之上而未失足，這份功力委實驚人。

左冰心中暗忖道：「方才那第二個從我身旁急奔而過的人，多半也要搶過索橋……」

果然，立刻他又聽那粗壯的嗓子大喝道：「咦，什麼人？又要搶先……」

只聽得呼呼兩聲掌風，接著一個陰森的喝聲：「討厭，給我滾開！」

接著那粗壯的嗓音一聲慘叫，左冰一聽到慘叫聲，忍不住立刻飛身向前躍去，他剛感到身達懸崖之邊，又聽到那聲音尖細的一聲慘叫。

左冰在茫茫大霧之中搶到索橋的邊上，立刻感到一個人正要起步上橋，左冰低喝道：「什麼人如此驕橫？」

那人沒有答話，只是陰森森地一聲冷笑，左冰立刻感到一股極大的掌力直擊過來，他微一挫步，伸手就拿。

那人掌勢雖猛，變幻卻是快如閃電，左冰手才遞出，他已換了一個方向拍出，左冰橫肘一擋，掌力陡發，與那人對了一掌。

只聽得左冰一聲驚呼，整個人被震得飛出懸崖，他在與對方對掌之時，原來用的是一記神妙無比的岳家散手，但是當雙掌相觸時，他的內力一個控不住，是以立刻飛出了去。

他身在空中，處於極危險之境，但是他心中卻是在想著方才那一掌，他想到那運氣之道與發勁之間的微妙關係，忍不出大喜叫道：「我懂了！我懂了！」

這時左冰身已落下，四片茫茫一片，不知應該攀附何物，他身落極快，若是等到能看見那索橋時才伸手要抓已不可能。

左冰只覺自己一落數丈，猛一睜目，隱隱看見那根索橋，但是身形已經極快地落過，他驀地大喝一聲，一口真氣陡然向上猛升，那如殞石流星般的下落之勢竟然在雲中停了一停！

左冰伸手一抓，正好抓在索橋之上，這一招輕功絕學實已超出武術中輕身功夫的基本原則，除了左氏一派，普天之下再無別人能夠做到。

左冰手上微一帶勁，翻身立在索上，才方立穩，猛聽到前面傳來那陰森的聲音：「小鬼頭，你還不投降？」

緊接著，左冰感到前面有人掉頭對著他急衝過來，他心中大急，橋上絕無閃身餘地，說時遲，那時快，一個人已經和他撞個滿懷。

左冰伸手一抱，抱住那人腰間，雙手向後一摔，把那人摔向空中，幾個跟斗飛落崖上，左冰自己卻是重心全失，一個立足不穩，翻落下去。

左冰在這千鈞一髮之際，岳家散手又救了他一命，只見他翻手轉腕，有若電光石火，以令人絕難相信的速度一把抓住索橋。

立刻左冰感到手上一痛，已有人踏著他的手指衝過索橋，他知道是那聲音陰森的人急奔過橋，追趕方才與自己撞個滿懷的人。

一想到這裡，左冰忽然想起方才那人身體纖細得緊，而且體重也甚輕，想到這裡，他鼻間彷彿還有一絲餘香，他暗暗想道：「莫非那人是個女子？」

他手上用勁，再次翻上了索橋，聽那邊的聲音，似乎是一逃一追，愈跑愈遠了。

不多時，太陽升了上來，那茫茫大霧在片刻之間就散得乾乾淨淨，左冰走回那邊懸崖上查看，只見崖上躺著兩具屍體，一個虬髯黑漢，一個年輕文弱少年，竟被那聲音陰森的人在一個照面之中下毒手擊斃。

左冰望著那兩具屍首，心中忽然氣憤起來，他心中暗道：「這兩個人與那聲音陰森的傢伙可謂素昧平生，無冤無仇，他為什麼要殺他們？他們為什麼該這樣死去？」

左冰近來一連三次像這樣對著屍體，死去的人對他又是陌生又是熟悉，三次看到別人死，對左冰的心都有甚大的震動，然而這一次的感覺是最深刻而奇怪了，他望著那虬髯大漢的臉，似有無窮無盡的冤屈和憤怒無處發洩，又像是有滿腹的不平無法想通，左冰忽然之間，整個人的心情似乎融入了這兩個冤枉斃死的武林人的心中。

他默默想道：「從前錢大伯對我說，武以止戈，我那時只覺沒有道理一笑置之，但是照現在我所見所聞的情形看來，人類是太過殘忍了，只要有人的地方，就有人流血，就有人被殺戮，強者是來欺侮弱者的，弱者天生是來被人欺侮，這跟野獸在本質上有什麼區別？」

他這樣想著，似乎忽然之間想通了許多，許多事原來就是這樣的，只是在左冰年輕的幻夢中，被蒙上美麗之面具，兩具沒有生命的屍首躺在左冰的腳前，沒有一個人與左冰有任何一絲關係，然而左冰卻在這一剎那間整個人大徹大悟，他想到許多，也為以後自己該怎樣做定了粗略的腹案。

這個「大徹大悟」未必是件可喜的事，因爲一個善良的幻夢被殘酷的人性驚破了，一顆和平的心因接觸冷酷而懂得了乖戾，但是，一個上上的奇才終於走上了成爲武林一代宗師的大路。

卅六　棲霞試招

左冰帶著異樣的心情。離開了兩具屍體，走過那索橋，施展上乘輕功向棲霞頂峰奔去。繞了幾個彎，眼前一片蒼松翠柏，左冰已到了棲霞頂峰上，他穿過樹林，只聽到人聲陣陣，林子外面一片草坪上三五成群地聚集了許多人。

左冰不禁暗暗納悶，心想：「爲什麼會有那麼多人趕到棲霞頂峰來？難道這裡有什麼武林聚會麼？」

他繼而想道：「聽那飛月老僧之言，似乎他與那老婆婆之約乃是私人秘約，怎會牽涉到那麼多人？」

他抬頭一看，並未發現那飛月老僧所說的老婆婆，忽然之間，他卻發現那天在小鎮上與鳩首羅剎的兒子方一坤爭鬥的一批人，左冰連忙別過臉去，尋一棵大松樹坐了下來。

一坐下來，伸手在腰間一摸，忽然發覺腰間多了一個小袋，左冰不禁大覺奇怪，取下小袋子來打開一看，只見袋中放著一顆又大又紅的桃子。

左冰仔細回想，實在想不通那個桃子怎會跑到自己的腰間來，他望著那個又大又紅的桃子，忍不住有些垂涎起來，不知不覺就把那桃子遞到嘴邊吃了起來。

那桃子又香又甜，入口生津，舌喉之間有一種涼涼的感覺，左冰把桃子吃完了，正想把手中的桃核摔掉，忽然發現那桃核有些奇怪，仔細一看，那桃核與尋常桃核大大不同，那桃核從側面看去，竟生得如同一個胖娃娃的臉，眼鼻俱全，而好似正在張口憨笑，左冰覺得那桃核可愛，就把它收入懷中。

這時，又有兩個武林人物坐到左冰不遠處的草地上來，其中一個胖子伸了一隻腿道：「大哥，你可瞧見駱金刀手下的四大鏢頭也來了？」

另一個面色臘黃的漢子道：「看來這次跑來湊熱鬧的人真不少，名門正派武林高手也頗來了些人，大家還不是都想瞧瞧大漠金沙功的威風。」

那胖子道：「武林中的消息傳得真快，大家的記性也真好，那年飛月和尚在沙漠大孤峰上與一個老太婆拚掌七天七夜不分勝敗，結果定好了今日之約，偏巧被一個崆峒弟子伏在石後看了七天七夜，他一回中原，繪聲繪形地吹了一大陣，誰不想來看看大漠神功究竟厲害到什麼地步？」

那面黃漢子道：「飛月和尚坐鎮金沙寺數十年，從不在中原現身，不知他功力究竟如何？」

那胖子道：「奇怪！怎麼雙方都不現身？」

左冰坐在一旁傾聽，恍然知道這些人是來觀戰的，他暗暗忖道：「我得先找到那老婆婆才行。」

於是他悄悄的從樹幹後向前望去，卻是始終找不到，他回想飛月和尚的話，那老婆婆肩上掛著一條黃帶，於是忖道：「也許那位老婆婆是化了裝來的，我還是找那根黃帶子來的方便。」

於是他順著次序，從東至西一個個杳過去，堪堪查了一遍，仍未發現那根黃帶，在這時，忽然人群外走出一個人來。

左冰目光一瞥，立刻發現了那人肩上掛著條顯眼的黃帶。

左冰精神爲之一凜，但是再仔細看看，不禁又驚又駭，當下就怔住了。

原來那紮著黃帶的哪是什麼老婆婆，竟是一個年輕力壯的大漢，再看他的面孔，正是那日在鎮上萍水相逢的方一坤。

左冰把幾乎要站起來的身軀又坐了下去，只見那方一坤緩緩的走到場中，所有人的目光都注視著他，他只若未覺的似乎也在人群中尋什麼人。

那一批曾在鎮集中買劍與方一坤打起來的人立刻就發現了方一坤，霎時鼓譟起來，方一坤看都沒有看他們一眼，只是一個人站在場中，頗有一種傲然漠視天下英雄的味道。

那一批人中終於有人喝道：「姓方的小子，竟敢跑到這裡來？」

方一坤回頭望了他們一眼，淡淡地笑笑，然後道：「我是不會跟你們動手的。」

左冰聽他這一說，心中忽然登時有一種奇怪的感覺，他默默忖道：「人若是學了一身上乘武功，真能克制住自己不與人動手麼？」

那批人之中買劍的那大漢衝了出來，大喝道：「姓方的，你到這裡幹什麼？有種的……」

他話尚未說完，方一坤哈哈大笑道：「你們眾人來這裡又是幹什麼的？」

那批人怒目而視，大喝道：「咱們來見識一下大漠金沙功。」

方一坤微微笑道：「我是來會一位飛月和尚的大漠金沙功。」

此言一出，全場震驚，左冰更是一躍而起，他心中一陣狂跳，凝目望著那方一坤肩臂上的黃帶，暗暗忖道：「原來真是他，莫非飛月和尚所說的銀髮婆婆乃是方一坤的母親鳩首羅剎？」

他大步走走向前，這時全場肅然，全都注視著方一坤，左冰走到他前面兩丈之遙，停下身來。

方一坤一看是左冰，正要開口，左冰已道：「方兄請了。」

方一坤抱拳道：「山不轉路轉，左兄，咱們又碰上啦。」

左冰道：「請問方兄，剛才方兄所言，今日是來會一位飛月和尚的金沙神功，這話怎麼講？」

方一坤皺了皺眉頭道：「左兄可記得小弟曾說過，除了一人以外，小弟發誓絕不與任何人動手，這人就是飛月和尚。」

左冰道：「方兄今日是來找飛月和尚的，還是早有約定？」

方一坤長嘆一聲道：「約得太久太久了。」

左冰心中再無疑問，走上前去低聲道：「既是如此，方兄可回去了。」

方一坤大吃一驚道：「左兄此話怎講？」

左冰低聲道：「飛和月尚已於前夜在百里之外荒祠之中圓寂了。」
方一坤一聞此言，似乎如雷轟頂，他顫聲問道：「你……你……此言可真？」
左冰道：「是我親眼看到，如何不真？」
方一坤雙目圓瞪，怔怔然注視著左冰，臉上的表情由驚疑漸漸變爲相信，由相信漸漸變爲絕望，最後他雙目一抬，又射出懷疑的眼光。
他指著左冰道：「你……你與飛月和尚是什麼關係？」
左冰道：「萍水相逢，非親非故，大師圓寂時，小弟適在旁邊，如此而已。」
他一面說著，一面從懷中掏出那皮紙包來，遞向方一坤道：「飛月大師路遭突襲，可憐金沙一門全軍覆沒，飛月大師臨終之際，要在下將此物帶給棲霞山頂的老婆婆。」
方一坤道：「是誰殺了飛月和尚？」
左冰道：「沒有人知道。」
方一坤雙目中閃出更多的懷疑之色，他牢牢盯住左冰，額上青筋暴跳，忽然，他壓低了聲音，一字一字地逼出來：「你……可是你殺的？」
左冰不禁又是好氣又是好笑，但是當他碰到方一坤那理智全失的目光時，他知道事態嚴重，一個應付不當，只怕要弄得不可收拾。
他望了方一坤一眼，冷冷地道：「你要不要再看一件東西？」
方一坤一言不發，忽然猛一伸手，向左冰猛攻過來，眾人只看到他的身形略爲一晃，手指已探到左冰面門，那出招之迅速瀟灑，已有一派宗師的風範，不禁全都驚呼起來。

左冰料不到他忽然動手，他反手一格，內力暴發，身形同時退了三步。

方一坤雙目突睜，冷冷地道：「好個萍水相逢，非親非故，你這一發之力不是金沙神功是什麼？」

左冰在昏迷之中，被臨死的飛月和尚強用大漠神功打通了任督兩脈，現在左冰身上大漠神功的功力，便是二十年以上的功力了。

方一坤不待左冰說話，立刻喝道：「姓左的，你不該欺騙於我！」

左冰知道要想立刻解說清楚是不可能的事，他在腦海中飛快地盤算了一番，淡淡地道：「方兄是不肯信我了？」

方一坤仰天大笑道：「飛月和尚死了也好，不敢來也來，反正他的徒兒來了，來來來，就由咱們來解決掉吧。」

左冰知他誤會自己是飛月和尚的徒弟，心想若要一下子說出那許多令人難以置信的話來，倒不如不說的好，他只輕聲道：「我不是來與你動手的。」

方一坤冷笑一聲道：「你是代替飛月和尚來赴約的，是也不是？」

左冰道：「不錯。」

方一坤道：「那就好了，飛月和尚到這裡來就是要與家母一決死戰。」

左冰搖頭道：「飛月和尚只要在下交給令堂一物而已。」

方一坤似是悲憤填胸，大聲喝道：「你叫飛月和尚出來。」

左冰道：「飛月和尚已經圓寂了。」

方一坤不信地喝道：「天下那有那麼巧的事？」

左冰打斷他的話，冷冷地道：「是啊，天下哪有那麼巧的事，偏偏在約期將到之時，令堂也過世了。」

方一坤一聞此言，頓時呆住了，他一味不相信左冰的話，但是他自己這一方面也是一樣的，他的母親可以突然去世，難道飛月和尚便不能？

方一坤呆呆地想了一會，說不出話來。

左冰拿著那皮紙包送上前去道：「飛月和尚託囑在下之事，便是將此物交給令堂，如今令堂過世，就交給你吧。」

方一坤望著那皮紙包，卻並未伸出去接，他口中喃喃自語，聽不清他在說些什麼，過了一會，他忽然大聲喝道：「不行！家母與我辛辛苦苦等了這許多年，我曾發誓不與世人動手，只除了他一個人，那就是飛月和尚，咱們今天還是得幹一場。」

他一面說，一面把手中用白布裹起來的長杖解了開來，他抖手在地上一頓，手中鳩形長杖發出叮的一聲沉響。

左冰退了一步。

正在這時，忽然人叢中一聲驚呼：「啊！鳩形杖！」

接著有一人一躍而出，大喝道：「原來是鳩首羅刹的兒子，你與我住手！」

方一坤回首一看，只見一個清癯老者走了上來，方一坤冷冷道：「閣下是誰？」

那人冷哼一聲，並不答話，他瞪著眼打量了方一坤一番，然後道：「昔年鳩首羅刹仗她乖戾之氣大鬧華山的事，你可知道？」

方一坤道：「啊，原來是華山派的前輩，家母對於昔年的誤會及魯莽行爲一直對貴派深感不安。」

那人冷笑一聲道：「方才聽說鳩首羅刹已經過世了？」

方一坤道：「家母不幸於日前罹疾去世……」

那人長嘆一聲道：「鳩首羅刹一杖直搗華山雷靈洞，毀我百年神器，這奇恥大辱叫我向誰去找回？」

他又望了方一坤一眼，搖了搖頭道：「難不成我葉飛雨還要找她的兒子算這筆帳麼？罷了，罷了……」

他說著猛一頓足，反身就走。

群眾中聽到他最後一句話，全都驚呼的大叫起來：「華山神劍！」

「原來他就是葉飛雨！」

左冰驀地一聲大喝：「葉老爺子，慢走……」

葉飛雨猛可停下身子，他回過頭來望著左冰，微笑道：「左兄弟久違了。」

左冰道：「葉老爺子這一向可好……」

葉飛雨苦笑一聲道：「浪跡天涯無家可歸的人，有什麼好不好可言。」

左冰道：「葉老爺子若非急於要走，請稍待片刻。」

葉飛雨想了一想，點了點頭，左冰正要對方一坤說話，方一坤忽然猛一伸掌，對準左冰便拍了過去。

左冰見他畢竟動手，暗暗嘆了一口氣，單足微閃，伸手向他腕上伸去。

眾人見兩人動上了手，全部靜了下來，在他們想像中，這兩人乃是鳩首羅剎與飛月和尚的傳人，看不到鳩首羅剎與飛月和尚決鬥，能看到他們的傳人拚鬥，亦可一睹兩派神秘絕功。

方一坤掌風一出，一口氣之間已經推出了三掌，這三掌換掌之快，出招之準，端的是妙入顛毫，眾人才一靜下來，立刻又發出一片驚呼之聲，鳩首羅剎雖不常現武林，但是那一身古怪神功早在武林中留下無數神奇荒誕的傳言，此刻方一坤一連三掌接踵而出，立刻令在場各門高手驚訝得說不出話來。

只因方一坤這連環三掌雖是輕飄飄的拍出，但是其中內涵之神妙實可當爐火純青四字而無愧，鳩首羅剎雖有盛名，但在眾人的心目中，似乎還未見得能達到方一坤這般上乘地步，是以眾人一望之下，立刻大叫起來。

左冰只覺忽然之間，自己彷彿陷入了一股無可抗拒的力量中，他心中生出一種感覺，就如置身在狂濤巨浪之中，除了接受擺佈以外，沒有抵抗的餘地。

他一面驚服方一坤神奇的功力，一面不由自主地猛一伸掌，迴身一旋之間，一股令他自己都難以相信的力道隨著他一轉身之間揮袖而出，方一坤沉聲低叱，雙掌又變，左冰在這時雙袖同舞，捲起一片金沙……

「金沙掌！」

「大漠神功！」

眾人全忘形地大叫起來，絕大多數人都是第一次目睹這傳聞中的塞外奇功。

左冰聽見眾人全都大聲喝起釆來，反倒不知是怎麼一回事，他對自己施出大漠神功完全不知不覺，只是在方一坤威猛的攻勢下，不由自主自然反應，他不知道飛月和尚在臨終之際將畢生浸淫大漠神功中的精華內功打入了他內脈之中，在危急之際，金沙神功立刻自然發動，在場人個個驚絕，他自己反倒一無所覺。

方一坤變招換式之中，瀟瀟灑灑地又攻出了五招，眾人萬萬沒有料到世上又多了這麼一個年輕高手，一時之間，直看得心震目眩，連喝釆都忘了。

左冰奮力抵抗了幾招，他出手全是岳家散手的精華，在場各派英雄那麼多人中，就沒有一個能看出左冰到底施的是什麼手法。

方一坤猛一發掌落空，掌力正擊在丈外一棵粗松樹上，只聽得嘩啦啦一聲暴響，那棵松樹齊腰而折，斷口之處平整有如利斧所砍。

眾人看得相顧駭然，沒有人敢相信鳩首羅剎的後人會有這麼超凡入聖的功力。

左冰回首一看那棵斷松，不禁心已寒了，他暗暗忖道：「這方一坤好厲害的掌力，除非白鐵軍大哥在場，否則只怕很少有人能硬接他一掌了。」

他既無打鬥經驗，心中怯意又起，根本就不知所措地立在那裡動也不動……

只見人影一花，方一坤已伸手握住了左冰的腕脈，眾人頓時呼叫起來。

方一坤冷冷地問道：「姓左的，你為什麼不用金沙掌？」

左冰苦笑的搖了搖頭道：「因為我根本不會。」

方一坤冷笑一聲道：「你以為你不用金沙神功，我今日便會放過你麼？」

左冰尚未答話，方一坤大聲道：「從來沒有聽說過做徒弟的為了保住自己的老命，連師門的武功都不敢用了，哈哈哈哈，飛月和尚，你教的好衣缽徒弟……」

眾人聽他這麼一說，全都紛紛議論起來，難道飛月和尚的徒弟真是那麼一個窩囊廢？

左冰聽了這一句話，一股熱血忽然從心底裡湧了上來，他在忽然之間，彷彿覺得自己真的變成了飛月和尚的衣缽徒弟，雖然飛月和尚沒有傳過他一招半式，但是他是飛月和尚臨終唯一所託的人。

那時候，金沙門下全軍覆沒，金沙一脈的一切全交在左冰這個陌生人的手上，憑這一點，左冰的心中激發起一種難以形容的責任心，他昂起首來，對著方一坤道：「你是不是一定要打敗飛月和尚？」

方一坤道：「這是方某平生唯一的願望。」

左冰不再言語，他雙目仰望天空，默默沉思，眾人不知是怎麼一回事，反倒靜了下來。

左冰把真氣提聚丹田，岳家散手中招招奇妙的招式流過他的腦海，也不知過了多久，忽然左冰大喝一聲道：「放手！」

他振臂一抖，方一坤只覺眼前一花，虎口一熱，左冰已掙脫了他的控制，瀟瀟灑灑地立在半丈之外。

霎時之間，眾人大聲喝采起來。

左冰在這一剎那間，忽然變得無畏了，他的武功原本與方一坤比起來無異天壤，但是左冰此刻卻認定自己不會敗了，因爲在他的心目中，飛月和尚是不會敗的。

他出手搶攻，出姿雖然幼稚拙劣，但是他的招式和妙絕天下的輕身功夫，卻在這一霎時之間密切地配合起來，令四周武林高手看得目瞪口呆。

方一坤還了兩掌，怒聲喝道：「這不是金沙門的功夫！」

左冰不再答話，一口氣攻了十幾招，身軀卻在空中足不落地的飛了五圈，方一坤出招如雷，力發如山，到了十招之上，猛地一虛一實，伸手又扭住了左冰。

左冰閉目不語，方一坤冷笑著，四周眾人的疾喝鬧聲似乎全遠離了他，潛伏在他身內那絕頂練武的天賦在這時被逼得發揮了出來，他閉著雙目，方才交手之中從頭到尾，雙方的每一個細節都清清晰晰地深印他的腦際，他把那印象從頭到尾想了一遍，然後睜開了眼，冷靜地對方一坤道：「你還沒有贏！」

方一坤一楞，左冰忽然又是一聲大喝：「放手！」

眾人只覺眼前人影一花，左冰又掙脫了方一坤的控制，立在半丈之外。

方一坤心中又驚又駭，在左冰喝道「放手」的刹那間，他感覺到一種神奇無比的衝擊力，這種衝擊使得他有一種無堅不摧的感受，尤其令他驚駭不解的是，那種奇異的功力，絕不是金沙門的大漠神功！

他有些茫然地望著左冰，左冰的腦筋中卻在這時如閃電雷擊般震撼跳動，又如巨浪洪濤不斷洶湧，霎時之間，他似乎懂了許多道理，由於懂得太多，一時之間竟使他有無所適從的感覺。

方一坤暗下決心道：「這一回，即使他不用金沙神功，我也要出掌斃了他！」

左冰心中想道：「我的武功比方一坤差了何止數倍，但是照我所想，我怎會的的確確有不會敗的感覺？我自己能深深地感覺到，這絕不是心理作用或是精神作用，我甚至能清清楚楚地想到一招一式的情形，我雖絕不能勝他，但我總能逃得掉的，這是什麼道理呢？」

左冰在心中迷惑著，但他怎明白這其中的微妙道理？金沙神功的真正絕學乃是世上僅存的幾種威力最猛的神功之一，大漠金沙門中的九音神尼和飛月和尚都因真諦失傳而難臻上乘，反倒是一代奇俠董其心從西域凌月國得到了金沙掌的真傳。

董其心歸隱之後，苦思金沙神功與他董家絕學「震天三式」之間的關係，但是他終無法將二大神功融會為一，只因震天三式乃是天下掌力之至剛，金沙神功卻從運氣開始即不按中州內功原則，所以要想把二者硬行融合，實是不可能之事。但若天下有一種邪門的功力而成就不在董家神功之下者，配以金沙神功同時修練，則可在最短時間內發揮最大的威力。

左冰在數月前仍是個文弱書生，卻正好具備了這得天獨厚的條件，他受飛月大師臨終的畢生內力修為打通了任督兩脈，而他身上另具有一種內功「玉玄歸真」，卻是得自當今天下武林第一魔頭錢百鋒的真傳，落英塔中，左冰陪著錢伯伯共渡歲月，不知不覺間，錢百鋒的一身神妙內功就傳給了左冰。

左冰他自己怎會知道，這兩種內功碰在一個人的身上，馬上就發揮了不可思議的相輔作用，天下再沒有第二種方法能使一個人在如此短的時間內突然登於高手之堂。

那一天左冰在絕谷中連想都沒有想第二遍，就把那千年難得的蛇丹異寶棄若敝履地埋在土中，他放過了一個一夜之間成爲高手的機會，但是老天注定他要成爲一代高人，那是躲也躲不過的。

左冰望著方一坤，方一坤道：「咱們再試一招。」

左冰點了點頭。

方一坤一伸掌，直取左冰的胸前，左冰雙目凝視，舉手就拿，方一坤掌上試著微吐內勁，左冰卻在一翻腕之中自然而然地發出了內家真力。

方一坤一觸就收，心中驚駭得無以復加，先前兩次拿住他時，左冰似乎只靠一兩招救命絕學躲身，然而這第三次接招時，左冰的招式中自然已有致敵於死的伏筆，厲害之極，方一坤忍不住心中暗暗忖道：「難道他是一直在裝傻？」

方一坤功力深厚之極，他一面想著，一面招出如風，左冰竟然一一化解，有守有攻。

全場人雖然都以不解的眼光注視著這一場拚鬥，然而其中最迷糊的莫過於方一坤本人了。他發覺左冰的掌法零碎不堪，像是絕妙奇招，卻又忽然破綻百出，等他趁隙一攻而入時，左冰總是滿面驚惶地用他那不可思議的輕身功夫堪堪避過，等到左冰第二次又施出這一招來時，那個破綻就不再出現了。

這樣拚鬥了幾十招，表面上看來，左冰被打得東竄西逃，全無還手之力，但是方一坤心中知道，自己終不能傷他一毛，而他這一手亂七八糟的掌法，已經快到無懈可擊的地步了。

左冰驀地大喝一聲，他雙掌一分，開始有條有理地反攻起來，這時他心中充滿了無數奇招妙式，雙手揮舞之間，一一連接起來，方一坤知道他已達天人合一的境界，他暗提一口真氣，雙掌內藏小天星內家重手法，開始從正中央突破過去。
左冰不管對方如何，只是自顧自的出招發式，完全陶醉在狂熱之中，方一坤便在這時忽的抓住了一個極小的破綻，伸手再扣住了左冰。
左冰彷彿從夢中驟然驚醒，他怔了怔，然後吶吶地道：「你又擒住了我。」
方一坤左掌揚起，呼的一掌對準左冰頂門拍了下來，左冰躲無可躲，眾人全都驚叫起來。
這時方一坤身後三丈之遙發出宏鐘般的聲音：「住手！」
方一坤被這一聲「住手」震得心頭一顫，但他的掌勢已發，收也收不住，直落左冰頭頂。
只聽得一聲尖銳的嘯聲劃空而過，緊接著方一坤感到背上一十八個要穴全都被一股寒氣所逼，幾及於膚。
他心中大吃一驚，連忙收手，回首一看，只見背後站著兩個人，一個是方才那華山神劍葉飛雨，另一個卻是一個錦衣繡袍的老人，手中提著一支長劍，倒垂於地，態度有說不出的瀟灑。
方一坤是背對著的，是以沒有看到這人從三丈之外一躍而至的精彩身法，但是四周眾人卻是看得清清楚楚，只見那人從出聲「住手」起，到飛身落在方一坤身旁，不過是一吸一呼之間，只見他人劍合一，發生一片尖銳嘯聲就到了方一坤身後，他長劍微抖，正好在方一坤腕背上一十八個要穴虛刺而過，卻是控制著劍勢，恰到好處而收，劍上功夫真到了爐火純青之境。
眾人齊聲歡呼起來！
「天下第一劍！」

「天下第一劍！」

「卓大江！」

所謂人的名兒樹的影兒，卓大江在武林中號稱「天下第一劍」豈是僥倖得來，他雖然歸隱多年，眾人中看過他的又並不多，但是只要看他這亮劍一揮的一手，立刻知道是卓大江到了。

方一坤對這老人方才那一手是又驚又服，他望了卓大江一眼，道：「你要怎樣？」

卓大江指著左冰微笑道：「這個少年與老夫是好朋友，怎能讓你給宰了？」

方一坤道：「他乃是飛月和尚……」

他話尚未完，左冰忽然又喝了一聲：「放手！」

他身形一退一進，已經掙脫了方一坤的掌握，反手又扣向方一坤。

方一坤舉掌一貼，內力突發，左冰只覺掌上收力一吸，立刻就和方一坤掌心相貼，再也分不開了。

方一坤的內力緩緩加強，左冰只覺全身如置烈火之中，他只有拚出全力將自己的內力迎了上去，只聽得耳邊卓大江一聲大喝：「分！」

他一劍直劈而下，方一坤和左冰同時感到一股寒氣直從掌心中一流而過，兩人同時向後一跳，兩人的內力一部分抵消，一部分傳到卓大江的劍上，他揮劍平劃一圈，化去餘力。

卓大江這一劍疾如雷電地從方左二人相貼之掌心間劈過，兩人掌心分毫未傷，這招落劍之大膽，真不愧是天下第一劍的名頭，四周武林各門高手全都轟然叫好起來。

左冰望了卓大江一眼，心中又敬又佩，他這一抬頭，正好碰上了方一坤的眼神，他發現方一坤的目光凶狠中帶著一種憎恨，似乎已經把自己看成了血海深仇一般，他不由暗暗打了個寒噤。

想想自己受了飛月和尚臨終之託趕上棲霞山來，沒想到會弄成這樣不可收拾的局面來，他知道今天無論如何是無法好言以談的了，想到自己還得趕路去見爹爹，不禁心中一涼。

一想到爹爹，他心中便是一顫，立刻覺得索然，恨不得馬上掉頭就走，但是眼前這一團糟的情況，他如何走得開？

他想了想不知該怎麼辦，忽然之間，一個古怪的念頭閃入他的腦海之中：「只有一個法子，設法殺了方一坤！」

這個念頭一閃入他的腦中，立刻就被他否決了，但他忍不住震驚了——

我怎會產生這種念頭？我怎會產生這種念頭？

左冰不自知，雖然他立刻否決了這個念頭，但是只要有這種念頭就夠了，從此他正式變為一個武林中人，他現在熱愛武學，靈感如流，更重要的是在必要時他會想到——殺人！

他再抬頭望了望方一坤，但是這一抬頭，他看見另外一個人，這使他幾乎狂叫起來。

只見遠處的高地上，一個布衣芒鞋的老人瀟灑地走了過來，他口中高聲唱道：

「放生魚鱉逐人來，無生野花處處開，水枕能令山俯仰，風船解與月徘徊，未成小隱聊中隱，可得長閒勝暫閒，我本無家更安往，故鄉無比好湖山！」

左冰只在心中狂呼大叫：「爹爹！爹爹！是你，是你……」

他心中再無法想第二件事，忽地躍身而起，這一躍足達五丈，飄落之處已在七丈開外，眾人驚呼如潮，但是左冰什麼都聽不見了，他只聽得自己心底裡的狂喊：「爹爹，你的傷已好了，你怎會到這裡來的？」

他身形如流星追月，片刻已到了那高地之上，那布衣老人忽地哈哈大笑，一把拉起左冰，如驚鴻一瞥，忽焉不見。

眾人雖都是武林中成名之士，但何曾見過這等神仙般的輕功？卓大江睁大了眼睛，抓著葉飛雨的衣袖，口中不斷喃喃地道：「是他，是他，他還沒有死，謝天謝地……」

就在這時候，江湖上發生了一件驚天動地的事，雄霸東南水路數代的太湖慕雲山莊給人毀了，陸老夫人母子雙雙失蹤。

太湖七十二寨，水路繁歧，有如天上繁星，而且是經過前輩高人心血所聚，每條水路都暗合奇門八卦、五行變化，非得莊內人允許，便是大羅神仙也難入內，但來人在短短一夜之間，將這個固若金湯的大寨殺得落花流水，一把火燒得冰消瓦解，太湖數百英雄好漢，沒有一個人逃生報信。

太湖慕雲山莊是完了，江南武林人人自危，群雄集聚金陵，開了幾天會，不但毫無結果，便連敵人一點影子也摸不到，但人多畢竟有安全感，大家都不願離去落得勢單，藉口商量對策，流連於金陵不去，那紫金城頓時熱鬧起來，秦淮河笙歌達旦，盡是江南好漢，一擲千金毫無吝色。

這天黃昏，城內來了一個二旬不到的少年，臉上神色陰沉，又黑又瘦，身邊跟著一個倚杖而行的老婦，在街上緩緩行走，倒也不惹人注目。

日頭淡淡灑在地上，這一老一少似乎是流浪他鄉，大街小街的蕩著，這時江南眾雄都在金陵鏢局內議事，街上沒有一個武林中人。

那老婦走了一會，似乎疲乏已極，對那少年道：「華兒，找個地方休息吧！」

那少年茫然點頭，兩人拖著長長的影子消失在大街上。

在金陵城外道上，一個輕裝少女疾行趕路，她鬢髮被風吹得滿臉，衣衫早已滲透了汗，神色極爲狼狽，但卻飛快而行，對於道上行人奇異目光視若未睹。

正狂奔間，忽然前面路上蹄聲大作，一陣叱喝之聲，行人紛紛讓道，但那少女仍是在路中低頭直行，驀地前面一個粗壯的聲音叫道：「大膽賤婢，還不快快讓開。」

那少女一抬頭，只見面前數十名壯漢，高高騎在馬上，當先的一人一揮巨鞭，作勢欲擊，如非瞧著她是一個弱女子，早就鞭子抽下了。

那少女秀目一瞪道：「做什麼？」

那馬上壯漢道：「快滾！快滾，咱們小姐要來了。」

那少女一肚子火，正要發作，但心念一轉忖道：「我趕路要緊，何必多惹麻煩！」

當下一言不發側身而過，那馬上壯漢哈哈笑道：「小娘子，瞧妳跑得這麼累，我老張真是不忍心，可是漢了跑了麼？哈哈！」

那少女大怒，反手正要一掌擊去，忽然眼前一亮，一朵紅雲如飛而來，她定眼一瞧，原來是一匹小巧胭脂馬，馱著一個全身鮮紅的女子疾馳而來。

那紅衣女子一到，那批壯漢就紛紛勒馬而行，口中叫叱道：「讓道！讓道！將軍小姐到！」

那少女心念一轉，驀地一長身，眾人只聽到一聲尖叫，馬上紅衣女子已跌了下來。

那少女一拍胭脂馬叫道：「對不住！對不住！姑娘有急事，這馬先借姑娘一用。」

眾人一陣叱喝，紛紛追來，但那胭脂馬腳程極快，一刻功夫跑得老遠，眾壯漢惦念小姐安危，又紛紛折了回來。

那少女不住催馬，口中叫道：「好馬兒快跑，好馬兒快跑，回頭姑娘買酒請你喝。」

那胭脂馬善解人意，倒非真的嗜酒如命，大大意會出少女話中之意，雙足起飛而去，連主人也忘了。

跑了半個時辰，城門已遙遙在望，那少女一拍馬背，直衝而入，耳畔彷彿聽到有人在叫：「小姐，妳又回城啦！」

那少女路徑極熟，不一會穿過大街，跑到一處荒野溪邊，一按馬首，飄身下馬，高聲叫道：「陸哥哥！陸哥哥！」

才喊了兩聲，忽然一個蒼老的聲音從樹林內傳出：「董姑娘，妳來啦！」

那少女一怔，臉上有若丹脂，她扭扭怩怩地道：「陸伯母也在這裡？」

話剛說完，一陣枝葉響動，小林中走出一個老婦人，正是剛才在街上行走的年老婦人。

那少女低頭道：「伯母，您老人家好！」

那老婦走到少女跟前，凝目望著少女，半晌道：「姑娘，是不是一個小叫化送信給妳的？」

那少女點點頭道：「說是……陸哥哥……叫我來，有什麼事……有什麼事？」

那老婦道：「董姑娘，太湖……太湖……」

她說到此處，突然仰面跌倒，那少女連忙上前扶持，只見那老婦臉如金紙，昏了過去。

那少女連忙替她推脈過穴，忽見那老婦背後衣衫上印著一個深黑手印，她失聲叫道：「黑煞掌！黑煞掌！」

一時之間，心中怦然而跳。

那老婦已悠然醒轉，點點頭道：「正是黑煞掌。」

那少女心中一急，聲音卻啞了，咽聲道：「伯母，陸哥……陸大哥在哪裡？」

那老婦慘然一笑道：「妳放心，妳陸大哥好生生的！」

那少女心中一鬆，想到自己失態，柔聲道：「伯母，不要緊的！」

老婦喘息道：「董姑娘，老身……老身……是不成的了，華兒，唉……」

她說到後來咳嗽不已，氣息愈來愈弱，那少女心中發慌，生怕她立刻便死去，大聲叫道：「黑煞掌沒有什麼了不起，有人能救，有人能救，伯母，您……您……定定神，放下心來！」

那老婦人調息半晌，睜開眼沉聲道：「黑煞毒掌，天下無人能救！」

那少女急道：「不！不！我爺爺便能救！」

那老婦精神一振，啞聲道：「妳爺爺是誰？」

那少女脫口而道：「我爺爺便是東海二仙董……老爺子，董其心！」

那老婦吸了口氣喃喃道：「原來如此，原來如此！」緩緩站起，扶著那少女道：「董姑娘，請妳扶持老身，到林子裡去。」

那少女正是董敏，她心中急著要見心上人太湖陸公子，當下連忙扶著那老婦人一步一顛走入林中。

走了一刻，那老婦從懷中取出一粒丹丸吞下，站住歇了一口氣道：「老身仗著百花玉露丸，還有十數日好活，姑娘，妳須答應老身一件事。」

董敏一怔奇道：「什麼事，伯母？」

那老婦道：「姑娘，妳見到華兒，可不能大聲驚叫哭泣，目下這四周全是敵人，一不小心，那後果……」

董敏再也忍耐不住，眼淚直掛下來，顫聲問道：「伯母，您……您……不是說我陸哥哥好生生的麼？」

那老婦沉聲道：「姑娘，妳先答應我這件事才行！」

董敏含淚道：「伯母，快帶我去見他呀！」

那老婦休息半刻，又扶著董敏一步步而行，那林中荊棘遍生，盡是羊腸小道，天色又愈來愈暗，董敏心如火焚，真恨不得快步行去，但心中卻想道：「我怎能有這種念頭，我連陸哥哥的母親都不顧了，哪還能得到他歡心，真是該死。」

兩人摸索又走了一會，那老婦忽然悲聲道：「董姑娘，妳把我囊中火摺打燃。」

董敏依言打亮了火摺，只見四周一亮，前面不遠樹上綁著一個少年，正是她日夕相思、倜儻不群的陸公子，當下再也忍不住，放開老婦人，上前便去替他解綁。

那老婦陸夫人悲聲叫道：「姑娘，且慢！」

董敏一怔，在這一刻間，她早已將意中人瞧了千百遍，只見他上身赤膊，除了臉上消瘦，卻是依然無恙，當下先放心一半，秀目流轉，正要發問，陸夫人長嘆一聲道：「姑娘，妳此刻萬萬不能放開他！」

董敏見陸公子雙目茫然，對於自己日夜不息趕來，似乎無動於衷，心中又悲又苦，忖道：「我見到你一紙半字，便連婆婆也顧不得了，偷偷跑來，難道你還嫌我到得遲了？」她本是一個情感豐富的姑娘，平日最愛胡思亂想。這時想到極處，眼見意中人狼狽如斯，又不禁憐愛之心大起。

忽聽身邊陸夫人憂愁地道：「姑娘，再等半個時辰，月亮出來便不妨事了！」

董敏叫道：「伯母，到底爲什麼事啊，我一點也不懂！」

陸夫人緩緩地道：「華兒中了暗算，服下天下最可怕的毒藥……」

她話未說完，董敏失聲叫道：「伯母，您……您說什麼……什麼月亮出來……」

陸夫人道：「月亮一出來，華兒便不會亂傷人了。」

董敏哭道：「什麼，伯母，陸哥哥誤服了……狼血毒草？」

陸夫人悲聲道：「看那症狀，是不會錯的了！」

一時之間，董敏真是萬念俱灰，她家學淵源，兒時曾聽祖父談過這霸道天下的迷性毒藥，那聲音又清晰的飄了起來！

「狼血毒草，天下無藥能解，爺爺年輕時便幾乎著了道兒，這草本已絕種，但西域五毒病姑竟又培植成功。」

她只覺眼前一陣昏黑，似乎掉在永無休盡的黑暗潭淵裡，什麼都沒有了，那漫漫的未來，日子還長得緊，怎麼去度過？

她心中一陣涼，似乎又到了她八歲那年，母親撒手西歸時的一段情景，眼前金星愈來愈密，砰的一聲，她已盡了最大的力量，但畢竟支持不住，倒在地上。

不知經過多久，董敏醒了過來，只聞耳畔一個親切的聲音道：「董姑娘醒醒，董姑娘醒醒！」

董敏睜大了眼睛，陸夫人正親切的瞧著她，她放目四下望了望，天上月光已現，心上人已解縛了，正站的遠遠的，漠然的東望西望，像這一切都與他不相干一般。

董敏心中道：「我一定要盡全力去醫治他，如果醫不好，便和他一塊兒死去吧！」

她想到此，心中忽然開朗了起來，忖道：「大不了死去，一死百了，再也不知人世間的愁苦了！」翻身而起，對陸夫人道：「伯母，咱們回東海去吧！」

陸老夫人沉吟一會道：「老身行走不便，走也走不到東海，姑娘，妳護送我這孩兒，請令祖……唉！這是我陸家唯一的根了，……請……請……」

她說到後來泣不成聲，董敏忽然堅強起來，她強自鎮靜地道：「伯母，咱們要死也要死在一塊兒，別的先不談，這就火速趕到東海去，我爺爺總有辦法。」

她斬釘截鐵的說著，陸夫人忽然目放奇光，緩緩地道：「好姑娘，一切就依妳，知其不可而爲之，姑娘，妳真有勇氣。」

董敏不再言語，她原來和銀髮婆婆要回家去，但忽接到陸公子一紙相邀，只道陸公子惦念相思，又不好意思和銀髮婆婆說，她已是屢犯不懼，當夜便又偷偷跑了出來，趕了一天兩夜到了金陵。

當下三人結伴向鎮上走去，一路上董敏照顧兩人，真是手忙腳亂，走了數日，鎮江到了，董敏又去僱船，她忙亂之下，心情反倒寧靜，每天無論大小事要她操心，也無暇去自哀自苦了。

卅七　威服倭寇

董敏走到碼頭，雇了一隻雙帆大船，說好午夜乘風起帆，正要離去，忽然身後一個女音叫道：「當家的，你這趟又要到外海去？」

那船老大柔聲埋怨道：「娘子，大夫說妳吹不得風，妳怎又到這來，這岸上風可真大，快回去！快回去！」

那船老大的娘子道：「當家的，我聽老李說你夜裡又去出海了，家裡還有我釀的一罐米酒，給你帶了來啦！」

那船老大一臉驚喜之色，囁嚅地道：「酒，妳……妳不是不准我再喝了？」

那少婦嫣然一笑道：「夜裡風寒霧重，你便帶去吧！不過你我可先說好，一次只准飲一杯，回來半罐還我！」

那船老大連聲應道：「省得！省得！我這去正好經過大丹島，順道採海葵子替娘子治病。」

那少婦道：「聽說大丹島近來常有海嘯，你不用去了！我這病多一天少一天也礙不了事。」

那船老大跳下船來，擁著他的娘子道：「我送妳回去，妳每次都不准我去採海葵，這回我可下了決心，妳阻攔也沒用。」

那少婦笑道：「我一個大人難道還不會回家，你……唉！真是婆婆媽媽，叫人看了討厭。」

那船老大陪笑，畢竟擁她去了，董敏癡癡的望著兩人背影，心中有說不出的味道。

董敏呆呆的出了一會兒神，忽然悲從中來，轉身便跑回客舍去了。

那太湖陸公子形若白癡，每天只知吃喝，董敏款款柔情，細心照料，他哪能感覺到絲毫？董敏出身武林世家，自幼便被婆婆嬌縱慣了，這一路上她為避仇人，處處低聲下氣，完全憑著一股勇氣，甘為情磨，不然她自己老早便先自發狂了。

她自幼最愛異想天開，行事大出人之意表，原是個無法無天的小魔星，但一用情，竟是堅定不渝，比起常人更自深刻許多。

她強自抑悲，走到陸夫人面前道：「伯母，咱們今夜乘風便啓帆東去，如果風吹得緊，兩日一夜便可到了。」

陸夫人點點頭道：「我母子受姑娘重恩，如果……老天見憐，定會成全姑娘心願。」

董敏臉一紅不語。

那陸夫人一路上以藥支持，傷勢倒不曾惡化，她歇了歇又道：「如是天意已定，還請姑娘將老身歸葬江南故鄉！」

董敏道：「伯母，您所受黑煞掌，爺爺和大伯定能治好，只是……只是……唉……」

陸夫人知她擔心自己愛子的病，當下也自默然。

董敏茫然地道：「爺爺總有辦法，天下豈有難倒東海二仙的事？」她雖如此說著，心中可一點把握也沒有。好不容易等到日頭西下，東風吹起，三人魚貫上了船，這時明月已起，陸公子安靜地坐在艙中，那船家一陣呼喝，水手啓纜，揚起巨帆，船兒緩緩駛出碼頭。

董敏陪著陸夫人母子，等兩人安歇好了，她卻無半點睡意，走到船甲板上，這時海上一片寂靜，只有天上星光閃爍，明月高掛，董敏長長的吸了一口氣。

夜裡海上的空氣又冷又潮，董敏抬起頭來，只見天際又黑又遠，卻是繁星如織，她生長在海上，這漫天星座，在她眼中便如一座大羅盤一般。

她心情起伏，想到兒時種種情況，想到第一次隨祖母出海，嚷著祖母要摘下天上的星星來玩，祖母雖是對自己縱容已極，但無論怎樣哄她，那天上的星星畢竟不曾摘到。

董敏輕輕的嘆了一口氣道：「世上不能得到的東西還是多得很。」

她又想到前不久為了婆婆一句無心之言，她考慮都不考慮便偷偷逃跑，那時的心思完全是撒驕耍賴，要引得大家焦急，可是此刻自己一個人站在這茫茫大海中一隻船上，卻擔負著兩人的命運，又偏是和自己一生幸福有關的兩個人，她心中不禁感到孤單起來。

董敏想著想著，不由輕泣起來，淚水不斷流著，沾濕了衣襟，海風吹來，著體生寒，董敏哭了一陣，心想此時哭死了也無人來憐惜，便收淚了，她雖胡鬧成性，但本性堅毅，只要有一絲希望，她都絕不放手。

她想回艙休息，一轉身只見背後不遠處一雙樸實的大眼睛正在凝目注視著她，董敏心中微窘，正要不理走過，那人囁嚅地道：「姑娘，妳……妳……哭了？」

董敏哼了一聲道：「誰說的，這又關你什麼事？」

她邊嗔邊打量那人，只見那人原來是個二十多歲年輕水手，一張方方正正的國字臉，那雙大眼更是炯然有神，她原想發脾氣，但見那水手生得不令人厭，而且神色純樸，倒不好意思惡言相向了。

那年輕水手道：「我知道，那艙裡兩人害了重病，所以姑娘妳……妳擔心了。」

董敏懶得和他囉嗦，轉身便走。

那年輕水手道：「姑娘可是去找東海神仙去？」

董敏一驚問道：「什麼東海神仙？」

那年輕水手道：「小人有一次出海覆舟，身上受了幾十處大傷，又在水中泡了兩日兩夜，全身中了鹽毒，腫得像包子一般，最後漂到一島，遇到神仙，只吃了一劑藥，便救回了一命，姑娘，妳……妳不信，請看小人臂上傷痕……」

董敏釋然忖道：「原來此人漂到我們島上，怕是遇到爺爺了，救回了一條小命。」

那水手又道：「只是這神仙爺爺可遇不可求，小的傷勢一好，神仙爺爺便送小的一隻小船回家啦！」

董敏道：「你的命真不小！」

那水手見董敏滿臉不悅之色，忽然心中一酸，但這姑娘畢竟跟自己說話了，當下又道：

「姑娘人好，一定會遇到神仙爺爺的！」

董敏到底是少女心性，聞言笑道：「你怎麼知道我人好？」

那年輕人手臉漲得通紅，半晌說不出話來。

董敏一笑走開，那水手結結巴巴地道：「因爲……因爲……姑娘生得好看……脾氣又好……」

董敏見他滿臉窘樣，再也忍不住的笑道：「生得好看便是好人麼？我要去睡啦！」

她這一開心，憂鬱之情大減，瞧著那似傻非傻的年輕水手，生出幾分親切之感！

正在此時，忽然海上傳來一陣螺聲，那年輕水手臉色大變，正在掌舵的船老大高聲叫道：「熄燈，下帆！」

那年輕水手拉下風帆，又走近董敏急道：「姑娘，快走，換男裝，臉上最好多塗點油墨！」

董敏奇道：「來的是什麼人？」

那年輕水手滿臉憐惜之色，望著董敏道：「姑娘快走！遲了便來不及了，倭賊便要來搶船了！那些倭賊都像禽獸一般，姑娘生得花一樣……唉，快！快！」

董敏嫣然一笑道：「不打緊！不打緊！」

她話未說完，忽然轟的一聲，船身震盪不止，水花四濺，倭船已開火了。

那水手慘然道：「完了！完了！那些沿海的官兒只知欺侮自己的百姓，對這倭賊真是束手無策，倭賊作案愈來愈近海岸了！」

接著又是轟轟數炮，都落在那船的四周，遠遠海上傳來一個沉著的聲音道：「號令已到！妄動者死！」

這時船上眾人都集在甲板上，那船老大高聲回道：「請大爺們高抬貴手，這船上無金無銀……」

董敏慌忙跑到艙底，陸夫人已醒來，她憂容滿面地道：「姑娘，賊船來了麼？」

董敏點點頭。

陸夫人頓足道：「這便如何是好？」

董敏安慰道：「伯母請放心，我自有辦法退敵！」

這時倭船已靠近，數聲叱喝，倭賊紛紛上船，只聽到那船老大不住哀求道：「小的這船是全家老小生活的本錢，大爺們高抬貴手；船上值錢的東西儘管拿去，可請別鑿沉小的船！」

一個聲音粗壯的倭賊道：「嘿嘿！那要看你的造化！」

另一個倭賊道：「頭目，能單獨雇得起這大船的主兒，一定是有錢的商人，咱們搜船艙去！」

這兩名倭賊華語極為流利，絲毫無外國人的口音，那粗壯的聲音道：「對，還是二弟有計謀！」

他說完率同囉嘍大步往艙中走去。

忽然那少年水手狂奔上來，攔在艙門之前。那倭賊頭目向少年水手看了一眼，一言不發，刷的抽出雪亮的倭刀，一刀向那少年頭上劈去。

眾人一聲驚呼，只見倭賊出刀如飛，一片白光過後，眾賊紛紛賀道：「頭目刀法如神！東洋刀法天下無雙！」

眾水手定睛一看，那少年水手臉上神色絲毫未變，正怒目而視，但頭上髮毛被剃得精光，那衣襟寬敞之處都被刀對穿，褲帶也被削斷，溜了下來，只剩一件內褲。

那頭目施展刀法，刀刀間不容髮，但卻未傷那少年水手一絲半毫。

這倭刀沉重，力道能施得如此準確，那也真是一絕了，但是他見那少年水手徘徊生死邊緣，卻是面無懼色，心中也不禁暗自佩服。

那少年水手嘶聲叫道：「倭賊，你有種便殺了小爺！」

那頭目嘿嘿怪笑道：「好志氣！好志氣！」一掌擊去，掌到半途，忽然向右一帶，那少年水手再也立足不住，跌仆五六步，一跤坐在地上。

那頭目道：「只是功夫還差得遠。」

他伸手一推艙門，忽然那少年如瘋狂一般奔到，他一伸腳，那少年水手仰天跌倒，跌得滿面鮮血，門牙也自斷了，那頭目正要叫喝，忽然腿一緊，已被那少年雙手抱住，張口便咬。

那頭目乃是武學高手，可是從來沒有見過這等不怕死之人，當下腿上一陣疼痛，舉起掌來，正要拍下，忽然艙門一開，走出一個俏生生的少女來，正是董敏。

董敏走上前去，拍拍那少年的肩膀道：「喂，你放下他，他不敢再爲難你啦！」

那少年一怔，牙齒一鬆，那頭目用勁一彈，那少年凌空飛起，砰然落在甲板之上。

董敏冷冷地道：「欺侮一個孩子，算不得好漢！」

那頭目從未見過如此美女，當下眼都發直了，隨口奉承道：「是！是！不算好漢！」

董敏抿嘴一笑，正要開口，那少年高聲叫道：「姑娘，倭賊喪失天良，妳……妳……怎能……怎能和這種禽獸打交道？」

他又急又憤，口中鮮血不住沿嘴唇流下，那青布衣上全是鮮血，那幾個倭賊作勢又要打他。

董敏忙對那頭目道：「喂，看來你是這些人的頭目了，告訴你，船家是窮老大，姑娘也窮得很，沒有油水可擠，快走吧！」

那頭目見董敏臉上神色似嗔似笑，魂都沒有了，只要劫得這女子，哪裡還管搶不搶得到錢？當下笑嘻嘻地道：「敝人不要搶錢，也不要殺人……」

董敏插口道：「那很好，快回你們自己的船上去吧！」

那頭目道：「只要姑娘跟敝人一塊走，這船分毫不犯，不然……嘿嘿！」

他一揮倭刀，刷的一聲，船上一根兒臂粗細的木柱被斷成兩截，斷口之處整整齊齊。

董敏道：「我跟你走沒關係，但……我還有兩個朋友卻又如何？」

那頭目聽她肯走，當下心都酥了，隨口應道：「一起走，一起走！」

董敏笑道：「那兩人脾氣大，食量又大得驚人，我看還是算了吧！」

那頭目忙道：「不打緊。」

董敏說：「跟你們去看看倭國風光也是不壞……」

她還未說完，那少年掙扎站起，大跨步走到董敏身前道：「姑娘，妳年紀輕輕，哪裡知道倭賊毫無人性，到時候妳求死也不能，妳……妳……」

那頭目怒道：「小子閃開！」

那少年水手雙目怒睜，瞪著那頭目道：「你要想帶走這姑娘，除非先殺了我！」

董敏眼睛一瞟，只見那少年水手凜然而立。她這人極易感動，這時見這水手和自己萍水相逢，竟如此不顧性命的護著自己，當下眼睛一酸，幾乎流下淚來。

那頭目哈哈笑道：「那還不容易？」

董敏見他雙目殺氣忽盛，真怕他突施毒手，便道：「我跟你們走便是，我下艙去叫那兩個朋友！」

那頭目連聲稱是，董敏下艙將太湖陸氏母子扶了出來，那頭目見是一老一少，眉頭才皺，忽見董敏面色不善，連忙陪笑。

那頭目雙掌一拍，擁著董敏三人率先而行，剛要走到船邊跨繩梯換船，那少年水手忽然叫道：「喂，你們放了這姑娘，我跟你們去！」

那頭目冷冷地道：「誰要你這臭小子！」

那少年水手道：「這東海沿岸航道形勢，天下再無人比我熟悉！」

那頭目一怔，他乃是大有野心之人，便道：「好啦！你也跟咱們去！」

他說完便欲上船拿人，董敏奔到船邊高聲叫道：「你如不守諾言，欺侮這孩子，我便投海去！」

那頭目飛快度量一番，忖道：「這小子還有機會再來抓他，這美人兒如果投海去見海龍王，那可大大不妙！」當下笑道：「好！好！一切都聽小娘子的話！」

那少年水手見董敏踩上繩梯，當下再也忍不住，直衝上來，忽見一道柔和的目光射了過來，耳畔只聽見董敏親切的聲音道：「大丈夫不能忍一時之辱，何能成大事？你如能記得今日之恥，他日自有報仇之時，怎能爲一個女子去做倭賊走狗，爲虎作倀？」

那少年水手一震，心中反來覆去的只是董敏那句話，一時間真是熱血沸騰，待他神智鎭定，再抬起頭來，董敏等人已消失在黑暗之中，那倭船一陣螺聲，漸漸地駛開了。

那少年水手心中喃喃道：「姑娘妳說得對，我俞大猷如不報今日之仇，誓不爲人！」

但想到那善良的姑娘，夢寐中的姑娘，自己第一眼便驚爲天人，此時爲救自己和船上的人，跟著那頭目走了，日後的歲月怎麼過？

想著想著，俞大猷眼淚都流出來了，他舉袖擦乾眼淚，抬頭望向天際，繁星閃爍，似乎都在嘲笑他，他長吸一口氣，決心又增加了幾分，就這樣，造就了一個有明一代抗倭最具盛名的大將軍。

董敏一上倭船，大剌剌地走進艙中，她手一揮對那頭目道：「快把你住的艙房讓出來，姑娘這兩個朋友要住！」

那頭目嘿嘿一笑道：「小娘子如要住，敝人是不勝歡迎，但那兩人要住，只怕……只怕……還差一點……差一點吧！」

董敏大怒道：「姑娘叫你怎的，你敢說半個不字？」

那頭目聳聳肩道：「不敢不敢！」口中一邊說，身子靠近前來，伸手便欲攬住董敏，董敏退後半步，冷冷地道：「你想死麼？」

那頭目道：「有小娘子這般美人兒相陪，敝人怎捨得……」

他話尚未說完，忽然拍拍兩聲，臉上挨了兩記重重耳光，董敏寒臉道：「鬼川大頭目是你什麼人？」

那頭目一驚，連臉頰上的掌痛都忘了，恭恭敬敬地道：「鬼川大先生是小人的大領袖！」

董敏緩緩從懷中取出一枚銀製令牌，她揮手一揚，只聞咚咚之聲大作，頓時甲板上跪滿了人，那頭目臉伏地上，不敢抬頭。

董敏卻未想到這令牌如此威力，心中不禁大感得意，笑吟吟地道：「鬼川大頭目的部下如此不成氣候，依你等行爲，實在應該罰你們跪地不起，至少三日三夜，但這船卻無人駕駛，算你們運氣，快送姑娘到明霞島去！」

那倭人如負重釋，紛紛道謝而起，賣勁駛船，乘著海風，船兒如飛往東而駛。

那倭船張開風帆，黑夜中乘風破浪疾行而去，那頭目恭恭敬敬侍奉在董敏身側，董敏將那陸家母子安置在頭目艙中，緩緩走上甲板。

那頭目陪笑道：「早知姑娘是鬼川先生貴賓，小人吃了豹子膽，也不敢冒犯姑娘。」

董敏哼聲道：「鬼川先生雖是海盜，但盜亦有道，哪像爾等如此，劫財劫人，哼哼，異日見到鬼川，你便瞧著辦吧。」

那頭目不住解釋道：「小人弟兄們只因近數月生意實在太差，這才敢到東海來碰運氣，小人該死，姑娘千萬原諒則個，如在大先生面前美言數句，小人粉身碎骨，只聽姑娘一句話。」

董敏雙眉一揚道：「真的麼？」

那頭目點頭道：「姑娘大人不計小人過，如有吩咐，小人無不從命。」

董敏道：「你漢語說得不錯呀！你如能在明日月落前送姑娘去明霞島，姑娘便饒了你。」

那頭目不住作揖道謝。

董敏忽然想起一事道：「聽說你們橫行海面多年，個個頭目都是富可敵國，是也不是？」

那頭目聰明絕頂，當下連聲應道：「這個傳聞只怕是誇大之辭，小人這些年來，珍珠倒是集存了些，姑娘要不要過目？」

董敏是個臉嫩少女，她本意向這頭目敲詐一些珍珠寶物，但別人如此大方坦然，她倒有點不好意思，口中連道：「誰希罕你這些賊物了？」但臉上卻並無怒意。那頭目當了多年強盜，心中豈有不明之理，馬上命令部下從艙中抬來一隻紅木箱子，放在董敏身前。

那頭目取出鑰匙開了木箱，翻開一層層厚毛氈，董敏只覺眼前一亮，真是珠光寶氣，將整條船都映得光茫閃爍，那頭目臉上更是一塊明亮，一塊陰暗，樣子十分可笑。

那頭目手一擺道：「姑娘只管自取。」

董敏忍不住一件件賞玩，大凡少女都愛漂亮，對於珠寶首飾可說沒有不喜愛的，董敏雖是出身武林中第一世家，但她爺爺婆婆都是天性淡泊，平靜度日，她幾時曾見過如此價值連城的寶物，當下只覺每一件都愛不釋手，但她畢竟是大家閨範，只選了一串珍珠項鍊，一副碧玉手鐲和一枚珊瑚髮釵。

那珍珠項鍊顆顆珍珠都有龍眼大小，渾圓發亮，那碧玉手鐲清澈碧瑩，任何人只消看上一眼，立時暑煩立消。那珊瑚髮釵卻是紅若烈火，無半點雜質。

那頭目滿臉笑意讚道：「姑娘真好眼色，這整箱珠寶，便數這三件最是寶貴，真是識貨。」

董敏略感不好意思地道：「那也不見得，這箱中還有更可愛的東西。」

她似是安慰那頭目，隨手將項鍊解開掛在頸上，那明珠放出淡淡光茫，她人本是白皙，這時更是膚若白玉，那頭目瞧著，不由得癡了。

董敏嗔道：「你賊頭賊腦的看什麼，有什麼好看？」

那頭目嘆息道：「姑娘實在太好看……」

董敏啐道：「你成天到晚只知道殺人放火，你懂得什麼好看不好看？喂！我問你，明夜到不到得了？」

那頭目連道：「包在小人身上，包在小人身上！」

董敏嫣然一笑，心中著實歡喜，走下艙中去看陸夫人母子，只見母子兩人都已安睡，她細細打量心上人，雖是憔悴，但容顏並無人改，可是心智喪失，連自己也像陌生人一般不再認識。

想想心酸，一點歡欣之情化爲輕煙，她撫著碧玉手鐲，一時之間情思無限，那玉鐲在她心中，便如一塊頑石一般，毫無價值，那珊瑚髮釵更是沒有意思了。

她生來最是任性，心中一煩，幾乎想將這價值連城的珠寶抛到窗外海中，忽聞一聲大喝道：「頭自下令，左右八槳齊啓。」
董敏神智一清，只覺十分疲倦，伏在虎皮交椅上沉沉睡去。
這一睡，直到次日正午，那頭目幾次進來請她用膳，只見她睡得十分香甜，臉上笑意盎然，也不知她夢中又到了何處，不敢驚動。
好容易董敏才醒了，她見陸家母子都上了甲板，梳洗完畢，也走上甲板。
這時日正當中，海上晴空萬里，那帆吃不到風，行走緩慢，董敏放目四瞧，只見兩弦每邊八個赤膊大漢，拚命運槳如飛，臉上都是疲乏之色，想是昨夜至今未曾休息。
董敏心中暗暗得意，想道：「這班人平日殺人越貨，真是海中魔王，航海的人談之色變，今日做了姑娘奴隸，也替咱們中國人出口鳥氣。」
想到得意之處，沒來由清脆笑了起來。
那頭目處處討好這小姑娘，奉承道：「姑娘如覺船慢，待小人也去划。」
董敏笑道：「誰叫你不去？你如以身作則，這些部下更是賣勁，天不黑便可到了。」
那頭目原是討好隨口胡言，想不到這「小魔君」當真不顧及自己，但他又怕董敏在鬼川大頭目面前說自己的壞話，只有苦笑道：「姑娘有命，小人敢不從命。」
吆喝一聲，水手送上一隻大槳，頭目接過運勁划了兩下，他身手高強，一划之勢端的非凡，那船登時疾馳。
倭人自來奴性甚重，那頭目與屬下階級觀念極嚴，這時眾人見首領親自加入，都不禁氣力陡生，吆喝之聲此起彼落，海上雖是無風，但船行得比乘風更快。

董敏大是高興，吃過豐盛午餐，在船頭船尾走來走去，指揮打氣，偶而也幫忙做些零星之事，但動口總比動手多得多，那些水手個個必畢恭畢敬，唯命是從，說起話來，卻不敢抬眼平視她。

她這麼跑來跑去無事忙，時間也過得快了，太陽漸漸西墜，在遙遠的海面上一片霞光，董敏心中想：「當太陽完全看不到時，明霞島便到了。」

但她愈行近家，心中倒反愈更緊張起來，目前反來覆去總是這個問題：「如果爺爺也是束手無策，那便怎麼辦？」

那日頭落得真快，漸漸地明霞島已遙遙在目，日頭每往海平面下沉一分，董敏心中也自涼了一分，她一路上忍氣吞聲，便是等待趕快到家，現在卻又覺愈來愈沒有希望。

她心中淒然想道：「董敏！妳的命運早已決定，何必要親口去聽爺爺絕望的宣判，又何必要惹年邁的爺爺再為妳傷心？」思到極處，直覺這越山涉海都是多此一舉了。

那頭目高聲叫道：「下帆！拋船，放舢板。」

正呼喝間，那船首一震，已觸到島邊淺海底，嘩啦一聲，從船尾放下一隻小艇。董敏便扶持陸家母子登上小艇，命倭人划向島去。

划了半盞茶時間，小艇靠岸，董敏打發倭人走了，她對陸夫人道：「咱們再走半個時辰，便到家啦！」

陸夫人道：「多虧姑娘勇氣，咱們再趕一程吧！」

董敏點點頭，三人魚貫而行，那島上林木茂盛，又經董其心悉心經營多年，奇花異卉，真是風景如畫，雖是天色已黑，但依稀間仍可看到佈置格局別有一番匠心。

陸夫人嘆息道：「這真是世外桃源，老身原想歸葬江南，但如不能痊癒，埋骨於此仙境，也是無所遺憾！」

這時月兒初上，三人踏著月色，不再言語，低頭趕路。

走了很久，地勢愈來愈是開朗，那路徑直直的彷彿沒有一個盡頭，董敏每次自外回家，都是歸心似箭，這時倒願路永遠走不完，她默默數著步子，但總數不到一百便自亂了，又得重頭再來。

三人穿過一片小林，忽見前面燈光一亮，董敏歡喜地道：「爺爺在家！」

陸夫人吁了口氣道：「董先生是武林中神仙人，我們母子凡俗之身貿然打擾，實是心中不安。」

董敏道：「不妨，不妨，爺爺表面上雖是嚴厲，但心中最愛青年後輩，一定會悉心替陸大哥治好病的。」

正談話間，突然一陣輕脆雷聲，接著一陣喘息之聲，董敏緊張地道：「快，快，來了敵人。」

陸夫人一怔，拖著陸公子快步而行。

董敏施展輕功，搶先而行，剛走了幾步，忽聞一個清朗的聲音道：「二弟，你看如何？」

另一個聲音道：「太陽神功和震天三式原是不相伯仲，恭喜大哥，你太陽神功總算大成了。」

董敏一聽這聲音，心中大定，立刻大喜，真恨不得兩步便跑向前走，但回頭一看陸夫人氣喘如牛，連忙回身攙扶。

那清朗的聲音又道：「二弟，爲兄雖是好強，但二弟你年輕時多所遇合，功力實在爲兄之上，爲兄這太陽神功最後一步，終究是靠二弟相助而成。」

那「二弟」道：「大哥，現下可就不同了，你看這樹枝，小弟雖盡全力，卻是佔不了半絲上風。」

那聲音清朗的人哈哈笑道：「好說好說！二弟，你來了客啦！」

那「二弟」淡然道：「是敏兒！她輕功總學不到家，女孩家心野任性，哪裡是學武的料子，唉！她婆婆一意寵她，教她一身武功，倒成了她調皮搗蛋的本錢了，這回又帶來兩個朋友，大哥，我連見都懶得見她。」

那「大哥」默然，半晌道：「你還有一個頑皮孩兒解寂寞，哎！」

董敏聽得再也忍耐不住，高聲叫道：「爺爺！我回來了。」當下飛足飛奔。

這聲音聽似不遠，其實路徑彎彎曲曲，跑了好一會才跑到屋前，董敏一頭撞到爺爺懷中，哭著道：「爺爺不疼敏兒，爺爺不疼敏兒！」

那「大哥」哈哈一笑忖道：「二弟二弟，你昔年縱橫天下，但哪能奈何得這小淘氣，我卻想有人來淘氣也不得。」當下不禁憮然。

那「二弟」正是名震環宇的東海二仙董其心，他瞧著懷中的小孫女兒，那嚴厲的神色漸漸消失了，他輕撫著董敏的頭髮，裝著冷冷地道：「怎麼樣？又闖禍了？」

董敏在爺爺懷中哭了個夠，心中大是舒暢，只見爺爺長衫前襟濕得透了，當下一整頭髮，抬起頭來，嫣然一笑道：「大爺爺也在，當真是再好也沒有，大爺爺，您老人家真是愈老愈瀟灑了。」

董大先生董天心笑道：「大爺爺可不吃這一套，哈哈！」但見這可愛孫侄女又哭又笑，臉上再掩不住喜上眉梢，連連搓手。

董其心對這寶貝孫女最是清楚，見她一回來便是討好，知道一定又有求於自己，當下不動聲色道：「我和妳大爺爺有要事，今夜便要離島，妳回來正好，好好守幾天家。」

董敏大驚道：「爺爺！不行，不行！」

董其心道：「妳一言不發便走得無影無蹤，妳能一個人在江湖上獨行獨混，還怕怎的？」

董敏和顏悅色地道：「爺爺！我求求你，千萬要幫這個大忙。」

董其心知她天性倔強，要她這樣低聲下氣相求，一定是她自己竭盡心智也解決不了的事了，當下哼了一聲道：「爺爺哪裡幫得上，妳再去找婆婆吧，再去要妳婆婆來逼爺爺好啦！」

這是董敏慣用的絕招，這時被爺爺抖將出來，不禁大為羞慚，但有求於人，不得不低聲下氣，便道：「都是敏兒不對，這總成了吧！」

董敏一邊說，早就注意陸氏母子已漸漸走近了，她陪著笑臉道：「爺爺，來，敏兒替你介紹兩個朋友！」

她快步上前，扶著陸夫人走近了來。

那陸夫人對著董氏兄弟深深一福道：「老婦太湖陸張氏，拜見東海兩位神仙。」

我。」

董天心、董其心還了一揖。

董其心道：「久聞太湖陸家是江南水道中正義象徵，夫人千里迢迢光臨敝地，必將有所教

陸夫人一提氣慘然道：「江南再無太湖陸家。」

董其心微微一驚，忖道：「太湖暮雲山莊給人毀了不成？從前聽百超哥哥說起，太湖境內水道繁密，都暗合五行相生相剋之道，原爲前輩高人畢生心血所集，是天下一絕，要想自外攻入，那真是難於登天了，普天之下，除了百超哥哥，還有誰有此能耐？」

他沉吟不語，董敏搶著道：「陸伯母也受敵人一記黑煞掌，爺爺，您快替她瞧瞧吧！」

董其心更是一驚，回頭對董天心道：「大哥，那老妖怪難道還沒有死？」

董天心搖搖頭道：「萬萬不可能，萬萬不可能！」

陸夫人雙眼注視著那一段碗口粗細松枝，那樹枝兩端完好無損，但正中之處卻是焦黃已黑，她心中暗暗吃驚忖道：「東海二仙以本身內力激發三昧真火，竟能將這粗松枝灸焦，真是駭人聽聞，那焦黃之處恰在中央，這兩人功力委實不相上下。」

轉念又想道：「傳聞本朝初武當張三豐真人能掌心發雷，毀物十丈之外，這東海二仙如果功力再進一層，不也是能臻如此？看來傳聞是不假的了。」

董其心沉著地道：「陸夫人，那下手的人年齡如何？」

陸夫人想了想道：「大約是六旬左右老者。」

董其心哦了一聲，雙目凝視陸夫人，不再言語。

董敏急道：「爺爺，你看沒有關係吧？」

董其心忽然冷冷地道：「苗疆黑煞掌原算不了什麼，便是綠髮老祖親自下手，也還有救，何況這下手的人功力又未達十分火候，哪算什麼稀奇？」

陸夫人臉上閃過一陣奇異神色。

董其心點點頭又道：「敏兒，陸夫人傷勢包在爺爺身上。」

董敏大喜道：「爺爺心腸最好，陸伯母一路上受苦已久，您便趕快……趕快動手治療吧！」

董其心道：「那也用不這麼著急，咦，這孩子眼神怎的不對？」

董敏望著太湖陸公子，忍不住眼淚又流了下來，董其心看著孫女兒癡癡的眼神，盡在那少年臉上轉來轉去，立刻心中瞭然，對董敏道：「這孩子中了毒？」

董敏哭泣道：「他……他……被人逼迫吃了狼血……狼血毒草。」

董其心驀然目光如炬，臉上神色一陣飛揚，但只一瞬間又恢復了那洋洋不可測度的樣子。身旁董天心倒是吃了一驚問道：「什麼？妳說是狼血草？五毒病姑死了，天下哪還有人能培植這毒草？」

陸夫人道：「老婦也是不信，但小兒每逢星月昏暗之夜，便是狂性大發，與傳聞中大是相像。」

董敏顫聲道：「爺爺，你看有沒有辦法？」

董其心哈哈一笑道：「大哥，有人來考較咱們弟兄啦！」

董天心一怔，接口道：「既是敏兒的好朋友，那麼我做大爺爺的，說不得也只有盡力而爲了。」

陸夫人怔怔望著兩人，一臉茫然之色，董其心便叫董敏帶陸家母子到屋中安置，董敏心內突突而跳，她知道，以兩位爺爺之能，如果再不能解心上人之毒，那麼普天之下，再無人有此能耐了。

董其心待董敏走入院園屋中，對董天心道：「大哥，你道如何？」

董天心搖搖頭道：「我從來未聽說過有人能解此毒。」

董其心道：「小弟也是茫然，但小弟想到一事，心中不能釋然……」

董天心忽然想到一事，插口道：「天下只有一人，說不定能救得這孩子。」

董其心想了想道：「大哥，你說的是那藥仙姚九丹麼？」

董天心點點頭道：「此人醫道通神，成就猶在前人之上，而且每多奇方異法，只怕說不定有法兒。」

董其心道：「此人失蹤多年，聽說被魏定國逼死了。」

董天心頹然道：「那只有看咱哥兒的手段了。」

董其心道：「大哥，如果你我盡全力，將此子散佈體內毒素逼出，原也大有希望，但此舉……」

董天心興奮接口道：「此舉便將造就一個天下少見的少年英雄！」

董其心道：「此子心性如何？豈可一眼便斷？」

董天心哈哈一笑，用力拍著弟弟的肩膀道：「你總是太過多慮，哈哈！哪有做爺爺的對孫女婿還不垂青的人？」

董其心只覺哥哥的手掌拍在肩上，心中一陣溫暖，再無芥蒂，笑道：「一切便依大哥！」

董天心道：「異日我那姓白的孩兒，還要有勞二弟助他一臂之力。」

董其心笑笑不語。

董天心道：「咱們練了一陣功，也該休息一下，明兒還有大事，讓天下人瞧瞧董家兄弟的能耐。」

卅八　夜襲東海

且說董其心呆呆出了一會兒神，漫步走向後島，他在花葉之中轉了幾轉，來到一處平坦草地，草地邊端，赫然是一座石墳，他緩緩走到墳前，徘徊一陣，海風吹來，令人涼爽舒暢。

董其心凝視墳堆，心中喃喃道：「楊老弟，你也可以瞑目了，你丐幫繼承人便是我董家子弟，你有徒如此，丐幫興旺只是指日可待的事。」

他默默禱告，不禁意興闌珊起來，隔了一會，月光照在墳上，那墳前石碑清晰的現出一行字來：

「丐幫幫主楊陸埋骨之地，嵩陽董其心立。」

董其心轉過身來，正要走回居處，忽然靈光一閃，心中暗震忖道：

「楊老弟是死於黑煞掌，那時一方面我功力未臻目下之境，一方面他身受內外傷幾十處，是以無法挽救，想不到多年以後，又有人來求我治這苗疆毒功，世人除了我兄弟的至陽神功，恐怕再難將此掌陰寒之毒驅出吧！這難倒是楊老弟死後有靈，差遣他們而來？」

他想到此，又凜然想起一事：「那淩月國王的兒子，為什麼要追問楊陸埋骨之地？我上次脫口而出，告訴他楊幫主埋骨之地是在我這島上，難道……難道……那姓伍的是爲那張怪人皮而來？」

月光緩緩移動，漸漸地正在當頭，董其心碩長的影子愈變愈短，他繼續思索：「那人皮上的文字無人識得，楊老弟臨終之際鄭重交給我，說是事關天下蒼生氣數，唉，那已是多年前的事了……」

他想著想著，似乎又瞧見那一個黑夜裡，名震天下的第一條鐵漢楊陸，浴血支持著行走，終於倒臥在荒山野郊，自己恰巧路過，每天用真氣灌輸，想要救他一命，但到了東海，楊陸仍是不支。

那楊陸是天下第一條熱血漢子，當他費盡全力和死神掙扎失敗了，在迫不得已之下，交給自己一張人皮，這才安心死去，那模樣似乎把天下最重的擔子都交下了一般輕鬆。

往事在腦前一閃而過，董其心暗暗嘆道：「楊老弟啊楊老弟，我多年來並未參透出其中秘密，這暮垂之年更是懶散，連想都沒有想這件事，但你卻可放心，這人皮再也不會落於別人之手了。」

董其心想想若有所悟，大步走回屋中。

昔年土木堡一戰，不但英宗被擄，江湖上也發生了一件驚天動地的事，那便是丐幫楊幫主失蹤了，雖是在北燕山麓發現了楊幫主之墓，又有人傳聞他埋骨落英塔之中，但江湖上人並未深信這蓋代大俠便此死去，但在這海外島上，董二先生卻親自埋了他，此事撲朔迷離，便連丐幫弟子也不知，上次玉簫劍客不肯回答凌月國王詢問，莫說是他不干示弱，便是真的要說，也是並不知道。

次晨一早，董天心起身便找董敏，他一生瀟灑直性，心中總存不得事，比起其弟董其心之深沉城府，真是不可同日而語。

他找到董敏請出陸夫人，當下盤坐一株大樹之下，運氣數周，右掌按在她背後大穴，催力而入，只半刻功夫，頭上白霧漸生，董敏知大爺爺已展開上乘內功，她屏息站在一側，不敢絲毫驚動。

董天心運氣到了分際，臉上漸漸酡紅，只覺對方體內生出抗力，他長吸一口氣，左掌緩緩抵住陸夫人左掌，只見掌心愈來愈紅，那陸夫人緩緩舉起垂在胸前右手，呼吸愈來愈急促。

正在此時，青影一閃，董其心身形如鬼魅般閃了過來，口中輕輕地道：「大哥，我來助你一臂之力。」伸出右掌，低住陸夫人右掌，緩緩坐下，也開始運功，左手卻有意無意之間指向陸夫人腰間死穴。

那陸夫人一睜眼，又閉目調息，過了半個時辰，董天心洒然站起，輕輕拍拍長衫。

董敏歡天喜地地道：「大爺爺，陸伯母不妨事了？」

董天心笑了笑道：「陸夫人好深內功。」

陸夫人又調息半晌，恭身作揖道：「多謝大先生二先生救命之德，老婦有生之年，永不敢忘大恩。」

董其心淡然道：「如非夫人內功精湛，原也不會好得如此之快。」

董敏笑得合不攏口，沒口叫道：「大爺爺真好本事，敏兒只要有您十分之一，便可橫行江湖，無人能敵了。」

董其心道：「陸夫人久傷新癒，還要多多休息，敏兒扶陸夫人到內室去！」

董敏叫道：「還有我……陸……陸大哥呢？」

董其心道：「妳大爺爺內力消損，明兒再治那孩子吧！」

董敏扶著陸夫人慢步走進屋中。

董天心道：「太湖陸家果真名不虛傳，如非二弟前來，為兄倒要大費手腳。」

董其心漫應道：「是麼？」

董天心忽道：「弟妹不知何時可歸，將來還要她出現找那姓白的孩子，解他祖母懸念。」

董其心道：「莊玲近來可好？多年不見，還是當年胡鬧的脾氣麼？」

董天心嘆口氣道：「脾氣倒是改了不少，但女子一到老年，難免囉嗦一點，往往小事化大，大事就翻天啦！」

董其心道：「大哥，彼此彼此，你弟妹也是一般模樣！」

兩人撫掌大笑。

正在得意之際，忽然背後一個怒沖沖的聲音道：「好啊！背後道我老太婆長短，算什麼好漢！」

董其心苦笑道：「說到曹操，曹操便到！」

董天心回頭陪笑道：「弟妹，妳回來了？妳輕功真俊，到了咱們身後，一點也未發覺。」

董其心只見銀髮婆婆一臉怒容，他天性機智，脫口而道：「敏兒已經回來了。」

銀髮婆婆一聽，登時怒意全消，幾乎笑了出來，但臉上神色一時間轉不過來，又是怒氣又是喜氣，說不出的慈祥可愛，董其心眼前忽然浮起一個明朗小姑娘，生氣地東也不是西也不成，一刻間心中竟是柔情蜜意，哪裡還說得出話來？

銀髮婆婆哼了聲道：「等下再找你兩個算帳。」身子一起，衝向住屋。

董天心心中讚道：「弟妹輕功高極，大約是二弟陶冶之功！」

兄弟兩人相對一笑。

忽然遠遠又傳來一陣腳步之聲，董其心道：「這島上可熱鬧了，又來客人啦！」

那腳步聲愈來愈近，忽然一個清朗的聲音吟道：「世事一場春夢，人生幾度秋涼，董其心，你瞧是誰來了？」

董其心一聽那聲音，心中真是大喜，高聲應道：「李大哥，李大哥！」

花葉開處，走出一個年老儒生來，正是昔年佐助甘青總督安靖原南征北討的李百超。

李百超緩緩走近，忽見遠遠住屋窗口伸出一個白髮蒼蒼的頭來，高聲叫道：「百超！你還記得咱們啦！」

銀髮婆婆安明兒驀見故人，真高興得手足無措，招待客人真是豐富無比，李百超見識極廣，他手拈了一枚紅色鮮果，放在鼻端嗅了嗅道：「朱果生於海外仙山石壁之上，三十年開花，每株結果十枚，果熟莖枯，功能補脾健身……」

安明兒插口道：「你愛吃儘管吃，賣弄些什麼，誰不知你李百超學究天人，見識之廣，舉國第一。」

李百超哈哈笑道：「明兒，妳還是當年一樣脾氣，有什麼東西恨不得一股腦兒搬出來待客，倒便宜我這凡夫俗子也。」

眾人談談笑笑，都是多年未見之故人，安明兒只覺實是生平未有之樂，哪還記得自己是個身爲人祖的婆婆。

到了夜間，李百超和董其心松下奕棋，李百超談起左冰之資，董其心也大加讚賞，但他不住追問李百超那下手殺他之子的人形貌。

董其心、李百超下到分際，兩人正在聚精會神逐鹿中原，他兩人心思都是一般細密，當真是步步爲營，寸土必爭，搏殺良久。

董其心拈子沉吟。忽然背後輕輕一響，董其心喃喃地道：「這個劫如不能活，這盤棋是輸定了。」

又思索良久，忽然一推棋盤道：「李大哥，我帶你去瞧一樁奇事！」

李百超熟知他個性，當下跟著他一言不發往後島走去。

走了片刻，董其心附耳低聲道：「待會兒如果小弟出手，大哥千萬別露面。」

李百超點點頭，兩人又走了一段路，董其心示意李百超隱身花葉，他指著前面一片草地上墳堆道：「馬上便有好戲可瞧。」

正在此時，忽然一陣窸窣之聲，從墳後走出一人，正是那新傷初癒的太湖陸夫人。

陸夫人身手矯健，在墓前墓後探看，忽然從墓後取出一隻小鋤，抬頭望了望天色，喃喃道：「聽說楊陸將那東西交給姓董的，姓董的鬼靈精一定參悟得透，這些年來並無動靜，倒是怪事，難道還在這墓墳之中？」

她聲音極低，隔得遠遠地，李百超聽不清楚，但董其心何等內功，卻是聽得清清楚楚。

李百超低聲道：「是盜墓賊麼？怎會跑到這海外來作案？」

說話間，陸夫人舉起小鋤便往墳堆四周挖去。

李百超低聲道：「這人精於土木之學，她想挖個地道，神不知鬼不覺深入墓中。」

董其心點點頭，輕步躡足而前，已欺身陸夫人身後，用勁一拔，便如一頭巨鳥凌空而下，直擊太湖陸夫人。

陸夫人驀然受敵，只聞耳畔風聲大疾，知是生平僅見強敵，一急之下，身子也是驀然一起，在空中高高低低連行七步，閃過董其心一擊。

董其心冷冷地道：「原來是妳！」

那陸夫人道：「既識我天禽身法，董其心，你定知我來歷了。」

董其心斜睨著她道：「妳是天禽弟子？處心集慮要到我明霞島上，看來多半是要找老夫挑樑，妳便動手吧！」

那陸夫人道：「董其心，人言你機智天下無雙，看來的確名不虛傳，天禽溫公正是先父。」

董其心想到一件事，冷冷地道：「妳把陸家母子怎樣了？」

那陸夫人低聲道：「你把先父怎樣，我便把你孫女婿母子怎樣！」

董其心心中一痛，沉聲道：「子報父仇，原是無可厚非，但妳濫殺無辜，姓董的第一個容妳不得。」

那偽裝陸夫人姓溫的道：「姓董的，算你機智命大，喂，我問你，你怎會發覺我是偽扮？」

董其心冷然道：「苗疆老祖是在下親手所殺，那時不過五旬左右，他便有傳人，也不會是六七十歲老者，姓溫的，黑煞掌是苗疆一派獨門武功，天下無人學會，妳撒的彌天大謊，豈不可笑？」

那姓溫的道：「姓董的，總是你命不該絕，被你胡亂識破，嘿嘿！老夫告訴你，天下還有一人的黑煞掌功夫，強過那黑袍老祖的！」

董其心默然不語。

那姓溫的接著又道：「此人便是瓦剌國師北魏魏定國大先生。」

董其心心中吃了一驚，暗自忖道：「原來楊陸是死於魏定國手中！」

他是極端機智的人，轉念忖道：「這姓溫的言語閃爍，分明是在等待什麼，拖延時間的，我且點破他，好讓他受激動手。」當下便道：「姓溫的，你如為報父仇，在下倒不必趕盡殺絕、放你一條生路也罷，但你既先動手殺了太湖陸家母子，那麼殺人償命，是當然的事了。」

那姓溫的緩緩道：「你董其心再強，豈能抵敵天下三大高手圍攻，哈哈！姓董的，今日便是你畢命之時。」

他的話未說完，忽然墓後兩條人影如鬼魅般飄然而出。

董其心冷冷打量兩人道：「凌月國少主也來了，這位是誰，在下倒是眼生。」

董其心左邊那人年約六旬，一抖長衫道：「在下姓魏，草字定國。」

董其心哈哈一笑，聲若龍吟，緩緩地道：「想不到魏大先生也光臨敝島，真是盛會！」

那北魏天性陰鷙，一語不發，向另兩人施個眼色，呼呼三掌直擊董其心全身。

董其心只覺呼吸微窒，知這三人是生平未遇之強敵，他連跨大步，身子一轉，閃過三掌道：「老夫尚有一句忠告，如是老夫動手，三位只怕難以全身而退！」

魏定國冷冷地道：「等著瞧吧！」身形倏起，雙掌一合，凌身而擊，董其心長吸一口真氣，右掌上迎，左掌硬接凌月國王之攻擊，這四人都是當今天下頂尖高手，掌勁之強，那真是駭人聽聞，一時之間，花枝紛紛墜地，四周激起一層氣圍。

董其心搶攻數招，招招都是武學上不可多見的傑作，但因對手實在太強，並未絲毫搶得上風。

李百超伏在花叢之中，心中急若火焚，這裡離居室甚遠，要去求援只怕是不可能之事，眼看那三人聯手攻擊，聲勢大是強盛，董其心長衫鼓起，全身佈滿真氣，神威凜凜，哪裡像一個古稀老翁？

驀然董其心雙掌一錯，掌影大是飄忽，搶身三人攻到圈內，東一掌，西一掌，打得十分激烈，鬥到分際，董其心左手一長，在姓溫的胸前拂了一掌，左腳飛起，將凌月國少主的頭冠踢飛。

雖是如此，董其心已重重進入三人掌力重重包圍，四人距離愈來愈近，李百超眼見三人掌力合圍，董其心如果碰拚不支，再難逃出三人之手。

那圈子愈來愈小，四人招招都是短打短擊，真是間不容髮，驀然董其心長嘯一聲，雙掌齊出，左右手一連三掌在一瞬間拍出，激起一陣氣流，接著一聲大震，四人各退數步立定了。

魏定國冷冷地道：「震天三式，果然名不虛傳！」

董其心默然不理，他一生會敵何止數千次，但此時竟是漫無把握，多年之前，他以震天三式加上金沙掌，強如凌月國王及天禽、天魁都喪命於此，這時功力深厚比起當年猶有過之，但兩掌齊發，不過和敵人分庭抗禮，那麼這三人聯手，聲勢比起當年三人是不會差的了。

他凝目而立，臉上紅暈微褪，掌上金色緩緩隱去，心念一動，彎身拾起地下一段枯枝，輕輕一抖，枝尖嗤嗤發出嘶聲。

他此時功力通神，多年不再運用兵器，但他心思細微，絕不肯托大吃虧，雖是一段枯枝，但在他手中，真是無堅不摧之利器。

魏定國道：「正要領教董家神劍。」一伸手也拔出長劍，那天禽之子與凌月國少主也紛紛拔劍。

自來劍乃百兵之祖，真正高手，鮮有不以劍爲兵器，這時三把長劍森森然發出光芒，繞在董其心周圍，一觸即發，人人凝神不敢大意半分，高手過招，對於敵方功力，都是了然於心，要想一出手便搶得先機，那是大大不容易之事了。

李百超屏神聚氣，心中卻不住狂跳忖道：「那穿黑衣的老者，便是殺害麟兒的兇手！」

正在這時，忽然後面花叢中一陣風起，一個高大身形越花而過，身形似箭，繞到草坪之前，一立身道：「二弟，什麼人？連你也打發不了？」

董其心心中大喜，但臉上不變道：「大哥，來了三個朋友，要瞻仰董家神劍。」

來人正是董大先生，他打量魏定國等三人，瞧到「陸夫人」不禁惑然，隨手也拾起一段枯枝，對董其心道：「二弟，大哥那劍已生銹了，只有將就一下用這枯枝獻醜了。」

董其心用密室傳音對董天心道：「大哥，咱們一上手便搶著先機，來人手下硬得緊。」

董天心瀟灑一笑道：「好說，好說！」一抖枯枝對三人道：「出手吧！」

董其心不住向他使眼色，但董天心一生自負已慣，除了他弟弟外，可說是從未逢匹敵之人，這時見弟弟神色慎重，知道來人身手大是非凡，竟是見獵心喜，心中大是興奮。

那魏定國見巧計失籌，他是最能見機行事之人，當下哈哈一笑道：「今日得瞻東海二仙，我等真是此行不虛，可惜在下三人身尚有事，他日定再來拜望！」說罷一轉身飛起向島外行去。

董其心沉聲道：「大哥，讓他們走！」

董天心一怔，三人身形已遠，董天心喃喃自語道：「想不到名滿漠北的魏定國，竟是虎頭蛇尾之輩，倒是出人意表。」

董其心邊走邊說道：「此人之沉著狠毒，猶勝昔日凌月國王，他心懷叵測，他日定爲中國之患。」

李百超緩緩從花叢之處走出，點點頭道：「魏定國沉穩已極，絕不做無把握之事，比起凌月國王自命不凡猶高一籌。」

董天心道：「那姓陸的老婦想不到原是奸細，但早上爲她療傷，她爲何不暗算我？這倒奇了。」

董其心笑笑不語，董天心驀然想起脫口道：「難怪二弟助我療傷時左手不離死穴，哈哈！這人也太小看我董天心了，便是他猝然下手，難道能傷得了我？」

董其心想到哥哥功力之深，微微一笑，也覺他此語甚是有理，便道：「大哥，這人姓溫，是天禽的嫡子。」

董天心一怔道：「原來如此，他扮裝陸夫人怎的連敏兒也認不出，啊！不好，那小子豈不也是假的？」

董其心笑吟吟道：「昔日凌月國有一巧匠，化裝之術天下無雙，只怕是此人手筆。」

李百超接口道：「你是說巧匠高大堅？」

董其心點點頭道：「此事先別讓敏兒得知，她性子激烈，傷心之下，那是什麼都做得出來，依小弟看來，那姓陸的少年未必是假。」

董天心愕然。

董其心道：「那天禽之子殺了太湖陸夫人，強逼那孩子服用狼血草騙敏兒領來東海，這事不無可能。」

董天心想了想道：「二弟，你要冒險麼？」

董其心嘆口氣道：「小弟五十而後，年歲每增一歲，那舐犢之情便自增加一分，這七十暮年，那私情真是沒辦法控制。」

董天心道：「二弟說得也是，憑咱們東海二仙，好歹要將那孩子治好的。」

二人默然半晌，踏月而歸，董其心道：「大哥，我等退隱已久，豈能再作馮婦，依小弟看，這三人聯手，不但是要除我兄弟二人，還有一樁陰謀。」

董天心道：「天下事天下人管得，二弟，你昔年豪氣何在？」

董其心道：「小弟思想，中原如果那人還在，那北魏等人如意算盤也難得逞。」

董天心道：「二弟是說南魏魏若歸麼？他是那白鐵軍授業之師，此人的確不弱。」

董其心道：「便說那昔人江湖上人人視爲大魔頭的錢百鋒，也不稍讓北魏，還有一人，傳聞中深不可測，江湖上無人知其師承來歷，以鬼影子相稱，據小弟看來，此人功力又絕不在錢百鋒之下。」

談論之間，三人走近屋中，這時明月西墜，曉星閃爍，島上一片寂靜，誰也不會想到，便在一刻之前，島上聚集了江湖上最強的高人，傳聞中的東海二仙、南北二魏、鬼影子，除了南魏和那行蹤永遠飄忽的鬼影子，全都聚齊了。

董其心走到內室，只見敏兒婆孫睡在一起，那敏兒猶如嬰兒般摟住銀髮婆婆，他心中暗暗嘆道：「敏兒！妳在婆婆翼下，又哪裡長得大了？」轉念又想道：「但願那孩子是敏兒真的心上人，不然真不知如何是好？」

這年輕時便展露頭角的一代奇人，在暮年竟爲他心愛的小孫女擔心得手足無措，不得不自承道：「董其心啊！董其心，你少年的豪氣是被歲月消蝕盡了！」

這時曙光初現，海風冰涼透骨。

山風如水，輕輕地拂在山石上，把白晝的暑氣徐徐地帶走，這時，山頂上坐著兩人，他們正低聲地談話，左面的老者把手放在右邊的少年的肩上。

老者道：「冰兒，你這一向可還好？」

左冰望老父的慈顏，這些日子來流浪江湖，可說各種苦頭全都吃過，生死懸於一絲之間的那種刺激，使得柔弱的左冰早已變得堅強，在他心中，那些忍饑挨餓的折磨實在已算不得什麼，但是在此時，在父親面前，他忽然又覺到自己所受的百般苦楚，幾乎想要一一訴說給父親聽了。

但是一刹那間，他看到了父親在慈祥的面容後面隱藏者的堅毅無畏的氣質，他吸了一口氣。只是搖了搖頭，淡淡地道：「沒有什麼，我……我什麼都能過得慣的……」

左白秋望著這獨一的愛子，急然之間他發覺自己的孩兒已經長大了，因爲他在左冰的臉上看到一種沉著而堅強的神情，那是他在把兒子當做不懂事的孩子時從未發現過的，他望著左冰，忽然之間眼角有些濕潤起來。

左冰拉著他的衣袖道：「爹爹，你是怎麼找到這裡來的？你的傷是怎麼一回事？」

左白秋輕嘆了一口氣道：「說來話長，從今日起，爹爹決心重出江湖。」

左冰道：「我碰到了錢大伯……」

左白秋點頭道：「我知道了，冰兒，你是怎麼跟那人動手的？什麼時候學會了……」

左冰掏出懷中的岳家散手來，左白秋翻了數頁，臉上露出驚楞之色，左冰等他停止翻閱了，才問道：「爹爹，有什麼不對麼？」

左白秋皺眉道：「久聞岳家散手乃是失傳多年的武林秘笈，今日一見，果然精妙之極，試想岳武穆乃是一代名將，戰陣上攻守之策固是高明無比，但怎會懂得如此精奧的上乘武學？」

左冰道：「爹爹你是懷疑……」

左白秋搖手道：「岳家散手至武穆冤死風波亭後就失傳武林，你手上這一冊若是岳家散手真本，那必然應該出自武穆的親筆了，是也不是？」

左冰點了點頭，左白秋道：「但事實上，這書上字體絕非出自武穆的親筆，所以我說奇怪了。」

左冰想了想道：「依爹爹的看法，難道這本秘笈是出自別人之手？」

左白秋沒有答話，想了好一會兒才道：「在我想法中，武穆根本就不可能精通這等上乘的武學奧秘……」

他翻到其中一頁，指給左冰看，口中道：「冰兒，你試試這一招。」

左冰略爲一瞥，已知那正是第二十八招的「採菊東籬」，他此時對全本散手已經嫺熟於胸，他左掌一揮一揚，右手五指如鉤，從一個極其巧妙的方位抓了下來。

左白秋雙目親凝、忍不住叫了一聲：「好招。」

左冰收式立定，左白秋道：「冰兒，你看我演一式給你看看。」

他微一晃身，忽地半旋身軀，左掌繞下，刷的一聲，左掌已改掌爲爪，抓在腳前一塊大石頭上，那石頭迸裂成粉。

左冰大叫道：「爹爹好厲害的掌力。」

左白秋搖首道：「掌力？這不是掌力，這一招乃是少林寺大力金剛爪中的一記絕招，喚作『羅漢拜天』，冰兒你仔細回想一下，與你方才那一招『採菊東籬』可有什麼相同之處？」

左冰細想一下，頓時恍然大悟，叫道：「是了，是了，這兩招看似不同，其實運勁之間與制敵的道理完全是一樣的。」

左白秋點首道：「一點也不錯，這兩招在武學道理的構想上可說是一模一樣，難道說岳飛還懂得少林寺的絕學？」

左冰道：「天下武學異途而歸，也許在構想上偶有巧合……」

左白秋搖了搖頭，正色道：「巧合？哪有那麼多的巧合？你且看第七招、第十三招、第二十一招……」

左白秋一面說，一面忽地退身發招，只見他招出如風，對空而發，所取部位卻是絲毫不差，他大袖一擺，肅身而立，身邊一棵大樹幹上留下一十五個寸深的手指洞。

左白秋道：「這三招也是少林寺的絕招，喚做『青蓮墜浪』、『白虹掠影』、『韋陀掄杵』，你想想看你那第七招、第十三招、第二十一招……」

左冰仔細一想，道：「不錯，這三招與爹爹方才所演的三招道理如出一轍。」

左白秋道：「所以說這就是怪事了……」

左冰道：「莫非寫這本書的人與少林寺大有淵源，托名武穆寫了這本岳家散手？」

左白秋道：「這就很難講了，不過這一冊『岳家散手』確是一本了不起的武學傑作，幾乎每一招全是從異於武林常規的方式發出，精奇之極，冰兒你得了這書實是一大奇緣。」

左冰道：「這些日子混跡江湖以來，雖然沒有什麼長進，但是確曾開了幾次眼界，武學之深奇，真如大海汪洋，不可見其邊際。」

左白秋笑了笑道：「聽說你結識了丐幫的新幫主，一個了不起的少年英雄？」

左冰道：「你是說白鐵軍？唉！白大哥那一身武學委是深不可測，當今天下，我不相信能有第二個少年高手可以擊敗他。」

左白秋道：「昔年楊陸縱橫江湖，豪氣干雲，一身獨門神功更是神出鬼沒，他手下的丐幫大將也全是不可一世的人物，聽說白鐵軍以二十歲之齡主持丐幫，幫中老將全服了他、這白鐵軍確是個了不起的人物。」

左冰道：「爹爹，你沒有看到他石破天驚、睥睨天下的氣概，那真叫人又敬又佩……」

左白秋笑著打斷道：「你不用說我也知道，自古以來，天下的英雄都有一股令人心折的豪氣，長江前浪推後浪，少年英雄再不出世，我們這些老骨頭還能撐多久？」

左冰忽然之間發覺父親臉上的神情變得有些蕭蕭然了。

左冰低著頭，但他的眼前卻是父親那一剎那間所流露出來的蒼老之色，忽然之間，他的胸中有一種奮然之情呼呼欲出，於是他抬起頭來，他的眼中放漾著一種異樣的神采。

左白秋望著這唯一的愛子，伸手拍了拍左冰的肩膀，微笑著道：「孩兒，我知道你所想的。」

左冰正要開口說話，忽然之間，一片烏雲如千軍萬馬一般疾奔而至，霎時之間，天地昏暗失色，左白秋抬頭道：「驟雨要來了……」

他話聲方落，驀然天空閃過一串電光，接著霹靂一聲一個落雷，震得整個地面似乎都要跳將起來。

左冰道：「這天氣變得好生奇怪。」

左白秋道：「所謂天有不測之風雲，朗朗晴雲傾息之間可變爲雷雨交加，世上之事大抵如此，你看眼前武林中似是平靜，事實上隨時皆有大變之可能……」

他話尙未說完，忽然之間，天色變得更黑暗了，彷彿烏雲之上又被更厚的烏雲密密罩住，令人有窒息的感覺。

這時，左冰忽然大叫道：「爹爹，你看！」

左白秋回首一看，只見黑暗迷濛之中，十丈之外出現一個人影，那人懸空立在十丈之外，彷彿站在雲霧之上，衣袍隨風飄蕩，面貌隱然難辨，那情景神秘之極。

左白秋大大吃了一驚，他喝問道：「誰？」

那人動也不動，也不回答，左白秋退了半步，再次喝問道：「誰？」

那人仍是一聲不響，懸空飄立在空中，陰森森地望著這邊。

左冰靠近爹爹，問道：「爹爹，他怎能懸空站立？」

左白秋低聲道：「不懂。」

左冰道：「要不要走近一些看看？」

左白秋沒有答話，但伸手擋住了左冰，他向著空中那人凝視了片刻，空中那人影仍是一動不動，過了一會，那人忽然雙手平舉了起來，只見他雙手緩緩向上舉，最後舉到頭頂上，仰首向天，忽地一聲長嘆。

左白秋問道：「朋友，你是誰？」

那人不答，只是仰首對天，忽然說道：「昏天黑地之中，你能看見什麼？什麼也看不見，然而老夫卻看見了……」

他猛一伸手，指著無邊的黑暗，大喝道：「一團赤火！武林浩劫就要到了，死亡！死亡！你們都會死！」

左白秋冷然問道：「閣下知道老夫是何人麼？」

那人的聲音嗡嗡然如同鐘鳴：「當然知道，咱們是朋友。」

左白秋道：「朋友？老夫從未見過你。」

那人叫道：「老夫也未見過你。」

左白秋不覺更是糊塗了，他忍不住問道：「閣下此言怎生講法？」

那人道：「你我是朋友，但未見過面，如此而已。」

左白秋低頭想了半天，卻想不出所以然來，他抬頭望望那人，只見他空蕩蕩地懸在空中，真是邪門得很。

左冰走上前來低聲道：「爹爹，你認得他麼？」

左白秋搖搖頭，忽地猛一伸掌，五指並立如戟，他長吸了口真氣，霎時之間掌緣蒸氣直冒，嘶嘶有聲。

這乃是左白秋的內功絕學，此刻只要他出招動掌，雖是十丈之遙，卻等於只有三尺距離。

那懸空而立的人影，忽然雙手抱拳，斜舉在左側上方，單腳微微提起。

左白秋一看這個架式，霎時之間驚得出了一身冷汗，他顫聲喝問道：「單鳳振翅！你……你是楊陸？」

那人影卻是不答，只是呆呆地擺成那個架式，一動也不動。

左冰一聽爹爹喊出「楊陸」兩字，驚駭得幾乎脫口大叫，他想到與錢百鋒朝夕相對的落英塔中，丐幫一代幫主楊陸分明就埋骨其中，怎會忽然死而復活地出現在此地？但他想到莫非那落英塔中的楊陸也是假的？

他腦中飛快地轉了一下，心中一寒，暗自道：「除非……除非這是鬼魂……」

他再抬頭望去，只見那人影立在空中，陰風陣陣，似隱似現，左冰心中不由得又打了一個寒噤。

左白秋強自鎮靜了下，再次問道：「你可是楊陸？」

那人不答。

左白秋道：「你若是楊陸，請舉起右手以便相認。」

那人忽地緩緩舉起了右手，左白秋倒抽了一口涼氣，壯著膽道：「世人皆以爲楊老幫主早已仙去，原來楊幫主尚在人間……」

那人影緩緩搖了搖頭，又是幽幽一聲長嘆。

左白秋心中有些慌亂，但表面上仍強自鎮靜，他拱了拱手道：「既然幸會楊兄，可否移駕下來談談？」

那人不答，忽然揮手道：「歸去，歸去……」
左白秋道：「歸去何處？」
那人道：「落英塔！」
這時忽然狂風又起，昏暗愈濃，那人的面前出現一團濃霧，而他的身形就在那一團濃霧之中，忽然隱去，不知所終。
左冰和父親相對望了一眼，他心中升起兩個字來，終於脫口而出：「鬼魂？」
左白秋面色凝重，他一把抓住左冰，低聲道：「你緊抓住我，不要分離，咱們上前去查一查。」
左冰抓住左白秋的衣袖，兩人從濃霧中走上前去，左冰心中一直有些忐忑，難道世上果真有鬼？
左白秋雙手下垂，實則上乘內功全身密佈，他被這一幕怪事徹底弄糊塗了。
左冰跟著左白秋一步步走上前去，他們走到方才那神秘鬼魂出現的地方，在大雨中，只見四面空空蕩蕩，什麼都沒有，左冰道：「難道他方才真是懸空飄立在空中的？」
左白秋道：「看來是了。」
左冰道：「那怎麼可能？」
左白秋搖了搖頭道：「除非我們承認真是有鬼魂出現。」
左冰道：「他叫咱們快回落英塔去是什麼意思？」
左白秋沉吟良久，忽然喃喃道：「這真沒有道理，這真沒有道理……」

左冰道：「什麼事情？」

左白秋道：「若真的是楊陸顯靈，他叫咱們回落英塔去是最沒道理的事了，試想我才從落英塔來，那裡除了黃沙萬里、朔風終日之外，靜得有如一潭死水，那裡什麼事都不可能發生的，叫我回去是什麼用意？」

他說到這裡，眼前忽然一亮，喃喃地道：「也許是個詭計，他叫我到落英塔去，必是在落英塔邊埋伏了什麼詭計……」

左冰大吃一驚，問道：「你是說……什麼人要用詭計害你？」

左白秋瞪大了眼道：「你真以爲那楊陸是幽魂出現麼？」

左冰微微一窘，有些不好意思地點了點頭，反問道：「爹爹你認定那是人裝的麼？」

左白秋笑了笑道：「一直到剛才，我也認爲那真是鬼魂。」

左冰道：「現在你怎麼突然斷定那不是鬼魂了呢？」

左白秋道：「你看那邊——」

他伸手一指，左冰循著手指的方向望去，只見那邊一棵大樹，樹幹上黑漆漆的，什麼也看不出來，左冰道：「什麼東西？」

左白秋道：「你仔細瞧樹幹上可有什麼異樣？」

左冰走近一看，只見樹幹上綁著一圈細細的黑線，其他什麼也沒有。

左冰叫道：「除了一條細線，什麼也沒有。」

左白秋指著右邊道：「你再到那邊去瞧瞧。」

左冰跑向右邊，在相對位置的一枝椏幹上也同樣綁著一圈黑色細線，他恍然大悟道：「敢情方才那『鬼魂』是站在這兩樹之間綁好的細黑線上？」
左白秋微笑道：「多半是這樣的。」
左冰道：「他只要臨走的時候，隨手一翻扯斷黑線，便如騰雲駕霧一般地走了，倒真像是懸空飄立呢。」
左白秋道：「所以說，既不是鬼魂，那就是陰謀了。」
左冰道：「我們去不去落英塔？」
左白秋道：「當然去！」
左冰微微征了一下道：「那我們豈不要中計了麼？」
左白秋長嘆一口氣道：「這個計是非去中一中不可的，又有什麼辦法？」
左冰如墜茫茫大霧之中，疑惑地問道：「那又是爲什麼？」
左白秋仰首望天，讓更大的雨水落在他的臉上，緩緩舒了口氣，沉痛地道：「爹爹及你錢伯伯，還有丐幫的楊幫主，讓一個人玩弄在股掌之上數十年之久，卻連那人是誰都不知道，你想想看，若是明知他佈了計策要我去中計，但我急於知道害我的人是誰，我除了去中他的計，還有第二條路可去麼？」
左冰呆呆地望著父親，昔年的事還有太多的不明和疑惑，他知道連爹爹也不知道，那許多謎只有靠「入虎穴擒虎子」的冒險，一步步去揭曉。
天空豪雨依然，雷鳴閒，左白秋拍了拍左冰的肩膀，道：「走吧。」

這時，霹靂雷落，震得大地像是要翻轉過來一般，左白秋和左冰兩個渺小的影子，漸漸從林子中消失在豪雨之中。

卅九　劍鎖金刀

他們向著北行，天亮的時候，一輪旭日從地平線爬了上來，照在他們全身透濕的衣裳上，衣裳的四周冒出一絲絲淡淡的蒸氣。

左冰長吸一口空氣，低聲道：「我們這番模樣別人看見了，真要以為是怪物了。」

左白秋道：「前面有個市鎮，咱們去休息一番，晚上再通宵趕路。」

左冰點了點頭。

行了一程，前面果然出現一個小鎮，左白秋指著那在朝陽下發亮的小鎮屋舍，對左冰道：「這個小鎮喚作『義坊』，當年楊幫主曾在此鎮左側的城隍廟前隻身擊退四個西藏喇嘛，那四個喇嘛個個全是一流劍術高手，楊陸從此一戰名揚西域，遠達邊境上的回回們，全都曉得中原有個楊陸。」

左冰聽他說起這段掌故，望著那陽光沐浴下的小鎮，和平寧靜中透出一片世外桃源的韻味，再想到楊陸在此鎮中隻身退敵的凜凜神威，一時間也不禁癡然了。

他們走近那市鎮，只見路邊有一棵十人合抱的巨樹，樹幹上刻著兩個大草字：「義坊」。

那字跡像一條巨龍就要起飛一般，左白秋指著那「義坊」兩字道：「這兩個字乃是前朝狀元周公明的真跡——」

左冰一聽到「周公明」三字，心中忽然猛的一震，緊接著聯想到的就是：「羅漢石！」他忍不住走上前去，仔細看那樹幹上「義坊」兩字，他撫摸著那兩字，心中暗暗想道：「若是有一天能把羅漢石之秘徹底弄清楚了，我想我心中的疑惑就會迎刃而解……」

左白秋指前面道：「冰兒，進鎮吧，先尋個客店吃一頓再說。」

左冰隨著父親走入鎮內，才不過數步，迎面就是一個半大的「酒」字，左白秋當先跨入店中，一個小二迎上來招呼。

左白秋要了兩份麵食，一壺酒，一盤滷菜，正要落座，忽然間，他整個人如觸電般全身一顫，雙目圓睜，手扶在桌面上，桌腳發出吱吱的聲音。

左冰隨著父親的目光看去，只見酒店的對角處，坐著一個身穿藍衣的漢子，背對著這邊，看不見他的面容，但他的手肘下壓著一方白巾，白布的大部分垂了下來，上面用黑線繡者七個字：「訪盡四海有豪傑」。

左冰疑惑不解，只見左白秋低聲喃喃地念道：「訪盡四海有豪傑，打遍天下無敵手……」

左冰輕聲地問：「爹爹，有什麼不對麼？」

左白秋只若未覺，只是喃喃地念著：「訪盡四海有豪傑，打遍天下無敵手……」

那穿著藍衣的人背著這邊，仍是未覺，左冰忽然想起當年自己從落英塔中帶出繡著「打遍天下無敵手」的白布，他望著那藍衣人手下壓著的那一幅白布，霍然一驚，悄聲地道：「爹，落英塔……」

他話尚未說完，左白秋忽然揮手阻止他繼續說下去。

那藍衣人站起身來，付了帳走出店門。

左冰仔細向那藍衣人望去，只見那人身材瘦小，讓人有一種既深沉又不舒服的感覺。

那人走出了店，左冰悄悄問：「爹爹，你認識這人？」

左白秋搖了搖頭，低聲道：「跟蹤！」

他立刻站起身來，到店門口匆匆買了　包饅頭，就帶著左冰向外走去。

走出門來，只見那藍衣人已走出一段路，左白秋道：「跟得遠一點，慢慢走。」

左冰點了點頭，便和左白秋並肩緩步，遙遙跟在那人身後。

走出這市鎮，前途又是一片荒涼，那人始終漫步行著，左白秋和左冰也只好老遠跟在那人後面，一面走一面索性拿出饅頭來吃。

這時，路上已無其他行人，左冰低聲道：「那人如此慢行，莫非是知道有人跟蹤，故意……」

左白秋道：「噓，他要施展輕身功夫了。」

左冰一抬頭，果然看見那人加快了腳步，霎時之間，一道藍影急速前奔，片刻之間，已遠達數十丈。

左白秋道：「咱們也可以快行了。」

兩人同時騰身而起，如行雲流水一般地跟了上去。

前面那藍衣人似乎心事重重，根本沒有注意到後面，只是自顧自地埋首狂奔，這時他的速度已經完全施展開來，整個人像一縷流星掠過大地。

左白秋低聲道：「好快的身法。」

前面路勢忽陡，顯然已入山區，左白秋嘆道：「進了山區，跟蹤就難了。」

左冰道：「那麼咱們再跟近一些。」

左白秋搖頭道：「只要近入十丈之內，他必然立刻發覺。」

抬頭看時，前面正是彎道，那藍衫影一閃而過，左白秋對左冰道：「這就麻煩了。」

他們匆匆趕上前去，彎了數個彎，前面出現直道，一望可達一里之上，但是已不見了那藍衣人的蹤影。

左白秋道：「就從正面這條路去吧，到前面總能碰得到他。」

這時，前方不遠處靜靜的山坡邊，除了坡側水流有點輕微而有節奏的聲響外，什麼聲音都沒有。

忽然一陣急促的蹄聲驚破了周圍的寧靜，在坡道的轉彎處，出現了一人一騎。

那馬跑得雖是迅速，但從那得得步伐看來，必是不休不止地經過長時間狂奔，已是強弩之末了。馬上之人，身披著一件大風氅，緊夾著馬腹，仍在拚命拍馬催行。

那馬堪堪奔過彎道，忽地一個踉蹌，仰頭哀嘶一聲，倒在地上。

馬上之人輕飄飄地從馬上落了下來，他低頭看了看倒地在上的馬，只是口吐白沫，有氣無力，伸手從馬背上拿下一個長方形的布包，背在自己身上，然後低聲道：「馬兒，你歇歇自己走路吧。」

他把包裹背好，大步向前奔去。

山風吹著他的鬢邊散髮，可以看見他的兩鬢已白，分明是六旬以上的年紀了，但是他的步履卻是雄健有力，隱隱有龍行虎步之風。

他走了不及十丈，忽然停下身來，回頭向四方望了望，然後把風氅下那個長方形布包拿了下來，緩緩地把白布一層層地打開，然後把白布捲成一長條綁在腰間，布包中纏著的原來是一柄奇沉奇厚的大刀。

他雙手捧著那柄大刀，忽然冷冷地笑了一笑道：「埋伏的朋友出來吧。」

寂靜中忽然發出一聲尖銳的呼嘯之聲，霎時間，山腳邊已多立了三個人。

那手捧大刀的老者冷冷四面看了一眼，然後道：「既然現了身，又何必用黑巾蒙著臉？」

那三人理也不理，只是同時逼近了數步。

老人點了點頭，自言自語地道：「是了，好端端臉硬用塊黑巾遮起來，莫非是見不得人？」

那三人仍是不作聲，老人對他們三人愈走愈近似乎絲毫未放在心上，只是自顧自地道：「讓我猜猜看，老夫最近可沒得罪過什麼人呀？啊！是了，前些日子，咱們鏢局裡的趙子手趙三在這附近失手打傷了兩個土匪，莫非是土匪找了幫手，尋仇到老夫頭上來了。」

他自言自語了一番，又搖了搖頭道：「不對，不對，那兩個土匪又下作又低微，哪會有這等高明的朋友幫手？這三位朋友的輕功可俊得很呀……」

他慢吞吞地又損又刮，那三人卻是依然一言不發，這時跟他只有兩丈之遙了。
那老者抬起頭來，忽地向三人問道：「問你們一句話，究竟是何方朋友？」
那二人中間的一個冷哼了一聲道：「你不必問了，今日你就做冤死鬼算了。」
那老者嘴角掛著一絲古怪的微笑，他大踏步走上前去，就要從那三人的正面直闖過去。
老者堪堪走了半丈之遠，那三人忽然同時一揮手，刷的一聲，三道紅光沖天而起，每人手中都多了一柄長劍。
老者抬眼望了一下，依然大步向前直行，那三個蒙面人也是動也不動，只是持著長劍靜靜地等著。
老人走到離那當中之人不及十步之時，那三人忽地同時動作，只見三道劍光一閃，各從一個極其歹毒的方向遞了過來。
老者身形陡然一停，只見他猛一矮身，風氅在空中如一張傘一般散了開來，他右手一揮而起，一道金光在空中劃過半個圓弧，老人手中已拿著一柄金光霍霍的大刀。
那左面的一個蒙面人劍尖一沉，忽地劍尖一陣異樣顫動，周圍空氣發出一聲刺耳的滋滋之聲，那劍子如閃電一般刺向老人脅下。
這是內家真力從劍尖逼射而出的特有現象，武林中人練劍，終天浸淫其中，一旦能把內力溶入劍式之中出而傷人，那就是已入登峰造極的化境了，看來這左面的蒙面人信手發出這麼一劍，卻是武林中練劍之士夢寐以求的境界，那老者向右橫跨半步，金光閃耀之中，閃電一般從右到左一削而過，卻在分毫不差的刹那之間同時攻了對面三人的要害，一招之間，主客易勢。

那居中的蒙面人忍不住大聲叫道：「好個天下第一刀，果真名不虛傳！」到了這個地步，任是誰也知道這個白髮蒼蒼的老者是誰了，金刀駱老爺一生的威名，就在那一柄神鬼莫測的金刀上。

駱老爺子金刀一擺，只見一片模糊的影子中，飄然又攻了三個敵人每人三招，看來似是輕若無物，實則爲致命的絕招，三個蒙面人同時退後一步。

然而就在三人退後的同時，三人長劍指處「滋」然全發出了劍上內功，駱金刀料不到那三人全是如此高手，他金刀一揮，已成了半守之勢。

同時他心中又疑又寒，究竟是什麼人突然在這荒野出現相攔，看樣子是打算置自己於絕地了。

他金刀翻飛，在他這柄金刀之下，不知有多少成名人物走不出十合就血濺五步，但此刻的駱老爺子，對這三個來路不明的劍法大高手，心中已存了十分寒意。

三個蒙面人中間那人身材修長的，劍法又狠又準，在其他兩柄長劍疾攻之中忽吞忽吐，駱金刀是何等人物，他略試數招，已經知道今日若想脫身，勢必先把當中這人解決了。

他金刀左閃右劈，刀柄翻起，柄上尺長的紅穗忽然如一條短鞭一般直射而出，使刀到了駱老爺子這般地步，刀穗猶可傷人，也可算得是出神入化了。

當中那人側身避過那紅穗，駱金刀好不容易抓住此機，待要一舉先傷一敵，如何肯輕易放過良機？他雙足釘立地上，看準長劍，手中金刀已和那居中的修長蒙面人較上了勁。

只聽得一聲怪嘶，駱老爺子臉色陡變，他萬萬料不到對手的內力竟已達渾元一體的境界，他一試之下，已知憑一震之力絕無擊倒對方之可能，對方兩柄長劍又如游龍一般飄到，駱老爺子身經百戰，當機立斷之下，撤刀就退。

只見金光一閃，駱老爺子身形已退三丈，三道劍光一圈一捲，已如影隨形跟至，駱老爺子在心中飛快地打了一轉，暗忖道：「是什麼地方跑出這三個了不得的高手？他們的劍法又古怪又精奇，實是老夫平生未見，今日之計……」

他想到這裡，無暇再作第二次考慮，立刻暗對自己道：「走爲上策！」

這時寒風撲面，駱老爺子舉刀相迎，卻已變爲十成守勢，霎時之間，只見一片金光舞得有如銅牆鐵壁，劍上的真氣呼呼大作，夾著尖銳的破空嘯聲，氣勢驚人之極。

駱老爺子再戰數十照面，他忽然發覺要想撤身已辦不到了，對手三人愈戰愈覺功力強大，他心中開始由憂而懼，戰局也由持平變爲劣勢。

驀然之間，「叮」然爆出一聲清脆的響聲，駱老爺子身經百戰，他知道這是對方配合之中的一個疏忽，一定有兩柄劍在空中互碰了一下。

他知道今夜要想走，這恐怕是唯一的機會了，他長嘯一聲，金刀忽然一吐，只是半個勢子一變，立刻由十成守勢轉而爲十成攻勢，這攻守互換之間，一氣呵成，美妙已極。

他一揮連攻六招，就在那間不容髮的一絲空隙之中，忽地長身而起，脫離了戰圈。

那居中的蒙面人忽地開口大喝，道：「名震天下的駱金刀是如此抱頭鼠竄的鼠輩麼？」

金刀駱老爺子忽地長嘯一聲，整個身軀如一隻大雁一般在空中盤旋一周，又落回了原地。

只爲了這麼簡單的一話，他放棄了唯一撤退的良機，又回入戰圈，這並非駱老爺子是受不起激的人，實則武林中人刀口舔血，爭的只是一個英雄之名，駱老爺子成名武林數十載，一生英名如何肯在此時留下一個污點？若是真正看開的人，自然不爲虛名拚命，但能看得破「名」這一字的人，早就歸隱深山去了，既在武林中混的人，有誰能看得開？

駱老爺子沒有考慮又回到原處，心中已存了拚力一戰的決心，他金刀一揮，朗聲道：「現在你們求老夫也不走了。」

那蒙面人得意洋洋地道：「當然不走，此地注定是你葬身之地。」

駱老爺子冷笑一聲道：「數十年來沒有人敢對老夫如此無禮！」

那人尖刻地笑道：「人都要死了，還談什麼有禮無禮？」

駱老爺子嘿然一笑，也不動怒，他沉吟了一下，忽然問道：「你們三人可是來自關外？」

那蒙面人道：「駱老頭，飛帆幫要你人頭一用，哈哈！」

駱老爺子何曾受過如此奚落，他緊握著金刀，一般怒氣從心底直升上來，這飛帆幫在江南不過是水路上一個幫會，怎會出此高手？他心中起疑，什麼也沒有說，只從喉嚨裡擠出兩個字來：「幹吧！」

他金刀一揮，有如出洞之蛟，霎時之間已攻出十餘招，每一招都是神妙絕頂的佳作，蒙面客三人雖然劍氣如虹，但在心裡也不能不嘆爲觀止。

三個蒙面客這時忽然大喝一聲，三人的劍勢同時一變，霎時之間劍上內力洶湧，嘶嘶之聲大作，細看三人劍勢，任一人已足以驚震武林，這時三人合手，駱金刀雖有一身蓋世功力，這時也被逼得連連後退。

百招過後，三個蒙面人出手愈來愈狠，簡直每一招都欲立刻致敵於死地。

駱金刀雖然身經百戰，到了此時也殺紅了眼，他金刀從刀尖到柄上穗帶無一不出險招，雖則嘶殺劇烈已達極點，但雙方換招之精彩也到了極點。

忽然之間，駱老爺子一個踉蹌，退了一大步，他左脅中了一劍，鮮血立刻染紅了一大片，三個蒙面人一聲呼嘯，三支長劍陡然化成了一片劍網，直罩向駱老爺子。

駱金刀鬚髮俱張，他左掌橫裡一切，右手揮刀再戰，依然是一刀快似一刀，精彩絕招層出不窮，金刀滾入三道白虹之中，猶是攻多守少。

但是駱老爺子自己知道，這是強弩之末了，他在心中默默地道：「想不到我駱某一生縱橫江湖，今日畢命於此。」

一想到「死」字，駱老爺子雖是名震天下數十載的人物，但是手上的招式已失去了鎮定，他刀出如風，全成了拚命的招式。

三個蒙面人似有默契，到此時劍法益發緊密，牢牢把照老爺子困住，駱老爺子金刀一斂，忽地肩頭又中一劍，他雖然快如閃電，依然入肉三寸，他悶哼一聲，退後五步。

這時駱老爺子已打定了主意，這是每個英雄末路時必然走的一條路，所謂人死留名，樹死留皮，幾十年的英名是必須保持住的。

他強忍傷痛，金刀一指而出，這時三劍齊舉，正是一個天衣無縫的圍勢，駱老爺子白髮直豎，精神奮力一凜，左手猛然彈出一招，一股古怪刺耳的指風直飛而去，左面一劍不由自主地微微一斜，駱老爺子金刀一揮，就在這電光石火之間猛下殺手！

只見一片模糊的刀光劍影，夾著數聲怪嚎，戰爭突然停止，只見場中四個人只剩下兩個人立著。

駱老爺子這一縫隙之間，施出了平生成名之作，一刀連傷兩人，兩個蒙面人各左右腿被砍傷，倒在地上。

駱老爺子卻退立到三丈之處，他右手以刀撐住地面，身軀傾斜，卻如一棵堅強的老樹凋零而堅強地挺立在狂風暴雨之中。

那僅剩下的一個蒙面人正是居中那身材修長的，他一步步向著駱老爺子進逼過來。

這時，忽然傳來一聲梟鳥般的怪笑，一個身著藍衣的漢子如幽靈一般出現，他指著那蒙面人道：「老弟，你們三個飯桶吹了半大大話，我以爲這時該來替駱老兒收屍了，怎麼駱老兒還直挺挺地站在那兒？」

那蒙面人冋首冷笑道：「老兄，你瞧小弟這一劍吧！」

他舉劍作勢欲起，駱老爺子此時已無舉刀之力，這時，忽然又有一個聲音傳來：「爹爹，藍衣人在這。」

從另一邊的林子裡走出兩個人來，正是左白秋和左冰。

此刻那蒙面人飛身而起，劍光一閃，映著怒目圓睜的駱老爺子，然而就在這時，令人難信的事情發生了——

只見左白秋忽然化成了一縷輕煙般，那速度叫人一見而終生不忘，竟搶先切入蒙面人與駱老爺子之間。

左白秋伸手便向劍上拿去，蒙面人一抖手之間，劍顫如梨花帶雨，左白秋手上換了五招，蒙面人終於向後暴退。

他舉劍指著這個突然殺入的老人，驚駭地道：「你……你……」

他話尚未完，左冰已從他聲響中聽出他是誰了，當下大叫道：「楊群，原來是你！」

這時，那藍衣人忽然一躍而至，伸手一邊抱起一個地上躺著的蒙面人，大喝道：「老弟，快走！」

楊群道：「大哥，怎麼……」

那藍衣人心急如焚，終於脫口而出：「快走，鬼影子！」

楊群一楞，見藍衣人已起步而去，便轉身跟著離去，左白秋一把抓住欲追的在冰，走向駱老爺子。

駱老爺子張口欲言，卻是說不出話來。

左白秋拱手道：「只見這柄金刀，可知先生必是駱兄了。」

駱老爺子一口氣撐到現在，再也支持不下去，他長吁一口氣，搖搖欲墜。

左白秋一步搶過去扶住，口中道：「老朽左白秋，冰兒，快拿刀創藥！」

鏘然一聲，駱老爺子的金刀掉落地上，他再也無力支撐，昏了過去。誰又想到左氏父子恰在這當兒趕到，又粉碎了楊群一次大陰謀呢？

四十　金陵鏢局

夜涼似水，秦淮河畔正當熱鬧之際。

金陵城中西邊「金陵鏢局」四個斗大燈籠，發出明亮的光輝，映得四周一片雪亮，燈籠下方四個金色大字，正是這名震江南江北大鏢局的金字招牌。

鏢局後面，是一座大院落，亭台樓榭，佈置得華麗無比，這時那水池荷花方謝，新菱初生，月光映池，波霞千道，真有說不出的美幻醉人。

忽聽「撲通」一聲，一粒小石拋入池中，激起一片漣漪，一個白衫少年凝望著池水，手中撫弄著白玉髮釵，長嘆一口氣，心中喃喃地道：「我天天在此吟詩讀書，那人兒何曾聽過半句？」

想到別人對他冷淡客氣，心中大不是滋味，憮然走到亭邊，只覺掌中玉釵溫潤發暖，月光下淡淡放著光芒，心下不住地想：

「聽萍兒說，再過五天便是她的生日，這玉釵送給她吧，只要她肯收下就好了，她……她哪裡又知道這是天下最著名的『第一玉匠』花費了多少個漫漫長夜的心血傑作？」

想到「第一玉匠」，他心中不禁微微自得，雙目瞧著自己那白皙細長的手指，心中又道：「就怕她連收都不肯收，那怎麼辦？我……我……還有臉再見她麼？唉！該怎麼辦！」

他凝神緩緩抬起頭來，臉上稚氣猶存，雖則不過十七八歲模樣，卻是俊逸無比，氣質極其高雅，他暗自又想：「還君明珠淚雙垂，這是美好還是淒慘？啊！不對，那是她對我有情，卻不能接受，我……我……卻連想見她一下都不成，孫雲龍啊，你是想入非非了！」

他一個人胡思亂想，思到情癡之苦，不由得眼睛都濕潤了，忽然背後一聲輕咳，一個清朗的聲音道：「雲兒！你又在作詩覓句麼？」

那少年心中微微吃驚，回過身來道：「爹爹，今兒月色真好，難得您有空來賞玩。爹爹，沈叔叔他們都回來了？」

他身後站著一個氣宇昂藏的中年漢子，正是名滿江南的金陵鏢局主人孫斌總鏢頭。

孫斌點頭笑笑道：「過幾天是你沈叔叔大兒子彌月之喜，大夥兒到河上去熱鬧一番，你這騷客詩人，少不得又要吟幾首新詩了。」

孫雲龍「哦」了一聲道：「日子過得真快，上次沈叔叔執意要親自押鏢，爹爹還說沈家大嬸即將分娩，不准他去，這一晃又是兩個月，沈叔叔趕上他兒子滿月，真不知他有多高興哩！」

孫斌哈哈一笑道：「你沈叔叔是天下最夠義氣的好漢，如非他一心助我，爹爹鏢局那有今日局面？咱們男子漢大丈夫，一生便講究一個義字，為義而死，雖死猶生，雲兒！爹爹少時沒多讀書，是個大老粗，但對這道理卻明白得很，雲兒你是讀書明理的人，爹爹說得可對？」

孫雲龍點頭道：「爹爹本性厚道過人，才能交上像沈叔叔這種好朋友。」

他這句話正說中孫斌心坎，這江南第一鏢頭對著朗朗似玉的兒子，真是老懷大暢，笑道：「你是咱們孫家的千里駒，爹爹是江湖上莽漢武夫，只怕要辱沒你了，哈哈！雲兒，你這次考得如何？」

孫雲龍赧顏一笑道：「只怕是名落孫山，榜上無名的機會大些。」

孫斌撫著他雙肩，道：「不打緊，不打緊，咱們孫家數十年與功名無緣，但卻個個都是頂天立地、問心無愧的好漢，但求心安理得，功名原算不得什麼。」

孫雲龍抬頭瞧著父親，只見他雙鬢花白，臉上風霜刻劃，形容已有老意，不禁脫口道：「爹爹！待您老人家五十大壽過後，咱們搬到一處山明水秀的地方去，這裡的事讓沈叔叔他們管吧！」

孫斌輕拍著兒子肩膀，目光中盡是愛憐，緩緩地道：「雲兒，爹爹成天在刀尖槍林中混，又要應付人事，自然要老得快些，雲兒，你曾聽爹爹說過金刀無敵駱老爺子麼？」

孫雲龍點點頭。

孫斌接著道：「駱老爺子威震天下，他家世代爲洛陽首戶，他爲什麼還要行鏢，只是不敢忘先人之業而已，唉！你太年輕，這當中道理你也體會不到。」

孫雲龍道：「爹爹，聽說最近江南道上很不平靜，太湖陸伯母那種聲勢竟會被人將整個山莊毀壞，上次咱們此地開英雄大會，有什麼結果？」

孫斌搖頭道：「江南武林道愈來愈下作了，人人貪生忘義，哪還能成個什麼事？唉！放眼整個江南武林，竟會找不出一個領導的人來，敵人個個擊破，豈不是容易之極？那夥人在咱們這裡大吃大喝幾天，看看無事，俱都紛紛歸去。」

孫雲龍道：「所以，我勸爹爹及早急流勇退！」

孫斌哈哈笑道：「爹爹這一生在刀尖上舔血求生活，豈能爲幾個賊子而畏懼了？等咱們鏢局各趟鏢到達目的，爹爹有意去探訪太湖慕雲山莊的疑案，替陸家母子報仇血恨！」

孫雲龍默然。

孫斌又道：「爹爹平生受人寸恩，必泉湧以報，丐幫白幫主昔年於我有救命之恩，他功力過人，用不著咱們幫助，這大恩只怕難報了，但太湖陸家在從前爹爹初創鏢局時，陸老當家鼎力相助，這筆恩惠是非償不可。」

孫雲龍心中連轉數周，終於忍不住問道：「爹爹，那丐幫白幫主是個很年輕俊秀的少年麼？」

孫斌道：「白幫主頂多只比你大十歲，但氣度之寬厚、武功之強，堪稱天下少年高手中第一人，雲兒，可惜你上次去趕考，不然定可見到這年輕英雄，那真是平生快事。」

孫雲龍心中有一千個不服氣，暗自忖道：「一介武夫算得了什麼？哼！」但想到爹爹也是武林中人，不由大是慚愧，心中甚是煩惱，半晌搭訕道：「爹爹，娘的病老是不好，醫生說娘身子弱，非要以大補之藥蓄氣，才能對症下藥，不然只怕難以痊癒。」

孫斌點點頭道：「正是如此，但大夫所開大補大藥，其中有一味難求，爹爹到處求人尋訪，想來不久定有消息。」

孫雲龍忽道：「爹爹，娘床頭小櫃中不是有一隻人形靈芝？這不是天地間罕見的大補藥嗎？」

孫斌臉色一整道：「雲兒，你看到了？這人形靈芝確是天地間靈藥至寶，但咱們卻不能用，你娘便是病得死了，這……這……也不能動用一片。」

孫雲龍道：「爹爹，是別人託您保管的麼？」

孫斌點頭道：「這是你祖父遺傳下來的至寶，爲他恩人所有，當年你祖父與人拚鬥，身受重傷垂危之際，明知服食懷中靈芝可以救得一命，但卻寧死不食，後來你祖父臨終時交給我，爹爹無能，一直找不到這物主。」

孫雲龍道：「如果咱們仍找不到物主，豈不是讓這大地間靈物白白收藏無用？那又與藏之深山何異？」

孫斌嘆口氣道：「我也知道這層道理，但這物主是你祖父生平唯一恩人，將這靈芝交還給他，是你祖父一生最大願望，咱們做後人的豈能妄自改變先人遺志？」

孫雲龍道：「天生靈藥原是救人救病，如果那人知道這寶物棄之不用，便是死了也不瞑目。」

孫斌怒哼一聲道：「雲兒休得胡說，你祖父那恩人功力通天，已是神仙般的人物，延年益壽永駐長生，那是當然的事了。」

孫雲龍知父親天性最是正直，當下連忙陪笑道：「爹爹說得有理！不然咱們要是找不到那恩人，豈不有愧人子之責？」

孫斌心中一喜，只覺這愛子天資敏捷，最能體會親心，而且從善如流，實是自己平生最得意之傑作，臉色漸漸和緩，柔聲道：

「昔年你祖父失鏢，遺失的是貢品正是成形靈芝，官家逼迫如雷，眼看家破人亡，幸虧這位大俠出手賠了十多萬兩銀子，後來你祖父無意中又巧得一枝同樣靈芝，一心一意想要送給那大俠以償所欠，但那大俠行蹤如神龍一現，江湖上再難見其人其行，有人說隱居天山，又有人說隱居東海，爹爹天天忙著生意，也沒時間去尋找，真是有負你祖父心願了。」

孫雲龍道：「爹爹，這人如果健在，只怕已屆高齡古稀之外了。」

孫斌點點頭道：「這位大俠姓齊名天心，但後來又有說他姓董，是七八十年前武林至尊天劍董無奇之子。」

孫雲龍哦了一聲，他對這武林中事除了偶聽父親談起，其餘一概不知，父子兩人瞎聊了一會，已是三更夜半，才各自回房就寢。

次晨一早，孫雲龍悄悄叫過丫鬟小萍，兩人低聲耳語一陣，那小萍姑娘只是搖頭道：「這個小婢沒有一絲把握，如果說錯了話，惹得蘭姑娘心煩，豈不大失公子一番美意，小婢看還是公子自己去比較妥當。」

孫雲龍央求道：「好小萍，我從來沒有要妳幫過忙，這便算是最後一次啦！」

小萍仰首問道：「蘭姑娘若是不肯收呢？」

孫雲龍道：「妳就多求她兩句，讓她收下。」

小萍見孫雲龍的模樣，心中也覺不忍，拿起玉釵，緩步走了出去。

孫雲龍在房中左猜右思，心裡真是一團糟亂，乾脆起身，準備出城一遊，以解心底愁緒。出了城門，放目遠眺，四野盡是翠綠，孫雲龍長吸一口氣，胸中舒暢不少。

忽然遠處官道塵頭大起，數騎疾行而來，孫雲龍只見那馬上騎士，每個人手中都拿著一卷大紅絲絹，趕得風塵僕僕，滿頭滿臉都是汗水。

孫雲龍遠遠讓開道路，待眾騎走近，原來竟是專門替人報信爲生的牛老七，他心念一動，不由狂跳不已，正要追上前去，忽然想到自己出城之本意，不禁意興闌珊，拍馬向棲霞山走去。

那川馬路徑甚熟，根本不用主人指揮，踏草層層上行，才走到半山，忽然遠遠傳來一陣悠揚鐘聲，令人和穆心靜，孫雲龍心想：「大和尚早課已完，正好找他聊天去！」

他騎在馬上，那鐘聲一止，心中又自紛亂無比，他暗自想道：「那牛老七一定是報榜的，如果高中進士，爹娘不知有多高興，新科進士何等光輝？她總不能再以小孩來看我吧！」

想到此處，再也忍耐不住，勒馬轉身，又逕自往山下去了，心中不住地道：「大和尚說寧靜以致遠，淡泊無欲是養生之道，但要我今日不去看榜，那真是萬不能之事。」

他下山到了官道，縱馬飛馳，半個多時辰來到城門，只見城門四周人山人海，原來那幾個報榜探子，先將一份抄榜貼在城門上以利窮人家考子，再一家家投信討賞。

孫雲龍擠在人堆中抬頭望榜，只一眼便見自己名字高中前茅，他心中一陣狂喜，回顧四周人群，忽覺心中茫然起來，他十年寒窗，原望今日之成就，此刻目的達到，竟不知該再做些什麼？

他緩緩擠出人堆，呆呆出了一會兒神，心中忖道：「再不久爹娘一定會知道了，我要回去麼？還是上山去，等人來找我再回去吧！」

他想了想又徑往城郊走去，他自己也覺甚是矛盾。他這歷經難關欣獲成名之際，竟連最親愛的父母也不想立刻見了。

他又騎上棲霞山，遠遠將坐騎拴在樹上，走上前去，輕輕叩開一處廟門，對那應門的沙彌道：「大玄禪師何在？」

小沙彌連忙入內傳報，不多久走出一個年邁老僧來，那老僧雙眉一片米色，仿若是白過了又轉爲此色，真令人猜不透他到底有幾許年齡。

孫雲龍恭身一揖道：「大師別來更是仙健，真是可喜可賀！」

那老僧大玄禪師道：「施主聲音清越，朗朗似珠落玉盤，莫非大喜之事臨身，高中新科進士？」

孫雲龍笑笑道：「小子何敢妄求？」

大玄禪師道：「小施主此來或將有所教於老衲？」

孫雲龍想了想道：「家父只因俗務久未能來拜望大師，他要小子來向大師請安以求教誨。」

大玄禪師呵呵笑道：「孫施主豪氣干雲，老僧心服不已，小施主聰明無比，他日成就更是不可限量！積善之家，可喜可賀！」

孫雲龍心中一片矛盾，自己也不知和大玄禪師談了些什麼，眼看日已當中，小沙彌送上素麵，孫雲龍才吃了一口，忽然廟外一陣叩門之聲，一個急促的聲音道：「公子大喜！高中第五名進士！」

那大玄禪師抬頭微微一笑道：「小施主真好涵養，老僧服了！」

孫雲龍忽道：「大師上次說『無心無靈，佛亦不真』，但若有心有靈，則又如何？」

大玄禪師緩緩地道：「小施主熱心人也，何必言佛？」

孫雲龍忽道：「大師教我！」

大玄禪師正色道：「天心佛心，施主前程無量，造福民生，便是萬家生佛，何用老僧之喋喋？」

孫雲龍抬頭只見大玄禪師長眉下垂，雙目合閉，真是寶相莊嚴，當下便道：「多謝大師指點，小子這便告退。」

大玄禪師道：「小施主好自爲之！」

孫雲龍向大玄禪師深深一揖，隨著家人下山而去，尚未走到家門，便聞爆竹之聲不絕於耳，金陵鏢局擠滿人群，好不熱鬧。

孫雲龍心中暗想：「如非娘病倒床上，我此刻只怕是在北京，正是高堂酒會，應酬不暇之時，人生際遇，真是不可預料。」

那道賀之人，遠遠瞧著這新科進士，再也忍不住個個都上前來道賀觀看，讚口不絕。

孫斌站在門院內，望著自己這俊雅不群兒子，心中真是瀰漫著愛憐得意之情，待兒子走近身邊，他用力握住雲龍雙手，笑容滿臉地道：「半月後皇上在京召宴新科進士，咱們過兩天便要啓程，雲兒，『洞房花燭夜，金榜提名時』，哈哈！你也該娶房媳婦兒啦！」

孫雲龍臉一紅道：「爹爹！您真是歡喜得糊塗了，這麼多客人也不去招呼一下，孩兒瞧瞧娘去！」

孫斌哈哈大笑。

人群中走出一個三十多歲中年漢子，手執一卷布絹，笑著對孫雲龍道：「恭喜雲侄高中，沈叔叔老粗一個，也沒有什麼東西好送，這卷草書，聽說是前人墨寶，送給老弟倒是恰當。」

這中年漢子正是孫斌手下最得力助手，大力神沈平彥。

孫雲龍伸手接過，一抖開來只瞧了一眼，當下大吃一驚，忙道：「沈叔叔，這是米芾草書『歸去來兮』，已成千古絕跡，真是無價之寶，侄兒萬萬不敢拜受。」

沈平彥哈哈笑道：「自來名馬寶劍歸贈英雄，才能相得益彰，這卷草書，賢侄能欣賞其中之妙，那才顯出其中寶貴，叔叔連字都不認得幾個，如果附會風雅，豈不笑掉人大牙？」

孫雲龍猶自推辭，孫斌笑道：「雲兒，你沈叔叔平生說一不二，你便拜謝受了吧！」

孫雲龍這才受了，眾人紛紛讚美不已。

正在此時，忽然門口一陣呼喝道：「巡撫大人到！巡撫大人到！」

孫斌大吃一驚，看看眾人都是面面相覷，沈平彥連連摧促道：「大哥，快快迎出去！」

孫斌一怔，整整衣冠，大步走向大門。

才一出門，只見門前一頂八人大轎停了下來，轎簾一掀，走出一個五旬左右清癯老者，孫斌上前拜倒。

那老者親扶起孫斌，和聲道：「久聞金陵鏢局主人義薄雲天，有孟嘗君之風，今日一見果是不凡，令郎高中金榜，御前點中狀元也未可知，實是境內之光，下官先向兄台祝賀。」

孫斌忙道：「大人這稱呼小民萬萬擔當不起，賤舍不敢留大人貴駕，恭請大人回府，小民這便率犬子前來拜候。」

那巡撫大人一搓手道：「將相本無種，男兒當自強，孫兄何必太謙，下官見見世兄如何？」

孫斌正要答話，孫雲龍已大步走出拜倒地上，巡撫大人連忙撫起，口中道：「世兄不必多禮，真是年少英俊，事不宜遲，明兒一早便請日夜兼程趕赴京城，以世兄文才品貌，大魁天下也不難耳。」

孫雲龍連聲稱謝，這時那些看熱鬧的人眾都因巡撫大人到來，不敢站在門口，紛紛散開，遠遠地看這金陵中破天荒之事，一個朝廷大員親蒞江湖草野之民家中。

那巡撫大人揮揮手上轎而去，孫雲龍大步走入內室，只見母親打扮整整齊齊，跪在床上拜祖，她招手對雲龍道：「雲兒，快快來拜過祖宗保佑！」

娘兒兩人拜完祖宗，又說又笑，那孫大人大喜之下，病自好了幾分。

這時金陵鏢局道賀之人絡繹不絕，孫斌人緣本就極佳，這大喜之事，人人自是錦上添花，那三教九流，無不齊至，整個下午，孫斌父子便在迎送中度過，那做父親的滿面春風，看起來比兒子還高興幾分。

是夜，孫斌大開宴席款待各路好漢朋友，孫斌父子坐在一桌上，那蘭芳姑娘因是白鐵軍隆重托付，是以孫斌將她排在首席。

孫雲龍酬應各桌，他酒量不佳，雖是淺嘗，但畢竟喝了好幾杯酒，更顯得唇若丹朱，俊逸非常，人人都不由暗暗自喝了個釆。

孫雲龍只覺頭腦微醺，膽子頓時壯了不少，他凝目注視那蘭芳姑娘，卻見她連正眼都不瞧自己一眼，再回頭瞧瞧侍候在旁的小萍，只見她面色灰敗，孫雲龍心中一陣刺痛，酒氣上湧，有點支持不住了。

他心中只覺一片空白，那歡樂之情一點也沒有了，他瞧著人人都以羨羨的目光望著自己，心中更是茫然不解，連爲什麼要去考試也覺得多此一舉了，孫斌只道兒子喝多了酒，便代兒子乾了多杯，眾人酒過數巡，鬧到三更半夜，盡歡而散。

孫雲龍悄悄溜出大廳，走到池邊假山石洞，只見小萍早就等在那裡，孫雲龍一望小萍，連話也沒問一句便道：「蘭姑娘不肯收我玉釵？」

小萍默然點頭。

孫雲龍忽然怒聲道：「一定是妳講我的壞話了，是不是？」

小萍只見公子滿臉通紅，額上青筋暴出，口中酒氣噴人，便像變了個人似的，她心中大駭，雖是委屈冤枉萬分，但卻說不出辯白的話來。

她何曾想到溫和天性的公子，會露出這粗暴的一面，一時之間，真是又驚又怕，半晌才想出一句話來，哭聲道：「公子醉了，我扶你休息去！」

孫雲龍被她一哭，頭腦清醒了幾分，長嘆一口氣對小萍道：「妳把王釵還給我！」

小萍伸手從懷中取出玉釵，孫雲龍賞玩一陣，驀然一揚手投入池中，頭也不回，逕自走回房中。

這時酒席已散，孫雲龍只覺曲終人散，心中也不知是什麼味兒，他癡癡的坐在書桌之前，推開前窗，讓那明月悄悄進來。

他心想：「那姓白的到底是什麼人？能得蘭姑娘如此傾心，孫雲龍啊孫雲龍！你自命學富五車，諸子百家多所涉獵，可是在人家的眼中卻是不值一顧，連親切的瞧一眼也自不肯，你……你還有臉和這姑娘住在一塊兒？」轉念又想道：「走吧！走吧！明兒一大早便走，從此宦遊官場，他日錦袍玉帶，那時候看是姓白的強還是我強？」

他想到此，心中有一種報復性的愉快，但只是一瞬間，又是無比悲涼，那自哀自憐的心情，真快把他逼得瘋了，他心中不住地道：「這一生我還能像從前一樣無憂無慮的過下去麼？我能永遠不想那蘭姑娘麼？」

他抬頭來見月影漸漸偏西，忽覺煩渴之極，正要前去倒茶，忽然背後一個親切的聲音道：「公子，你喝碗茶休息吧！」

孫雲龍回頭一瞧，小萍正捧茶碗立在身後，只見她雙目中淚光瑩瑩，想到自己剛才對她無禮，不禁大感歉意，他伸手接過茶碗，喝了一口，瞧著侍立的小萍，忽覺她溫婉無比，楚楚惹人憐受，忍不住扶著她香肩柔聲道：「小萍，我剛才是酒醉了，妳別見怪！」

小萍道：「酒入愁腸最是傷人，公子您還是快睡吧！」

孫雲龍答應了，倒在床上，那大玄禪師的聲音仿若又飄到耳邊：「造福生民，好自為之！」

那聲音愈來愈響，孫雲龍只覺靈台一陣清淨，心中喃喃地道：「我生豈為情愁？人間自有真章！大師啊大師！我孫雲龍這一生便獻給生民吧！」

他思路想通，心中一片安寧，多日來糾纏情絲一掃而空，不由得呼呼大睡。次晨一早又被喚醒，坐著專車赴京而去，那前後都有騎士保護，氣勢好不威風！

他這一走，金陵鏢局安靜下來。過了三天，這日一大早，來了一個英俊長衫少年，手中捧著一個長方小包袱，一進鏢局便道：「請孫總鏢頭來說話！」

那鏢夥見他氣勢不凡，倒也不敢怠慢，連忙敬茶敬煙，搭訕道：「爺們要找敝局店東，只怕要稍等一刻！」

那少年不耐煩的道：「孫斌保不保這趟鏢？不保的話我自會去找別家。」

話才說完，一個中年漢子走出來道：「請教這位爺有何貴幹？」

那少年冷冷地道：「這趟鏢數目太大，你作不了主，快叫孫斌出來！」

那中年漢子正是沈平彥，他乃是出名的老江湖，最是足智多謀，當下哈哈一聲道：「這個請爺台放心，小可如作不了主，如何敢來答話？」

那少年雙眉一揚，砰的一聲將手中那包袱擲在桌上，眼睛一掃四周道：「這便是了！這包東西在十天之內要送到河北保定，你有把握麼？」

沈平彥見這少年盛氣凌人，心中正在琢磨他的路數，只聽那少年又道：「這是無價之寶，如果有失，金陵鏢局傾家蕩產也賠不起，嘿嘿！就算連命也賠進去還差得多！」

他口中盡是不三不四之言，那些鏢夥早就不耐煩，紛紛叫罵道：「你話裡怎麼帶渣兒？別當咱們是好欺侮的。」

沈平彥揮手制止，冷冷地道：「咱們幹這行的便是玩命求利，還怕把命賠進去麼？閣下倒是多慮了。」

他語鋒漸漸凌厲，那少年伸手長衫，摸出一紙道：「如果保到了，這是酬報一萬兩！」

沈平彥吃了一驚，這一萬兩白銀何等數目，只為保這小包袱送到保定，那這包中之物當真是無價之寶了，當下沉吟起來。

那少年抖開包袱道：「告訴你，這是武林中人人想得的秘笈，『達摩祖師真經』！」

他此言一出，沈平彥心中怦怦作跳，定眼瞧著桌上，果真端端放著一本古色模樣的小冊，也不知是真是假，如是真的「達摩真經」，那真是學武人夢寐以求的寶典了。這少年明知此書寶貴，竟又抖出給眾人瞧，也不怕人多口雜露出口風，是何居心，真是不得而知。

沈平彥沉聲道：「閣下快收起這書，咱們裡面談！」

那少年冷然道：「常言道『匹夫無罪，懷璧其罪』，你金陵鏢局如果接了這趟鏢，便成江湖上眾矢之的，我勸你還是三思才好！」

沈平彥道：「閣下說得是，這達摩真經如果學武之人得到，那便能稱霸天下，瞧閣下功力也是不凡，何必將此經轉送別人？」

他出言相激，那少年並不上當，極不耐煩地道：「你們金陵鏢局不敢保便不保，囉嗦個什麼勁兒？」

他話未說完，室內一個沉著的聲音道：「誰說咱們不敢保了？金陵鏢局創立數十年，閣下可曾聽過有不敢保之鏢？」

那少年點頭道：「還是孫總鏢頭爽快！我先付銀子，咱們十天後在保定見面！」

他說完大步走出鏢局，沈平彥低聲道：「大哥！這趟鏢上怕有陰謀，咱們不接也罷！」

孫斌道：「二弟！這少年全身隱隱放光，內功已達上乘，只怕便是……便是挑了太湖大寨之主兒！」

沈平彥知道孫斌性格，當下不再阻止，沉著地道：「這達摩真經失傳已達百餘年，這本小冊難道是真的麼？」

孫斌搖搖頭道：「管它是真是假，咱們送到保定便是，別人安排好陰謀，咱們哥倆可不能示弱，會會這些賊子也好。」

沈平彥轉身吩咐鏢夥，今日之事不准洩露絲毫，孫斌也道：「二弟，咱們兼程趕去，說不定還可在京中趕上雲兒新科遊行哩！」

沈平彥道：「一切都依大哥，小弟這便去準備！」

孫斌忽然想到一事道：「二弟，作哥哥的忘了明日是令郎彌月之慶，看來又只好委屈弟妹了！」

沈平彥道：「這事既是大哥接下，愈快了結愈好，萬萬不可拖延，時間久了，難保不生枝節！」

孫斌哈哈笑道：「好兄弟！好兄弟，咱們明知敵人陰謀，兩個人實力太過孤單，大哥去找個幫手去！」

沈平彥道：「是金刀駱門的大弟子孫爺麼？」

孫斌點頭道：「此人是天地間一人異人，有他出手，咱們勝算大大增加，哈哈！」

兩人分手各自準備，那孫斌出門到日暮這才回到鏢局，面容沉重，沈平彥諸事準備妥當，這夜哥兒倆同榻而眠。

次晨一大早，天色尚是昏茫，兩人攜帶兵器，將那千古奇書放在孫斌身上，騎馬北行。一路上倒也平靜，這日過了江蘇邊界，已是黃昏時刻，兩人疾行一陣，只見前面山丘起伏，地勢漸漸險惡，沈平彥道：「翻過這小山便是小村，大哥，咱們今夜投宿小村。」

孫斌點點頭，正談話間，忽然人影連閃，三條黑影品字形攔到身前，兩人一路上未遇敵人，都是提高警覺，此時驟見敵人，倒是心定不驚。

那三人都是黑巾蒙面，一言不發冷冷打量孫、沈兩人，孫斌道：「請教閣下萬兒？」

那其中一人道：「憑你也配，亮劍吧！」

孫斌心中大怒，但他知道這時萬萬不能氣躁，當下伸手從背間拔出一長一短兩柄兵刃。

那黑巾漢子冷冷地道：「陰陽刀劍，難怪你能在江南稱雄，原來真有兩手。」

沈平彥刷的拔出長劍，那三人中爲首的道：「八弟，九弟，這兩個交給你們啦！」

另兩個黑巾漢子應了一聲，神態驕橫已極，爲首的黑巾漢子退入山旁小林，幾個起落走得遠了。

孫斌見敵人托大，心中更加謹慎，那人驀地拔劍，雙雙擊來，兩人動作一致，劍身在空中嗚嗚發響，聲勢大是驚人。
孫斌長劍一迎，短刀橫削，他這套刀法是刀中有劍，劍中有刀，昔年他父親孫帆揚以此刀法和當年丐幫幫主藍文侯火併，結果兩敗俱傷，孫帆揚死於藍侯七指竹手中，但孫斌本人卻受盡當今丐幫白鐵軍救命深恩，他深明大義，知道昔日一戰是出於誤會，因而嫌怨一筆勾銷，對於白鐵軍仍是尊爲生平救命恩人。
那兩個黑巾漢子實在太強，長劍尖端嗤嗤發響，孫斌刀法雖妙，但每招都被逼得斜了。戰到分際，沈平彥長劍被擊飛脫手，身形連閃，實是危急萬分，孫斌心中焦急，一疏神，短刀也被打脫。
那黑巾漢子出手狠毒，招招都是致命之擊，驀然兩人長嘯一聲，雙雙飛起，凌空而下，兩把劍一反一正，分擊孫沈兩人，孫沈兩人只見面門銀光暴閃，敵人一劍接著一劍而來，兩人不住跳躍閃避，堪堪閃過第七劍，第八劍已是刺到，再也閃避不及。
孫斌暴喝一聲，長劍飛擲出手，卡嚓一聲，被人齊腰震斷，孫斌胸前鮮血直湧，他嘶聲道：「請教閣下萬兒！」
那黑巾漢子哈哈狂笑道：「在下飛帆幫舵主。」
孫斌慘然喃喃地道：「飛帆幫！飛帆幫！我姓孫的……」說到此再也支持不住，砰然倒地。便在此時，那沈平彥也自倒地而斃。
那兩個黑巾漢子相對一笑，其中一人道：「如果咱們九兄弟一塊施出玄天九劍，那是何等威力？」

兩人拭劍入鞘，揚長而去。

走入林中，翻過小丘，施展輕功又疾行了一個時辰，忽然前面一股血腥氣息，兩人心中一凜，只見一具屍體倒在林間一株大樹之邊，那屍體已腐化大部，白骨磷磷，月光中甚是駭人。

其中一個黑衣漢子大叫一聲，飛步上前：「五哥……你怎麼……」

另一個漢子也追上前去，只見那死者正是剛才和他們在一起的五哥，當下又悲又急，待要去移動屍體檢看，忽然心中一動，凜然道：「五哥遭人暗算，中了天下劇毒！」

兩人四下查看，哪有半個蹤跡，只得挖了一個大洞用樹枝把屍骨埋了。

在這同時，孫沈二人遇害之處走出一個年老僧人，他口中連念佛號道：「阿彌陀佛，老衲有事來遲一步，雖是除了大凶，兩位施主仍是遇難，真是孽障！唉！氣數如此，孫施主如果早一刻上路，便可不錯過老衲，怎會如此局面？」

他伸手摸索，背起兩人，一陣篤篤木杖聲，那老僧一步步走了。

同一時間，在遙遠的金陵城，金陵鏢局驟來強敵，一把火燒成平地，鏢夥無一人逃生！那石牆上赫然留著飛帆幫的記號。

飛帆幫！飛帆幫！此舉和丐幫白鐵軍結下死仇，因爲在鏢局中，有白鐵軍的心上人蘭芳，是死是失蹤？沒有人知道。

四一　丐幫大會

晌午時分，街道上熙熙攘攘，行人來往絡繹不絕，這個小市集雖然沒有多大，但位置正當官道通路，南北往來的人少不得要在鎮中憩息歇口氣，喝喝酒，是以每日一到時刻，總是喧鬧異常，酒肆店舖的人忙得不亦樂乎，一直要到深夜才得休息。

這時從西方街頭走來了一個中年漢子，只見他一身灰布衣衫打扮，面上風塵僕僕，但卻罩不住從那粗眉大目之中閃出的光芒。

他背上斜斜背著一個長條形的灰色布包，雙眉不時皺了一下，似乎懷著什麼心事似的，緩步來到一家酒樓門口，這時酒肆之中已近半滿，這中年漢子跨進門去，找了一處較為偏角的位置。

酒食送了上來，他這時才慢慢抬起頭來，四下張望，只見四周食客形形色色，看了一會，便開始用菜。

這時忽然馬蹄之聲大作，店中的食客忽然議論，倒有一半人都回轉頭來望向店外。

那中年漢子怔了怔，不由自主地跟著回首望去，那馬蹄之聲來得近了，戛然而止。

一連走進來三個身著官家制服打扮的漢子，一身短衣勁裝，看來分明是官方的巡捕。

那三個捕快緩步走入酒肆，店中掌櫃似乎和他們三人很熟的樣子，大步迎了上去。

「李三哥，事情怎麼樣了？」

這時店中陡然一靜，似乎大家都在等候那當先一個捕快的回答。

那李老三吁了一口氣，順手拂過額角的汗水，卻是拭不去那一臉愁容，他沉聲道：「無影無蹤！」

眾客一齊「啊」了一聲，那李老三一揮手，三個人坐在一張當門的小圓桌邊，李老三哼了一聲道：「我說，小方，咱們是霉運當頭了！」

那姓方的捕頭搖了搖頭道：「他媽的，若是這個下午再沒有音訊，咱們快自動捲起行李吧！」

店中眾人又是議論紛紛，整個店內一片嘈雜，那中年漢子雙眉緊皺，卻是聽不出頭緒。

這時那李老三忽然站立起身來，大聲道：「各位鄉友，可不是李某無能，只是這事情太過離奇了，在座各位，可有人見過縣老爺麼？」

眾人紛紛搖頭。

李老三又道：「自從昨日清晨發現縣老爺懸印不辭而去，咱們三人跑了整整一天半了，連影子都沒有。」

那掌櫃這時插口道：「你知道，咱們縣老爺自從六年前上任，就沒人聽說他老人家有什麼親戚朋友，一向是獨行獨斷，愛民如子，李三哥，你若想探聽什麼親友家中，那是萬萬無此可能。」

李老三嘆了口氣，正待落座，這時忽然那灰布中午漢子站起身來，滿面驚愕道：「李……李兄，你說縣老爺失蹤了？」

李老三呆了一呆道：「這位朋友，你可是路過此地？」

那中年漢子點了點頭道：「在下今日才來此地，敢問此地縣老爺可是姓陸？」

李老三雙目一轉道：「不錯，正是姓陸，你此來要想見他老人家？」

那中年漢子點了點頭！

李老三雙目一亮道：「敢問，朋友你與縣老爺是何關係？」

那中年漢子吁了一口氣道：「老朋友罷了！」

李老三忙問道：「朋友貴姓大名？」

那灰衣中年人搖搖頭道：「無名之輩，不提也罷！」

李老三咳了一聲道：「朋友，這是咱們唯一的線索。」

那中年漢子微微一笑道：「你要問我，我自己都不知何處去找尋他。」

李老三突然向前跨了一步，左手猛地一翻，直落向那中年漢子左肩之上。

那灰衣中年不料他在這種地方竟然動手，本能之間右肩一沉，身形向左一斜，同時閃電般一把抓起一張小木椅迎了上去。

李老三招式一發，只聽喀嚓一聲，那木椅登時四分五裂，眾人一起一聲驚呼。

李老三後退一步，雙手一抱拳道：「朋友好俊的功夫。」

灰衣中年人冷哼道：「掌櫃，算帳！」在懷中摸出碎銀擲在桌上，大踏步向門外走去。

李老三怔了一怔，身形一動，閃身攔在店門。

灰衣中年人雙眉一軒，冷冷道：「李老師，你未免過分了！」

李老三雙手一拱道：「朋友，恕李某尚有一言請教。」

中年漢子緩緩停下足步道：「請說。」

李老三四下望了望，聲調突然壓低，沉聲問道：「那縣老爺未上任之前，可曾是武林中人？」

中年人默默望著他，好一會才輕輕道：「什麼?李兄連這個都不曉得?」

話聲方落，身形已然和李捕快擦肩而過。

行到店門外，李捕快長呼了一口氣，才緩緩走回店中。

那中年漢子慢慢走開，這時他心中也是震動不已，怎麼也想不到陸老哥竟在昨日神秘失蹤，瞧來多半是老哥也聽到了聲訊，先一步走了。

他想到這裡，不由又暗暗生疑，想到那消息已傳到小鎮之中，看來多半是對方有人在附近出現，透露而出。

他思慮紛然，忽然一抬頭，只見不遠之處另有一家酒樓，店門之前停著好多匹駿馬，心中一動，反正方才酒食未足便遭人打擾，正好到那店中再吃一些食物。

於是他足步加快，來到店門口。

他乃是有心而來，雙目一掠，只見店中坐著好幾堆人，一瞧那打扮，當門一桌四人分明是武林人物。

中年人心中一動，緩步跨進店內，那四個武林人物正談得起勁，而且聲調相當洪亮。中年人找了一處不太遠的空位，專心傾聽，那四個似乎根本未留意到他的進入。

只聽其中一人道：「這一場拚鬥，可真不知鹿死誰手。」

另一個粗啞的聲音道：「三弟，你忘了丐幫的威名麼？飛帆幫那一點本領簡直有限得緊，怎能與叫化們一爭長短？」

那中年人聽到這裡，只覺心中猛跳，暗暗忖道：「是了是了，原來消息是這幾人走出，看來陸老哥必是聽到了消息，先行上路了。」

他心中一陣激動，好不容易才平靜下來，只聽那個被稱做「三弟」的聲音又道：「大哥，你這就不知道了，飛帆幫是有幫手的。」

那粗啞的聲音哼了一聲道：「三弟，丐幫湯二俠、王竹公，聽說都又重入江湖。」

那「三弟」嘿了一聲：「那楊陸手下人員如今凋零不全，湯奇、王竹公武功雖強，但終是寡不敵眾！」

那粗啞的聲音道：「你怎知道？」

那「三弟」道：「大哥，這些年來咱們三江五湖到處都跑遍了，哪裡聽說過有丐幫弟子的蹤跡，世事變化太快，丐幫的雄風是冰消瓦解了！」

那粗啞的嗓了冷笑道：「三弟，你這話就差遠了，嘿嘿……」

那「三弟」不服地道：「大哥有何高見？」

那粗啞的嗓子半晌不語，好一會才道：「丐幫弟子密佈南六北七一十三省，只要有人登高一呼，老叫化們可是連命也不要一湧而合。」

那「三弟」又哼了一聲，那粗啞的聲音突然聲調一沉，一字一字說道：「聽說昔年『天下第一』的白布包也重現江湖，看來丐幫的領導已重現江湖了，三弟，我勸你說話小心，說不定四周便有丐幫的弟子哩！」

那三弟又哼了一聲。

粗啞的聲音陡然壓低，冷冷說道：「三弟，據我看來，這兩天這裡鬧得亂哄哄的，說什麼縣老爺掛印而去，依我看，那姓陸的縣官八成便是丐幫昔年的陸長老！」

那其餘三人一起驚疑道：「什麼？」

那灰衣中年人也是震驚不已。

那粗啞的聲音低道：「昨日一早我無意之中路過縣府，只見一條人影越窗而出，輕功美妙得緊，當時我心中大奇，藉著天光一看，原來是縣老爺自己！更令人驚奇的，那陸老爺身著青布衣裳，肩上釘了幾個淡黃的補丁，竟是丐幫長老的裝束，果然第二天便傳出縣官出走的消息。」

那「三弟」吶吶地道：「你是說，那陸長老這幾年退隱武林，當了縣令，當日聽到了丐幫的大消息，立刻掛印而去相援？」

那粗啞的聲音道：「八成是錯不了！所以，三弟，你說話可得小心些，叫化子的潛力可不能輕視！」

他話聲未完，驀然砰的一聲，一個銅碟掉在四人桌子中間，登時打得碗碎盤飛，四人一齊吃了一驚，抬起頭來一看，只見一個漢子身著布衣，背上插了一根旗招，上面寫著「鐵口賽諸葛」五字，左手拿著一個銅碟，與桌上的 面全相同，分明那銅碟是這個相士所擲！

四人怔了一怔，那個相士走了過來，抱手一禮道：「在下一時失手，有擾四位大爺酒興，該死該死！」

那灰衣中年人看見這相士，心中陡然狂跳，幾乎忍不住出聲。

這時那四個見相士離此尚有二步多遠，銅碟分明是他有意擲過，失手落地絕不可能，不由心中怒火大作，一齊站起身來！

那相士雙目如電，掃過四人，冷冷道：「四位大爺面上晦色太重，口舌須得小心，否則必遭大禍！」

那「三弟」怒叱了一聲，正待出言傷人，那個粗啞聲音的大漢冷冷一哼道：「朋友，你這是言之有心了！」

那相士微微一笑道：「在下測相之言如此，諸位不信也罷！」

他緩緩伸出手來，去拿那桌上一面銅碟，那左首一人陡然一拳擊在碟上，大吼道：「慢著！」

那相士雙眉一皺，伸出的手已摸在碟邊，左首那人大吼一聲，用力將那銅碟奪在手中，那知那相士手掌陡然一翻，平平擊在碟面，砰地一聲，那脆鋼圓碟登時裂爲二塊！

右首的「三弟」一言不發，左手一沉，右掌直衝而出，忽然斜地裡勁風之聲大作，「三弟」只覺手臂一重，禁不住當場倒退三步，只見一個灰衣中年人一步跨了過來，寬大的袖袂猶自顫動不已！

那相士看了灰衣中年人一眼，滿面是又驚又喜的神色，卻是一句話也說不出聲。

那灰衣中年人對四個怔在一邊的漢子冷笑一聲道：「咱討一口飯吃，諸位都容不得麼？」

這一句話原是丐幫弟子的口頭禪，已有十多年未在江湖聽人說過，四人一齊怔了一怔，吶吶道：「原來……丐幫……」

灰衣中年人嘿嘿一聲冷笑，一拍那相士肩頭，兩人大踏步走出店門！

走出店門，那相士吶吶地道：「徐老三，你……你怎麼也到這裡來？」

那中年漢子原來姓徐，名叫徐世復，十年前是丐幫核心大員之一，那相士乃是銅鉞鐵判馬高，兩人同爲丐幫四大金剛其中人物。

那年丐幫老幫主楊陸去星星峽不返之後，丐幫瓦解，徐馬兩人原來刎頸之交，但也分手各奔前程，整整十多年不通音訊，這一會面，兩人只覺滿腹辛酸，心頭空有千言萬語，卻是吶吶不知所云。

徐世復長長嘆了一口氣道：「馬二哥，你也得到消息了。」

馬高嗯了一聲道：「自從那『天下第一』重現江湖的消息傳到，我就盼望這麼一天，不想他們竟敢公開欺上頭來……」

徐世復道：「這一次是他們欺人太甚，傷了咱們一個弟兄，還要號令天下，馬二哥，你可聽過幫主的消息？」

馬高道：「聽是聽說過，只是……」

徐世復望了望他欲言又止的模樣道：「只是年齡太輕，功力或恐不足？」

馬高道：「正是如此。」

徐世復道：「兄弟所居地域較偏，只聽說是一個姓白的……」

馬高點了點頭道：「不錯，那八成便是白鐵軍小弟了。」

徐世復道：「那年咱們分家時，小弟才不過八九歲，難不成這幾年得到了什麼奇緣？」

馬高笑了笑卻道：「倒是湯二哥、王三哥、小梁都已出山了，嘿！你可知道，蔣老九聽說也回壇了！」

徐世復道：「方才聽那四個傢伙說，陸長老掛印而去，馬二哥，咱們這番重頭來起，得好好再幹他一番。」

兩人一齊走出市鎮，一宿無話，連連趕了兩天路程，這一日又來到一個城市。

這個城市相當大，兩人一路走來，徐世復打扮平凡，倒是馬高一身相士打扮，惹了不少注意。

兩人走入城門，找了一家大酒樓，才一入門，忽然掌櫃迎面而來，抱拳道：「這位可是馬爺？」

馬高怔了一怔，緩緩道：「不錯，朋友，咱們面生得很……」

那掌櫃不待他說完，又是躬身一禮道：「請上樓上雅座！」

馬高正待開口，只聽樓上一陣哈哈大笑之聲，一個中年人走下樓來。

馬徐兩人一齊仰首一看，只見那人衣衫整潔華麗，氣度軒然，兩人愣了一愣，一同喊道：「劉大哥，是你！」

那中年人大笑道：「馬二弟，徐三弟，快上來，快上來。」

兩人身形一晃，已來到樓前，劉大哥道：「我包下樓上坐位，整整等了兩天才等到你們。」

馬高道：「劉大哥，你怎麼知道小弟行程？」

劉大哥哈哈大笑道：「你這一身打扮，早就傳了過來，傳言之中有另一個灰衣中年大漢，我左想右想不知到底是誰，原來是徐三弟，哈哈，真是巧極了。」

徐世復望了望劉大哥的裝束，嘖嘖兩聲道：「大哥，你這幾年來像是發財了。」

那劉大哥哈哈笑道：「我本就有經商的天分，當年忍技多年，這一開放，嘿嘿，東賺西賺，不到五年便是家財萬貫，這可都是正正當當地賺來的。」

馬高笑了笑道：「這一點，小弟深信不疑。」

劉大哥道：「可是，我恐怕是個窮骨頭，總覺得沒有一種衣服比那麻布破衣更爲舒貼，嘿嘿，若不是在商場上交往要穿得體面些，我是常年非穿麻衣不可。」

說著，撩起衣袍，只見華服之下，穿著一件百補的布衣，徐世復不由哈哈大笑起來。

那劉大哥便是四大金剛之首，稱作百步追魂劉易，如今經商多年，已是一方富翁。

三人談笑一會，話題漸漸轉入正題。

馬高皺了皺眉道：「大哥，依你之見，這一次的拚鬥，咱們這一方實力如何？」

劉易沉吟了片刻道：「這個我倒不敢十成斷言，但這一次乃是丐幫十年以來最大一次集會，應是不成疑問。」

徐世復也道：「一路上武林之中傳說紛紛，說那飛帆幫如何強大，這一點大哥可有什麼特別消息麼？」

劉易點了點頭道：「我正想和兄弟討論這問題，聽說那飛帆幫有外援。」

徐世復和馬高一齊問道：「什麼外援？」

劉易道：「塞外的武林人物。」

馬高哼了一聲道：「咱們也未必害怕，只是，不知領導人物有否聯繫，否則成了烏合之眾，群打群毆倒有些吃虧。」

劉易道：「所以我建議咱們早幾日趕去，也好有個佈置。」

徐世復道：「飛帆幫新近崛起，竟敢狂言一統武林，咱們這一次也是東山復出，非得一戰而勝不可，唉，昔年若是楊老幫主在世，那會有這種事情發生！」

劉易面色一變，沉聲道：「三弟，你可是覺得目下咱們領導無人？」

徐世復道：「小弟聽說白鐵軍白小弟在江南擲出『天下第一』布袋，只是，白小弟年紀頂多廿歲出頭……」

劉易笑了笑，插口說道：「三弟，銀嶺神仙薛大皇你聽過麼？」

馬高、徐世復一齊頷首。

劉易道：「白小弟在少林達摩院前與薛大皇硬對十多掌，不分上下，薛大皇情急使出火焰內力，卻為白小弟劈空神拳硬生生擊散！」

馬高、徐世復兩人登時驚得呆住了，那銀嶺神仙薛大皇的名頭幾不亞於雙仙、雙魏，鬼影子等奇人，白鐵軍能硬與之對掌，那他一身內力造詣，已達驚世的地步了！

馬高怔了好一會才道：「大哥，你聽誰說的？」

劉易道：「少林行腳僧人知明乃是我至交，他親口所言，豈會有假？」

馬高和徐世復兩人對望一眼，忍不住滿面全是驚喜之色。

三人又談了一陣，於是一齊上路。

為了避免一路上身分為人所知，劉易在麻布衣衫之外加套了一件青色布衫，三人連袂而行，三個人分離了整整十年有餘，那談話的資料可真是取之不盡。

行行重重行行，一路無事，這一日已來到江南的城鎮之外。

算算時日，距離火併之日尚有整整兩天，三人暗中留神，果然只見路道上來來回回都是武林中人物。

三人離開武林時日已久，而且當年威名四震之際，多半在北方大壇一帶逗留，是以江南人物多是眼生，但從神態上看來，一批批武林人都在趕路，果然大有一番熱鬧的氣氛。

徐世復暗道：「不知陸長老已到了沒有？」

他們一路上也四下留意，並沒有發覺什麼同道的人，想來不是都已趕到，便是尚在遠方。

三人緩步進入城門，城內行人往來不絕，甚是熱鬧。

三人沿著大街，找一家酒樓，於是準備一齊跨入，正待推門之際，忽然一個人迎面自內而出。

三人一起站下身來，只見那人身材甚是魁梧，頷下都是虬髯。那人向三人掃了一眼，便大踏步而去，三人看在眼內，暗暗稱奇。

劉易推開廳門，卻見大廳之中冷冷靜靜，竟連一個人影全無。三人對望了一眼，心中更是大疑，遂一齊走入大廳，只見桌椅整齊排列，就是無人。

四下打量了一番，便是櫃台之處也靜悄無人，三人不禁大生警惕之心。

驀地三人一齊轉身，只見那個方才走出去的大漢這時又折回身來。

那虬髯大漢雙目直視，一直走到三人面前不足五尺之處才站下身來，望著三人道：「你們三人是從何處而來？」

三人聽他語調有些生硬，而且態度相當傲慢，心中均暗暗發怒。

劉易故意微微一笑道：「朋友可是這裡的老闆麼？」

那虬髯大漢哼了一聲道：「喂，這位看相的，你看看我是什麼人？」

馬高雙眉一皺道：「這漢子言出不遜，難道便是對方人物？」口中故意嗯了一聲道：「以在下看來，朋友滿面飛揚之氣……」

他停了一停，那虬髯漢子濃眉一揚道：「如何？」

馬高道：「恐怕專門幹的是替主子應付三江四海討飯的看門人，凶氣直衝五頂。」

那虬髯漢子呆了一呆，忽然大笑道：「原來你是在損我了！」

馬高也是一呆，心中暗道：「看來這人中原語都說不熟，多半是來自塞北幫對方助拳的。」

心中想到這裡，面上神色也不再客氣，冷冷一笑道：「閣下聽懂了麼？」

那虯髯漢子上跨一步，忽又收回足步，冷笑道：「告訴你、老子姓齊。」

馬高冷冷一笑道：「姓齊便又如何？閣下的主子可就是這酒樓的老闆麼？」

那姓齊的大漢一言不發，忽然之間右手暴長，一抓襲向馬高肩頭。

馬高只覺對方肩梢輕輕一動，攻勢已然及身，倏忽之間猛一偏轉身子，呼地一響，那人一把已抓住了插在背上的銅旗招號，只覺肩上一輕，那一支旗招已爲對方奪去。

劉易和徐世復面色齊變，心知已遇高手，他兩不約而同身形一分，前後已將姓齊的漢子進退之路阻斷。

姓齊的大漢瞧也不瞧他們一眼，盡自舉起那旗招，猛可一掄，那大紅布登時迎風展了開來，忽然在空中絲地點，飄起半天紅影，竟然完全撕裂。

馬高心中巨震一下，單瞧對方這一掄之力，竟在半空將布條撕成碎片，便可知其內力高強之至，他心中一轉口中冷然道：「朋友好俊的功夫，只是這招號毀了，在下如何再作生意？」

那姓齊的漢子哈哈大笑，吼道：「那你不作也罷！乾脆連這棍兒也丟掉！」

他一揮手，那銅棒自空打落，打在一半時，喀的一聲半空已兩截！

馬高吸一口真氣道：「朋友你這是逼人太甚了。」

那姓齊的漢子冷冷道：「你這老叫化子，好歹叫你知道厲害！」

這時他口中才露身分，馬高左手一展，右拳陡然平平推出。

出。

這一推之勢雖甚為緩慢，但拳勢未到，已發出嗚嗚刺耳之聲。

這一式馬高已發出十成內力，緩發而疾至，那姓齊的大漢大吼一聲，左拳一揚，猛打而出。

兩股力道一觸而凝，馬高嘿地一聲右掌再出，砰地一聲，那姓齊的漢子雙足釘立有如磐石，馬高身形一晃，一路倒退三步才站穩身形。

劉易大吃一驚，吼道：「三弟，你沒事麼？」

馬高吸了一口氣，壓住翻騰的血氣道：「沒事！」

徐世復冷笑一聲道：「姓齊的，你走不掉了！」

那姓齊的漢子轉身來道：「是你說的麼？」

徐世復一言不發，雙拳當胸一擊而出。

姓齊的大漢大吼一聲，右拳直搗。這時劉易上跨一步，搶到左首之上，神拳急發。

姓齊的只覺自己內力才吐，左方壓力暴增，忍不住仰天一呼，左手向外硬拍而出。

「啪」的一聲，劉易和他雙掌相接，力道才吐，徐世復內力中已襲身而至。

姓齊的漢子右掌這時猛可一沉，陡然之間運出黏字訣來，徐世復只覺自己掌力一窒，忽然壓力有如千軍萬馬，自己內力已吐，再也撐持不住，登時連連後退。

那劉易內力一吐，只覺對方抗力很小，連忙直逼而過，那知突然之間對方反抗之力大增，只覺手心一麻，半個身子一震，生生被擊轉了一個圈才化去來勢！

那姓齊的漢子仰天一聲大笑道：「如何？」

劉易額上這時已沁出冷汗，馬高這時猛一彎腰，拾起落在地上半截銅棒，疾掃而出。

這銅棒原是他隨身兵器之一，招式甚爲純熟，這一式貼地掃過甚爲毒辣！

姓齊的漢子右足陡然揚起，一足自半空踹下，馬高棒勢才到，他這一足正好踩在棒尖，馬高只覺虎口一麻，但他雙目圓睜，陡然內力一發，這一下乃是他生平絕著，內力可沿銅棒直傳而出，那姓齊的悶哼一聲，猛一踏足，那銅棒竟生生被他一足踹得陷入石磚地中！

馬高身形疾退，口中道：「大哥，三弟，他已受傷！」

那姓齊的漢子右足果然一跛，不由怒火上沖，大吼一聲道：「你找死！」

這時他單足著地，頭頂上頭髮陡然根根直立，雙目之中寒芒四射。

馬高吃了一驚，自知無法接下一擊，劉易大吼一聲道：「二弟，快退！」

馬高身形一掠，就在這時，忽然喀嚓一聲，大廳門被人一掌擊開！

四個人都不由自主回頭一望，只見一個中年大漢當門而立，一身鶉衣百結，原來是一個叫化子！

馬高面對門口，只覺雙目一亮，大吼道：「湯二哥，是你！」

那姓齊的漢子冷冷一哼道：「湯奇！原來是你！」

那湯奇一步跨進大廳，沉聲道：「齊青天！咱們又見面了！」

齊青天冷笑道：「你也來找死麼？」

湯奇冷笑道：「齊青天，你中的毒可是好了？只是……」

齊青天大吼道：「只是什麼？」

湯奇冷笑道：「只是秘密快要被揭穿了！」

齊青天面上神色陡然一變。

湯奇又道：「姓齊的，咱們在這裡動手似乎嫌早了一些？」

齊青天冷笑道：「你說如何？」

湯奇道：「咱們等到時候再說。」

齊青天冷笑道：「你可是心寒？」

湯奇笑了笑道：「齊青天，湯某再說一句，如果你要試試，儘管出手吧！」

齊青天面上神色陰晴不定，湯奇冷笑道：「湯某送你齊青天一程，劉易，請讓開通路！」

齊青天一言不發，左足一點，整個身形好比一隻大鳥，橫著飛過大廳，直向大門掠去。

湯奇上前一步道：「回去好好休養你的右足如何？」

那齊青天身在半空，口中怒吼一聲，右掌陡然一拍而下。

湯奇哈哈大笑，右掌一翻，斜迎而上，齊青天借力使力，身形一翻已在五丈之外！

湯奇哈哈大笑不絕，直到齊青天身形已渺，才回過臉來道：「劉，馬，徐三大金剛趕到，湯奇失迎了。」

劉易吁了一口氣道：「湯二哥來得巧，否則咱們要吃虧了。」

湯奇搖了搖頭，面色凝重道：「對方實力委實雄厚，不知白大哥趕不趕得到場。」

劉易奇道：「什麼？白大哥？」

湯奇笑了笑道：「昔年的白小弟現在是白大哥啦，他是咱們的幫主。」

劉易連忙點頭道：「這個小弟知道。」

湯奇嗯了一聲說道：「昨天陸長老已先到了，咱們人手差不多啦！」

劉易問道：「湯二哥，大夥兒在什麼地方？這座酒樓是……」

湯奇道：「大夥兒都在白山鏢局中，這座酒樓是咱們叫化子聚合的地方，根本連招呼客人的小二也不需要，這齊青天今日一個人進入城來，一路闖入樓中，想來是想尋非生事，正好咱們在局中開會，直到遇上了你們。」

劉易道：「咱們快去見大夥兒吧，湯二哥，這十多年來你在什麼地方？」

湯奇笑了笑道：「四海為家。」

徐世復忽然想問道：「湯二哥，你方才說什麼秘密要被揭穿了？小弟看見那姓齊的面上神色大變！」

湯奇面色也是一變道：「唉！這個說來話長，而且牽涉的人也廣，楊老幫主的死至今仍是一個謎。」

劉易道：「白大哥這十多年來有什麼奇遇麼？」

湯奇笑笑道：「白大哥的功力之高，簡直令人不敢相信，只要白大哥能趕到，飛帆幫再強也不放在心上！」

劉易又道：「齊青天是否來自塞北？湯二哥，你好像認識他。」

湯奇點點頭道：「那齊青天的功夫你是親眼所見，但是他的師兄弟一個姓楊的少年，功力猶在他之上！」

湯奇頓了頓又沉聲道：「距相約的日期不過只有兩天了，白大哥卻音訊全無，咱們得作萬一他不來的打算……」

徐世復問道：「現下到會的已有那些兄弟？」

湯奇道：「梁四弟、蔣九弟、王三弟，不過王三弟功力已失，還有便是陸草陸長老及你們三位了，其餘的則是地位較低的兄弟。」

劉易道：「對方除了齊青天及那姓楊的之外，不知尚有什麼強硬對手？」

湯奇沉吟了一聲道：「這個我也不太清楚，不過論人數方面，咱們似乎並不吃虧。」

四人邊說邊談，不一會便走到了大夥兄聚會的地方，大家都是多年分散不見的兄弟，見面之後自然是一番熱鬧。

這一日並無岔事，第二日正午，白鐵軍仍然毫無信息，劉易等人雖然是談笑風生，但眉目之際已逐漸露出憂色。

那湯奇暗中和劉易計議一番，卻是想不出完美之法。

劉易道：「白大哥可會獲得這一次的消息？」

湯奇皺皺眉頭道：「江湖之中一傳十，十傳百，白大哥生性愛與江湖人士來往，我想不至於毫無所聞。」

劉易道：「或許有什麼急事在身，不克分身趕來。」

湯奇搖搖頭道：「這一點是絕不可能，白大哥若是聽到咱們丐幫重新集會，就是再大的私事也立刻會棄之不顧的。」

劉易想了一想道：「咱們不如乘還有一日半的時間，快四下派出弟兄們，乾脆將消息明確傳揚開來，若是白大哥就在附近地區，總是多了幾分希望。」

湯奇沉吟了一會道：「這樣試試看也好，只是消息一經傳揚，江湖人物多半紛紛而至，情形會很複雜，不過也管不了這許多了。」

於是兩人挑選了好幾批人物出去傳訊，約好到時候若無動靜，便趕回城中。

對方這時反倒沉寂毫無動靜，似乎在等待約會的時候來臨，反而湯奇這一方面有一些緊張的感覺。

一直到了深夜，突然之間有一支火箭在西方郊外爆了開來，黑黑的長空登時撒滿了一片紫紅的火星，耀目之極。湯奇和劉易等人大驚失色。

原來這紫紅火焰乃是丐幫弟子中最緊急的信號，不到萬不得已，決不輕易燃放，這時焰火升空，劉易知道一定出了大事，估計那火焰升空之處距城中約莫三里左右，他立刻召呼劉易、陸草兩人道：「看來，事情有了轉變，咱們三人快去查看查看。」

陸草長老想了想道：「燃放信號火焰的可能有兩種，一則是遇上了強敵，再不然便是有與這次大局有關之事發生，不過無論有否敵手，這火焰信號一發，咱們瞧見了，對方也瞧得見，是以咱們須在敵手之前先一步到達當場。」

湯奇和劉易交代了其餘幾個弟兄幾句話後，立刻和陸草長老走出城去，那劉易這時已是一身勁裝，他成名的兵刃也帶在身邊。

陸草長老嘆了一口氣道：「咱們此去，多半有一番劇戰，若是對方太強，說不得咱們見機分散避開，否則主力一失，其他弟兄的處境就更加危險了。」

劉易望了望陸長老背在後背的長劍，只覺心中緊張驚惶兼而有之，陸草的長劍有十多年沒有看他用過了，上一次看見他仗劍行俠時尚是一個青年，現在兩鬢霜白，老態已呈，這一戰尚不知凶吉如何。

劉易仰首望了望長空，只覺烏黑黑地一片好像一直壓在心頭之上，透不過氣來。

三人默然不語，全力施展輕身功夫向西郊而去，大約走了半盞茶時分，陡然之間長空一閃，又是一支火焰信號在空中炸開！

三人互相對望了一眼，都是默然不語，只是足下盡可能地加快，只見三條身形在黑夜之中好似脫弦之箭向前疾射。

轉過路角，只見眼前是一片大空地，空地左角之處似乎有黑影一晃，湯奇吸了一口氣大聲道：「你是何人？」

那黑影一閃跳了出來，大叫道：「湯二哥，快來！」

三人身形一齊凌空一掠，呼地一聲已然來到當場，這時天色烏黑，那人正是一個派出來的丐幫弟子！

湯奇急聲問道：「黎兄弟，你發現了什麼？」

那姓黎的弟子喘著氣道：「湯二哥，是……是咱們的……執法長老！」

陸草驚呼了一聲，顫聲道：「是畢長老麼？」

那姓黎的弟子點點頭道：「正是！」

陸草長老只覺心口一熱，雙手緊握道：「他在那裡？」

姓黎的弟子說道：「他在那樹叢之下！」

陸草身形一掠，便向那樹堆奔去，他才一起步，陡然又停下足步，緩緩轉過身來道：「他還好麼？」

姓黎的弟子淒然道：「畢長老受了重傷！」

陸草長老呆了一呆，這時劉易和湯奇都走了過來，一起向樹叢行去。

湯奇邊行邊問道：「黎兄弟，你可真冒了大險了，畢長老身受重傷，你一連放了兩支號箭，若是咱們趕慢了，對方先到一步，那豈非遺憾終身？」

姓黎的弟子呆了一呆道：「什麼……兩支火焰箭？」

湯奇大吃一驚，沉聲說道：「你沒有燃放火焰箭？」

姓黎的弟子搖搖頭，湯奇只覺心中一寒，隱隱覺得有一個大陰謀正等待著自己，他四下望了一望，只見黑壓壓一片看不出什麼來。

姓黎的弟子猶自不明白，他詫聲問道：「湯二哥可是見了火焰信號才趕來的？當時我正忙著招呼畢長老，倒沒留神，您說這可能是誰？」

他說到這裡，話聲陡然一窒，似乎想到了什麼怪事，滿面都是驚惶的神色。

湯奇詫異地望了他一眼道：「你說是誰？」

姓黎的弟子喃喃道：「照這樣說，畢長老之言沒錯了。」

這時已走到畢長老停身之處，只見畢長老雙目緊閉，陸草正在為他助氣，湯奇急問道：

「畢長老說了些什麼？」

姓黎的弟子低聲道：「楊老幫主，他見著了楊陸老幫主！」

湯奇只覺一股寒意自背脊直升而上，他呆呆地望著姓黎的弟子，喃喃說道：「你……你說這火焰信號是楊老幫主所放？」

那姓黎的弟子點頭不語。

湯奇望了望劉易，都是震驚得不知所云。

陸長老這時站起身來，嘆了一口氣道：「你怎麼發現畢長老的？」

姓黎的弟子道：「小的被派到四郊傳遞消息，一直沒有遇著什麼，到了今日夜晚，小的在道上走著，忽然聽到有人劇烈喘息之聲，小的立刻想去查看，這時忽然有一個黑影在左方閃過，那身形之快，簡直令人難以相信。

小的一眼望去，只覺得模模糊糊一片而難以分辨，然後那喘息之聲戛然而止。小的心中生疑，便朝著那方向走去，卻是黑沉沉無影無蹤。小的走了約莫一盞茶的時分，突然見到三十丈外有一個人影在移動著。小的立刻加快足步追了上去，而那人影足程不快不慢，小的追了一陣，這時那人突然停了下去。

小的也不敢過於接近，遠遠地也站著不動，這時那喘息之聲又開始清清楚楚傳來。小的心知多半是那個人受了重傷，於是便走上前去，一看之下大驚出聲，原來便是畢長老。

這時畢長老他老人家滿面灰敗，目中光澤昏暗，小的吃了一驚，忙道：『畢長老，畢長老，你受傷了麼？』

畢長老看了我一眼，也許他不太認識我了，但小的一身乞丐打扮，他喘了兩口氣道：

『快，快扶我到那邊樹叢中！』

小的不知所措，定了定神先將他扶了過去，口中忙問道：『畢長老，是誰傷了您？』

畢長老面上慘笑一下，卻反問道：『你知不知道楊老幫主……他來了……』

小的呆了一呆，以為是自己聽錯了，這時畢長老忽然雙目一亮，伸手指著小的身後道：

『看……快看……楊……』

小的本能地一反身，定目看時，只見十多丈之外一個人影好比鬼魅一般一掠而去，那身形雖快，但小的敢斷言這人就是小的方才看見的那模糊人影，那人影一掠而逝，小的呆了片刻，也不知畢長老所說是真是假，回首一看，畢長老已經暈倒過去。

小的大大吃驚，連忙查驗他的傷勢，卻是不得要領，又用了薰藥等物，仍是始終不見效。小的忙了一陣，自知無力，便將畢長老身體移至更隱密之地，心中正不明白這一連串的事故，也不知到底應該怎樣做時，便看見你們三位了，那放發焰火之事，小的並未留意！」

姓黎的弟子一直說到這裡，湯、劉、陸三人面上神色凝重之極，這時忽然遠方一陣足步奔跑之聲傳來，三人不約而同暗暗提了一口真氣。

那個人奔跑得極為迅速，不一會已到十丈之外，這時天色十分黑暗，劉、湯、陸三人窮極目力也看不出來人是誰，只是分辨得出他是隻身前來，身後再無他人的蹤影。

那人卻似乎瞧得一清二楚，身形一掠，口中洪聲說道：「湯二哥，白鐵軍來遲了！」

這白鐵軍三字一出，三個人登時呆住了，湯奇只覺心中千斤巨石一下放落，有一種輕飄的感覺，一時竟然說不出話來。

這時那人已來到跟前，只見他寬肩闊背，粗眉方臉，正是叱吒江湖的白鐵軍。

劉易和陸草呆呆地望著白鐵軍，他們似乎在回憶十多年前「白小弟」的神態，一恍眼已是如此少年。

白鐵軍望了望他們兩人，歡聲道：「這……這便是劉大哥、陸長老吧！」

劉、陸兩人齊聲道：「幫主駕到有失迎迓！」

白鐵軍雙手猛搖道：「笑話，笑話！咦，這位躺在地上的……」

湯奇插口接著說：「他就是畢長老，執法長老！」

白鐵軍呆了一呆道：「他……遭到強敵麼？」

湯奇嘆了一口氣，將方才的經過說了，白鐵軍只覺心中紛亂無比，他暗暗感到陰謀秘密接二連三而來，但自己卻不得其解，處處站在被動地位，楊陸的身形是怎麼一回事，畢長老傷在何人手中？一時只覺思慮紛雜，半晌沒有說話。

劉易想了一想說道：「咱們派出好幾批弟子四下傳出消息，便是想告知幫主，對方實力強勁無比。」

白鐵軍點了點頭道：「我知道，說實在的，對方這次主要的目的多半是對我而發，他們在江南害了一個姑娘，這便是等於向我挑戰的意思。」

湯奇道：「那齊青天和楊群都已趕到了！」

白鐵軍道：「今日下午我趕到市鎮，便聽到消息，其實我早知約會的時刻，但轉念想想，可能是有什麼急事才會派出弟子傳訊，於是便啓程向這裡來了，忽然瞧見那火焰信號，心中知道必有危難，是以拚力趕來，卻不料火焰信號不是咱們所放，顯然這是一個圈套了。」

湯奇道：「只是不知對方用意何在？」

白鐵軍搖了搖頭，緩緩上前俯下身來，一掌拍在畢長老的胸前，催動真氣。他此時功力極深，催動兩次，那畢長老身軀一動，竟然醒轉過來。

白鐵軍吸了一口氣，登時將真力又行充足，那畢長老雙目一睜，只見眼前是一張少年人的臉孔，到底十多年未見，一時認不出來了。

白鐵軍真力一止，低聲道：「畢長老，我是白鐵軍。」

畢長老呆了一呆，忽然一陣喘氣，白鐵軍面上神色黯然，心知內傷太重已相救無望。

那畢長老雙目仰天，喃喃說道：「楊陸幫主……楊陸幫主……」

白鐵軍只覺心中一陣猛跳，沉聲道：「他老人家如何？」

畢長老卻似聽而不聞，他臉上肌肉抽動，用更低的聲音道：「楊……楊群……楊……」

白鐵軍呆了一呆，幾乎以爲自己聽錯了，這等關頭他爲何提起楊群，他驀然一想，急聲一字一字問道：「可是楊群傷你？」

畢長老仰頭一看，只見紫紅火星漫天飛動，那方向正是丐幫聚會的城中！

登時眾人都呆了，就在這一刹那，畢長老突然大吼了一聲道：「就是他！」說完一聲悶哼，再無聲息。

白鐵軍身形好比閃電一般轉了過來，卻見一團黑影在目前閃過。

白鐵軍大吼一聲，一掠而出，右掌一橫，猛然疾削而出，這一掌他用出了全身功力，急切之間那掌風如山，竟然在空中發出尖嘯之聲，卻見那黑影身形一沉，陡然向左方疾起，身形之快，簡直有如鬼魅。

這一下疾變太快，劉、湯、陸、黎四人都是呆在一邊，那姓黎的弟子這時才吐了一口氣道：「是他，就是那黑影！」

白鐵軍身形一落地又掠回原處，他面上神色沉重之至，低聲道：

「現在乃是咱們生死關頭，一切秘密與那黑衣人有關，方才我拚了性命之險總算傷了他一掌，想他必然不會走遠，畢長老已死，一切謎團以後再說，我非得去搜那黑衣人不可，湯二哥，那城中的危難你們快回去支援，不論是否又是調虎離山，但咱們總不能冒這個險，我一個人落了單，逃走總是不難，若是敵方主力全在城中，你們回去力撐不下，再燃一支火焰箭，這一次一連發三支，我若是只見一支，便知是別人冒假，咱們得當機立斷了！」

四人見他緊急關頭策劃頭頭是道，心中不由感嘆，這些人都是經過大風大浪的好漢，一言不發，一齊向城中疾趕而去。

四二　九死一生

白鐵軍吁了一口氣，他四下打量了一下，四周雖多是平地，但叢樹分佈相當密，當此黑夜，若是藏身其中的確不易尋找！

白鐵軍吸了一口氣，平靜了一下緊張的心神，他心中明白那秘密關鍵，說不定便在於此了，手心之中不自覺沁出了冷汗。

他寬大的身軀開始在平地上移動著，雙目如電四下不住掃射，耳中也早已全神貫注，他內力造詣精深無比，這時就是五丈方圓葉落枝折他也立刻能夠發覺。

他一步一步移動著，這時一陣輕風拂過，仰首望空，只見黑雲密佈，絲毫沒有月出雲破的徵候，不由暗暗嘆了一口氣！

一盞茶的時分過去了，白鐵軍的身形已逐漸接近叢林，這時他真氣佈滿全身，常人就是用粗木巨棍擊他肩臂之處也不會損傷，驀然之間一聲銳哨發至東方角落之處，而哨聲尖銳無比，卻是一發立收。

白鐵軍好比觸電一般立刻收住足步，心中暗忖道：「難道這哨聲是那黑衣人所發？或是別有他人？」這時開始感覺到自己很可能陷入了重重埋伏。

他緩緩彎下腰來，在地上拾起了三塊拳頭大小的石頭，右手一揚，一塊石頭挾著嗚嗚之聲像那方才發出哨聲之處疾飛而去。

石塊一飛出手，白鐵軍立刻全神貫注，他心知對方多半並未離開當場，這一石塊打去，對方必要閃躲，自己便可辨出他藏身之地！

那石塊呼地擊在叢林之中，想是正好打中了樹幹，喀嚓一聲，然後便如沉入大海，絲毫不見聲息也並未有人身形移動，白鐵軍不覺一怔，更覺對方難以對付。

這時白鐵軍已逐漸淡忘去搜索那受了傷的黑衣人了，他反而覺得自己的全付精神已陷在應付埋伏之上，那黑衣人兩次現身，身形之快白鐵軍自嘆弗如，加之對方好像極工心計，白鐵軍爲人外粗內細，他隱隱感到對手的可怕，立刻收斂起焦躁的心神，登時腦中一片冷靜，雙足一步一步向前移動。

向東方移過了兩堆叢林，卻是平平靜靜再無聲息，白鐵軍心中暗忖道：「這一段時間想來湯二哥等人一行已趕回城中去了，我卻不能再如此消耗時間，須得採取迅速行動才是。」

他心念一定，身形立刻加快，那知左足才動，陡然之間只覺腦門後方一陣疾風。

白鐵軍不須回頭，便已知是一支沉重的兵器橫擊而至，從那兵刃破風之聲判斷，對方這一式卻是虛忽不定，可高可低，可攻可撤，端看自己的行動。

白鐵軍飛快地一矮身形，果然那身後勁風一勁，壓得氣流呼地一聲，白鐵軍身形才矮又高，雙足硬生生拔起三尺左右，在半空中便是一個旋轉，眼角一瞥，只見一個黑衣二十八九的漢子，對方不料他變化快捷如此，一式走老，白鐵軍在空中忽地一沉，一足踏在那支鐵棍之上！

他原料定對方一式用老，真力必然一散，這一足踏下，對方的鐵棍必將被踏下至少半尺以上！

那知他一足才落在鐵棍之上，陡然一股猛力自棍身疾彈而上，白鐵軍大吃一驚，料不到對方功力竟然深厚如此，雙足全力疾縮，只聽呼地一聲，那一棍擦著鞋底而過，驚險之極。

那二十八九歲的漢子似乎也不料到白鐵軍失著之下，仍能避過，不禁怔了怔。

白鐵軍身形輕落在地上，冷冷一笑道：「朋友。咱們可面生得很，爲何在此伏擊？」

那漢子冷笑一聲道：「你可就是姓白的了？」

白鐵軍點了點頭道：「在下白鐵軍。」

那漢子冷然道：「那麼，我是攻對人了。」

白鐵軍雙眉一皺道：「原來，你就是所謂的飛帆幫中人物？」

那漢子冷笑不語，白鐵軍見他目中光芒閃爍，一股豪氣突地衝起，大笑一聲道：「你有多少同伴，一起叫出來，白某也好一次打發。」

那漢子冷冷一哼道：「姓白的，今晚你還想活著離開麼？」

白鐵軍心中一驚，暗暗忖道：「看來若是兩次火焰信號均爲虛假，對方想是大動手腳，分明想要置我於死地，我切不可過分大意，待會兒一見情勢不對，立刻突圍再說。」

他雖功力高強無比，但卻絕不輕敵，心念一動，雙目不住四下轉動，那個廿八九歲的漢子仰天一聲冷笑道：「姓白的想逃了麼？」

白鐵軍只覺天生的豪氣充滿胸中，他大笑一聲道：「閣下既是不願報名，白某動手了！」

他話聲方落，陡然之間右掌震臂直劏而出，那內力尚未吐實，左拳又自打出。

那漢子斜退了一步，手中沉重的鐵棍猛地一擺，一股奇強的杖風封在身前，白鐵軍內力一吐，只覺一窒，對方功力甚強。

白鐵軍大吼一聲，雙拳再出，拳勢一攻突收，同時間口中嘿地吐氣，猛然雙拳疾振，這一下他用出了十成真力，那漢子面色一變，鐵杖左右不住揮動，杖風嗚嗚銳響，白鐵軍一連發出五拳。

那漢子大喝一聲，內力疾發，白鐵軍右手一緊，內力沿棍而上，兩股力道一觸，只聽「喀」一聲，手臂粗細的鑌鐵棍竟自齊腰斷爲兩截。

那漢子呆了一呆，身形連退三步，白鐵軍仰天大笑道：「朋友，你想逃了麼？」

那漢子一言不發，身形又向後直退，白鐵軍身形一掠逼上前去，他身形一著地，心中陡然想道：「糟了，他原來引我至此！」心念才轉，果然只聽左方樹枝一震，一個人大踏步走了出來！

白鐵軍定目一看，冷笑道：「齊青天，原來是你！」

齊青天面上神色肅然，頷下虬髯根根直立，一步步向白鐵軍走來。

白鐵軍冷冷道：「齊青天，那楊群可也來了麼？」

齊青天緩緩止下足步，這時右方一堆樹林中一陣搖擺，走出一人。

白鐵軍轉目一看，只見那人正是楊群。他心中一震，沉聲道：「楊群，那姑娘你將她害了？」

楊群哼了一聲道：「姓白的，你先闖出了這一關再說罷。」

白鐵軍心中開始暗暗生寒，那楊群及齊青天兩人的功力是見過的，加上那一個漢子功力也自不弱，以一敵三，自己是佔在下風了。

他想了一想，忽然想起方才華長老臨死之時曾提到楊群之名，立刻問道：「楊群，你可和畢長者交過手麼？」

楊群似乎呆了一下，詫聲道：「畢長老？」

白鐵軍見他滿面疑色，不似作假，心中不出暗暗稱奇忖道：「難道畢長老之言別有含意？」

楊群見他不言，冷笑道：「怎麼？白大幫主帶了畢長老助拳麼？」

白鐵軍心中已萌退意，他冷笑道：「不知便罷。」

他話聲未完，陡然發難，他心知那手持斷棍的漢子功力稍弱，是以身形向他疾衝而去，雙拳掏出已用出了十成功力。他心知能否突圍即在此一擊，是以這一擊乃是孤注一擲。

齊青天及楊群大吃一驚，他們不料白鐵軍竟然突起發難，那持棍的漢子雙掌一合，平平擋在胸前，白鐵軍只覺內力一窒，他大吼一聲，催動內力，那漢子悶哼一聲，生生被擊退三步，一跤坐在地上。

但就在這瞬間，齊青天身形暴起，一掌橫橫切出。白鐵軍知道身後尚有強敵楊群，倘是這一掌避開，突圍便絕無希望，是以他心中一轉，右掌雙拳變爲爪，曲指如圈，不退反迎，猛擊而上。

他掌力才發，背後陡然疾風大作，衣衫壓體欲裂，心知楊群已發難，那楊群出招極爲狠毒，白鐵軍急切之間左手一伸，硬生生拔起一叢小樹，斜斜擋在背心之上，同時身形躬彎向前。

這一瞬間齊青天掌力已然罩到，白鐵軍咬緊牙關，不理楊群的雙掌，猛然一翻封住齊青天內力，說時遲，那時快，白鐵軍右手姆中兩指閃電般一扣而彈，終於他發出南魏的蓋代絕技「彈指神功」。

一縷銳風好比破竹之刃，齊青天不料白鐵軍內力強到如此，單手便封住他的攻勢，正一驚間，南魏絕傳指力已擊體而生，他大吼一聲，只聽「喀」地一下，一條右臂活生生被擊而斷！

但這時白鐵軍也面臨到生死的關頭，楊群的內力稍稍走偏了一分，擊在樹幹之上，樹枝樹葉一齊飛斷，大多數打在白鐵軍背心之上，白鐵軍只覺背心上好像被千條巨鞭抽中，全身一陣麻木一直傳到心口，他身形一個踰踉，總算避開了正鋒，加之曾受東海董天心內力之助，此刻內力造詣已達驚世之境，他踰踉一步，勉強立定身形，猛吸一口真氣，登時恢復過來。

就在這一剎時，左方閃出一道白光，白鐵軍看都未曾看清，只覺胸前一陣劇痛，一柄短劍插在胸上，鮮血登時噴飛而出。

白鐵軍悶哼一聲，作夢也未想到對方竟然還埋伏了一人在側最後出手，他只覺那劇痛之感迅速傳遍全身，第一個反應便是快逃，明知這一逃走立刻可能會引起血創崩裂之險，但他似乎毫不在乎，本能地雙足一點，身形好比箭矢一般射出。

楊群和那一個埋伏的漢子看得呆住了，白鐵軍在受了一掌一劍之後，不但沒有倒地反而有餘力飛奔而去，他兩人對望了一眼，只見黑沉沉一片天連著地，那還有白鐵軍踰踉的身形？

白鐵軍掙扎著行了幾里，只覺眼前發黑，一跤摔倒地下，胸前的傷口血若泉湧，過了良久，白鐵軍悠悠醒轉，放目看看四周，原來倒在一處林中小徑。

他內功深湛，吸了一口氣，知道傷勢不輕，背上一掌實是沉重，胸前一劍幾及肋骨，適才強道真氣奔走，此刻只覺百脈俱酥，運不出半點力道來，口中愈來愈渴，他知是失血過多，伸手指在胸前穴道點了兩下，竟是一觸肌肉便滑開。心中一凜想道：

「我此時無半點自衛力量，這雙指之力原本何止百千斤，現在竟連穴道也點不中了，難道今日注定我白鐵軍要歸位？」

他想著想著，胸前發悶，金星亂冒，又要暈倒過去，正在此時，一陣腳步聲傳來，白鐵軍又是一凜，神智倒是清朗起來，只聞腳步聲愈來愈近，兩人哼著小調而來，他心中一鬆，又有點支撐不住。

忽然其中一人道：「王大刀，舵兒被挑翻，這些日子來你混得倒頂不錯，衣上穿得光鮮袋中滿滿地全是銀子，小弟倒要求教，老哥在那裡發財？」

那喚「王大刀」的道：「作哥哥的自從上次咱們兄弟散夥，不知吃了多少苦頭，那天殺的狗叫花，將哥哥的雙手拇指廢了，終身不能用動刀，那靠什麼吃飯？賢弟你想想看，真是一言難盡……唉！」

白鐵軍聽那聲音愈來愈是熟悉，他驀然想起三年前自己路過浙東，仗義除了一個無惡不作的大盜，出手傷了不少賊子，那王大刀正是那大盜副手，只因惡跡未彰，是以挑斷他手筋放走，使他不能再仗藝爲惡。想不到今夜冤家路狹，竟會在此相碰，當下伏行將要躲向小樹叢中，一不留意壓斷一根枯枝。

那王大刀止步叫道：「前面是什麼人？」

白鐵軍不動不答，暗自運了兩口氣，卻無半分力道。

那另一人喝道：「什麼人鬼鬼祟祟，再不露面，莫怪爺們毒手！」

白鐵軍仍是不答，雙目緊閉，倒在地上，只聞喀嚓一聲，有人拔出兵器，緩緩躡足而來，穿過幾叢小樹，忽然止步叫道：「王大刀，原來是個死人，想來是適才斷氣倒下。」

他走前用長劍前白鐵軍身體翻過，那王大刀定睛一看，驀然一陣怪笑，久久不絕。

那先走過來的人道：「王大刀，你笑什麼？」

那王大刀高興地道：「原來是你，嘿嘿，臭叫化！狗叫化！你也有今日，落屍荒野，野狗啃骨食肉，哈哈！真是老天有眼，老天有眼！」

另一人問道：「這是誰？是丐幫的麼？」

王大刀一字一字慢慢地道：「他便是丐幫幫主白鐵軍。」

另一人不信道：「聽說白鐵軍神功無人可敵，丐幫昔年雖是瓦解，但幫眾存身天下各處，仍是最具潛力之大幫，白鐵軍怎會暴屍荒野？老哥只怕是瞧錯了？」

那王大刀冷冷地道：「有道是強中更有強中手，江南飛帆幫崛起，高手如雲，哈哈臭叫化，前不久我聽說丐幫和飛帆幫幹上了，今夜一見，飛帆幫只怕大獲全勝。」

另一人道：「王大刀，你的仇人死了，咱們走吧。」

王大刀陰森森地道：「臭叫化殺我兄長，今日不挖出他心肝來祭我兄長，豈能如此善罷甘休？」

他反手抽出大力，用食指和中指夾住，他自從兩手拇指筋被白鐵軍挑斷，再無法握住刀柄，只得將柄削平，用食中二指夾住使用，但原先得意的內家刀法，卻是再也無法施展，剩下的功力，十成中不到一成了。

王大刀緩緩走到白鐵軍身旁，他舉起鋼刀，心中默禱一會，一刀劈下，忽然一聲慘叫，白光一閃，王大刀兵刃飛天，身子倒退五步，翻天跌倒，當胸之處，鮮血似箭射出，被人洞穿心房。

另外那人被這突生變故驚呆了，忽然白鐵軍緩緩站起，冷冷地道：「過來！」那人喃喃地道：「彈指神功！彈指神功！」轉身便走，也顧不得王大刀屍體。

白鐵軍待他走了數步，只覺喉頭發甜，哇的吐出一大口鮮血，咳嗽起來，每咳一下，胸前傷口牽動，疼痛無比，那逆氣上湧，白鐵軍慘然忖道：「我終免不了『血脈內潰』，這一身功夫是廢了，在這荒山野徑，哪裡去找內家高手助我療傷？」

他適才拚著自逆血脈，彈出一指，這是他全身功力所聚，端的非同小可，那王大刀功夫平平，如何經得起這一指？但此舉無異飲鴆止渴，那另外一人如是再施殺手，白鐵軍再也無能為力了。

四周山風漸疾，白鐵軍全身發抖，他試著運氣，但真氣已盡，脈道逆動，一運氣全身欲裂，白鐵軍頹然，暗自嘆息：「想不到我白鐵軍畢命於此！」

他十幾歲出道，這一生會過無數高手，憑著絕頂武功，無比機智，都是化險爲夷，摧毀強敵，作夢也未想到會毀敗於王大刀之手，他知運功無效，當下心中一片茫然，胸前傷口仍是鮮血長流。

但他根本視若無睹，心中想道：「讓血流盡了便這樣平平靜靜死去也好，唉！我這一生日日奔波，做了些什麼事，得到了什麼？」

他胡思亂想，往事在一剎那間都湧上來，那蘭芳姑娘倩影如真，此時愈來愈是清晰，閉上眼睛，再也無法擺脫，他默然地想道：「蘭姑娘此刻即便不死，也被楊群那賊子所辱，我白鐵軍堂堂一個男子漢，連一個弱女子也保護不了，哪還有什麼面目活在天地之間？」

轉念又想道：「我此刻便不停地想那蘭姑娘吧，這是我一生中唯一值得回憶的事。」

那風愈吹愈疾，明月已被浮雲所蔽，四周更是漆黑，白鐵軍放任傷勢惡化，只求安然死去。

忽然一陣柔和鐘聲順風緩緩傳來，白鐵軍聽著聽著，心中悚然一震，雜念盡除，他仍是世間少見真豪傑，當下一震忖道：「我這一死百了，但丐幫兄弟如何能抵抗飛帆幫楊群那賊子？師父一生心血，難不成因我而絕？」

一念至此，再不能安然待斃，他自接任丐幫，一直以恢復昔日局面爲己任，這時想到此事，耿耿於懷，也忘了自己功力全失，便是一個尋常壯漢也抵敵不住，只覺自己大事未了，萬萬不能就此死去，心中不住地自語道：「找得摒除雜思，再作最後掙扎，只要一息尚存，總不能有負師父一番厚望！」

他又長吸一口氣，但傷勢實在沉重，又欲昏絕，突然背後一個人悲聲叫道：「大哥，你怎麼啦？」

那聲音又悲又急，白鐵軍一聽之下，眼睛都濕潤了，心中百感交集，只覺背上一股暖暖真氣輸入，便是人事不知。

也不知經過多久，白鐵軍悠然醒來，只見左冰那親切的面孔便在眼前，也不知是真是幻，伸手揉揉眼睛，那背後真氣仍是緩緩輸入。

左冰喜形於色，示意白鐵軍不要開口，又過了許久，那背後之人蒼勁的聲音道：「好了，好了，老弟內功之深實出老夫意料，那體魄之健，也是令人吃驚。」

白鐵軍略一運氣，疼痛全消，但他失血過多，仍感頭昏目眩，左冰柔聲道：「白大哥，你昏絕已經三日三夜，總算托天之福，現在不妨事了。」

白鐵軍心中感激銘心，他一生中只知施恩於人，倒從來少受人惠，一時之間，竟說不出感激的話來，他轉過身來，只見一個壯碩老者，臉上一片慈祥，微微露出笑意，左冰道：「白大哥，這是家父！」

白鐵軍凝神瞧著那老者，驀然想通一事，他顫聲道：「前輩，您……您是鬼影子左白秋？」

那老者微微頷首道：「老弟見多識廣，年輕一輩中能夠領袖群倫重振丐幫，非老弟莫屬。」

白鐵軍神色怪異，半晌說不出一句話來。

左白秋道：「老弟護身神功，一脈真氣護住心房，真是固若金湯，這內功博大精微，南魏有徒如此，真是有幸！真是有幸！」

白鐵軍沉吟道：「多謝前輩謬讚。」

左白秋道：「但老弟體中真氣運行活躍，似非一家內功能臻於此，想來老弟近日定有遇合！」

白鐵軍一驚忖道：「好厲害的目光！」當下低聲道：「晚輩另得東海董大先生以上乘內功打通脈道。」

左白秋道：「原來如此！天下兩大高手精英所聚，難怪成就如此！」

白鐵軍道：「晚輩受前輩救命之恩，此恩此德，只怕再難以報！」

左白秋一怔，恍然大悟，哈哈笑道：「這事老弟不必放在心上，救人危難原是我輩本分，恩怨之間，老弟不必爲難！」

左冰聽得莫名其妙，他心中奇怪忖道：「白大哥與我兄弟相稱，爹爹以老弟相稱，他卻不事推讓，真是令人不解！」

但他天性豁達無比，一思即過，當下喜孜孜地道：「白大哥！還有一件事，待會兒你一定歡喜若狂！」

白鐵軍緩緩問道：「何事？」

左冰眨眨眼道：「先告訴你就不稀奇了！」

白鐵軍瞧著左冰那俊秀無比的面孔，只見他臉上洋溢著無比歡容，全是為自己康復而喜，心中真是感激，但想到那事，只覺胸中千潮狂湧，無法理清。

正在這時，忽然樹後一個溫柔的聲音道：「老爺子，他醒了麼？」

白鐵軍一聽這聲音，真若巨雷轟頂，他放大眼睛循聲望去，只見樹後走出一個青衫女子來，白鐵軍揉下眼睛，四目相對，半晌才說出一句話來：「妳……蘭……蘭姑娘……怎麼是妳？」

那青衫女子正是蘭芳，手執藥罐，飛步奔了過來，她喜極而泣，再也不能成聲。

左冰笑吟吟地道：「大哥，你瞧小弟能耐如何？」

白鐵軍深深望了左冰一眼，目光中又是憐惜又是自悔，左冰和這爽朗的大哥相交，從來未曾瞧到他這種複雜的表情，竟流露出英雄末路絕望之色，當下不由得呆呆怔住了。

白鐵軍又望著左白秋道：「晚輩受恩太重，死猶不足以報！但家師之事亦不能忘，待此間事了，自會前來領死！」

左白秋微笑道：「凡事自有前定，何必庸人自擾？」

白鐵軍默然。

左冰再也忍耐不住道：「爹爹！你和楊幫主到底有什麼仇怨？錢伯伯從前也不肯講，這世上難道有不能化解的怨仇？」

白鐵軍聽到他最後一句，心中陡然一驚，反來覆去只是想著最後那句話，心中暗自忖道：「上一代的怨仇，難道真該繼續下去麼？然而師父便該白白被人害死麼？」想到此真不知該恨該愛。

忽然左白秋蒼勁的聲音道：「楊陸之死，老夫也在追查凶手！」

雖是短短一語，白鐵軍只覺無比分量，他抬起頭來，那白髮蒼蒼的老人，一時之間變得有如神祇一般。

白鐵軍顫聲道：「左老伯！您……您說什麼？」

左白秋沉聲道：「老夫蒙冤多年，這有生之年必要澄清此事！」

白鐵軍再無疑念，他是天生的豪傑，此時這名震天下的奇人親口說出這段紛擾多年的武林公案，白鐵軍激動萬分，雙膝一曲，俯在地上道：「老伯！小侄言語無狀，萬望瞧在家師面上，多多擔當。」

左白秋輕輕扶起白鐵軍道：「楊陸是老夫生平心儀之人，魏若歸也是道義之交，賢侄英俊若斯，老夫真替老友歡喜！」

左白秋說完話，放眼四周，忽然感到無比的輕鬆，十多年前，錢百鋒不辯不答，一怒大戰五大門派掌門，身陷落英塔中，自己出手相救，與五大門派掌門在落英塔前一場血戰受創，江湖上傳聞極廣，早將自己和錢百鋒視為害楊陸之人，那身外名節，他是從不重視，只待神功恢復，再找五大門派搏鬥，但這時親口向楊陸傳人澄清，只覺心下放了一塊大石，他暗自想道：

「鬼影子啊鬼影子！你還是看不破世俗毀譽。」

轉眼一瞧那生平愛子，心中又是釋然忖道：「我原是恐怕冰兒傷心，這才說明此事，唉！我平生不負人，無牽無掛，但舐犢之情卻是老而彌深。」

蘭芳姑娘呆呆站在一旁，秀目只是打量著白鐵軍，她出身寒微，在這平生至愛之人的朋友長輩之前，囁嚅然連半句話也不敢插口。

左冰道：「白大哥，蘭姑娘三天三夜未曾合眼，這筆情大哥將來如何報答？」

白鐵軍深情地望了蘭姑娘一眼。蘭芳眼眶一紅，只有這高大的青年這樣瞧著她，沒有一點輕薄和卑視，就要她死一千次一萬次也是心甘情願的了。

左白秋道：「飛帆幫眾，怎麼都是漠北武功路子？」

白鐵軍心下大放，喜道：「老伯與他們交過手？」

左白秋點頭道：「楊陸屬下受難，老大豈能袖手不管，但奇就奇在飛帆幫不過是江南水路一派，怎會冒出這許多高手？那動手之人個個蒙面，但依老夫瞧來，年紀頂多不過二旬三旬之間。」

白鐵軍道：「小侄對此事也早就起疑，看來這批人來自漠北，盤據江南似有重大圖謀。」

左白秋道：「那其中有一個功力最強的少年，武功分明出自北魏一脈，老夫出手傷了數人，驚退飛帆幫眾，此人機智無比，一見勢頭不對，立即抽身而去。」

左冰插口道：「白大哥，此人便是楊群！」

白鐵軍道：「小侄荒野受四人偷襲，那領頭的便是此人！」

左冰開口欲言，但又囁嚅猶豫，左白秋知道兒子心中所想之事，當下一笑道：「此人受老夫一擊而退，又被冰兒追上擊了一掌，也夠他好受的。」

白鐵軍大喜道：「恭喜左兄弟，你工夫練成了？有這麼高強的父親，自然是事半功倍。」

左白秋道：「老夫生平除授冰兒輕功而外，其他功夫都是他亂撞亂走碰巧學上。」

白鐵軍沉吟道：「左兄弟內功深湛，難道也非伯父所授？」

左白秋道：「冰兒內功得自他錢大伯錢百鋒！」

白鐵軍又是一震，半晌道：「鐵老先生仍在漠北落英塔中？」

左冰插口道：「錢大伯目下在江湖上，他老人家和我爹爹一樣，也在尋找那個兇手！」

白鐵軍羞慚滿面，好半天才道：「小侄尋訪落英塔多年不得，只因左兄弟來自漠北，竟想套問老伯，實是心術不正。」

左白秋嘆息道：「老夫與錢老哥糊裡糊塗蒙此大冤，又糊裡糊塗和五大門派亂戰一場，這事情也該有個了結啦！」

白鐵軍點頭道：「小侄誤會兩位老伯，實是罪該萬死，這謝罪之事，小侄對武林自有交代。」

左白秋抬頭望天，良久道：「賢侄好自爲之，冰兒聰慧有餘，沉穩不足，他日江湖行走，尚望賢侄多多照顧。」

左冰道：「爹爹，白大哥新傷初癒，孩兒想陪他回去。」

左白秋道：「那你與胡姑娘之約如何？」

左冰道：「孩兒不想前去！」

左白秋正色道：「大丈夫豈可無信？冰兒你已長大，不再是個小孩子啦，豈能欺騙一個女子？」

左冰無奈道：「大哥，小弟明夜自會趕來看丐幫諸位長老，請代小弟向湯二哥和玉簫劍客問候。」

白鐵軍微微一笑道：「好說！好說！」

左白秋一揚手，攜著依依不捨的愛子大步走了，白鐵軍呆呆看到兩人身形消失，真若大夢方醒，他調息一下，除了胸前傷口尚未痊癒，那內傷已是早好，心知又一次死中逃生。

那鬼影子左白秋渾厚內力，不休不眠爲他催力三日夜，奇經八脈通了數周，白鐵軍自覺現今真氣比起傷前更是充沛，心中又是喜歡又是感激。

他暗自想道：「每經一次大難。便自得些好處，左老伯義薄雲天，只因我是左冰好友，如此不惜損耗真元助我恢復，這恩德如天般高，我白鐵軍負欠他父子實在太多了。」

鬼影子左白秋是江湖上多年盛傳的高手，行蹤飄忽，那身輕功真是鬼神莫測，便是內力之高，也不在南北雙魏之下，白鐵軍連遭高于以真氣相輸，功力自是大大增長，比起年前，已是不可同日而語了。

那蘭芳姑娘瞧兩人走遠了，才湊近柔聲道：「白公子，你歇歇喝了這碗濃菰湯提氣。」

白鐵軍笑道：「蘭芳，妳叫我公子？」

蘭芳臉一紅道：「白大哥，我真高興！真不敢相信今生還能見到您，我……我……想得……想得好苦！」

說到後來聲音發咽，眼淚一顆顆滴了下來。白鐵軍輕輕挽住她，誠摯地道：「我自愧不能保護妳，蘭芳，妳受了什麼委屈，大哥一定替妳報復過來。」

蘭芳便聲道：「那夜裡，那賊子一把火將金陵鏢局燒得精光，他朝我一點，我便人事不省，後來……」

白鐵軍不敢再往下聽，他怕蘭芳說出令人難堪之事，他用一生中最溫柔的語氣道：「都是大哥不對，蘭芳，大哥這一輩子再也不離開妳，一定要好好待妳。」

蘭芳抬眼一看，只見他目光中充滿愛憐，便像對一個垂危的親人安慰一樣，她心思靈巧，已隱隱約約猜中白鐵軍心意，當下便道：「大哥，您待我這麼好，我……我……」

白鐵軍阻止說道：「無論如何，我白鐵軍都不能怪妳，只要妳不嫌棄，這一生一世大哥總是要照顧妳的。」

蘭芳羞澀地道：「大哥，您想錯了，我……我本來是怎樣，現在還是怎樣的。」

白鐵軍一聽，忍不住脫口而道：「那賊子沒有……沒有對妳無禮？」

蘭芳頭更低垂，一頭秀髮散在胸前，說不出的風情萬種，囁嚅道：「那賊子倒還算是個人，他……他並未……」

白鐵軍一躍而起，心中高興之極，他又笑又跳翻來覆去的道：「那太好了，老天待我太好了！」

蘭芳嫣然笑道：「傻大哥！你傷口未合，小心再破出血。」

白鐵軍一揚眉道：「這點小傷又算得了什麼？真是笑話，蘭芳，咱們走，我要帶妳去見見丐幫弟兄去！」

蘭芳柔聲道：「一切依你，但先喝了這碗鮮菰濃湯再說。」

白鐵軍被她一提醒，只覺腹中真餓，接過了瓦罐，數口喝盡菰湯，只覺鮮美無比，齒頰留芳，他柔聲道：「蘭芳，妳燒的湯味道真好。」

蘭芳低聲道：「只要大哥喜歡吃，我這一輩子便服侍您。」

白鐵軍一怔喜道：「是啊！是啊！妳要和我成親，這一輩子自是替我燒菜，白鐵軍啊白鐵軍，你這下半世口福是不會差的了。」

蘭芳嫣然一笑，白鐵軍心事大放，那左白秋、錢百鋒都是師父朋友，今後同心一力，丐幫之興真是指日可待的了。

白鐵軍一拉蘭芳手道：「咱們邊走邊談，我這一失蹤，丐幫的弟兄不知會急成什麼樣子了，如不早見他們，我心實放不下。」

蘭芳柔聲道：「大哥，您有這許多的朋友，真是令人羨慕，那姓左的少年問明我和您的關係，對待我可真好。」

白鐵軍嘆息道：「我白鐵軍一介武夫，竟有如此多的好朋友不顧一切愛護，真叫我感愧難當。」

蘭芳正色道：「大哥，你對別人又豈顧到過自己安危？你對別人怎樣，別人自然便對你怎樣，一點也錯不了。」

兩人邊走邊談，蘭芳道：「大哥，你猜我是怎麼得救的？」

白鐵軍凝目注視她，腳步不由慢了。

蘭芳吐舌道：「那姓楊的將我關在一間華屋中，每天山珍海味，甜言蜜語來哄我，大哥，如果我不是先認識你，只怕會被他花言巧語說得動了。」

白鐵軍笑道：「好險好險！」

蘭芳又道：「前幾天他們忽然走了，我心中惦念大哥，哭得眼淚都乾了，這夜正睡得昏昏沉沉，忽聽有人說話，睜開眼睛一瞧，便見您那姓左的老弟正在替我解開手腳束繩，後來我見他生得不像壞人，便跟他父子逃去，我說我要找尋您，左兄弟一聽大喜，這便到處尋找。」

白鐵軍抬頭望天，只覺上蒼無比仁厚，他柔聲地道：「如非左老伯及時趕來，大哥再也活不成啦！」

正說話間，忽然不遠樹林中一聲響動，白鐵軍雙掌一揚，蓄氣全身，只聞耳畔蘭芳又驚又可憐的道：「大哥，您胸口劍傷未癒，您……您要依我一事。」

白鐵軍低聲耳語道：「什麼？」

蘭芳低聲道：「咱們走開躲避，不要與敵人動手！」

白鐵軍瞧見她那關切的眼光，心中豪氣大消，不忍拂她之意，正要緩緩走開躲藏，忽然前面樹叢中一個沉壯的聲音道：「湯二哥，白大哥功力通天，機智過人，咱們不必憂傷他出事，便是他應付不了，自保總是有餘。」

白鐵軍聽著聽著，再也忍耐不住，叫道：「湯二哥，梁兄弟，白鐵軍在此！」

四三　內憂外患

那樹後一陣驚呼，走出一大堆丐幫中人，那湯二俠、玉簫劍客也在其中。

白鐵軍凝目打量著眾人，心中一陣溫暖，忽然望著那矮胖中年漢子胸前臃腫，失聲叫道：「湯二哥，你掛綵了？」

那矮胖漢子苦笑道：「白幫主，不要緊。」

白鐵軍是個至情至性的人，當下跨前一步，一手搭在湯二奇臂間穴道，一運真氣，只覺並無異樣，心中寬慰不少。

那湯二奇道：「飛帆幫一夜之間好手齊出，他們定計將幫主誘走，我和二弟、四弟和五弟陡然間被兩三個高手圍攻，彼此又分散隔無法支援，事實上各人拚著全身功力，也無力分顧。」

白鐵軍沉著地道：「湯二哥，我幫兄弟死傷慘麼？」

湯二哥道：「那天夜裡，離咱們死約會還有兩天，幫主一去不返，我等只見漫天煙焰，東西南北每隔一陣都有幫眾遇險求救之訊號，當下幫中得力弟子均出動了，結果每個人一到那放焰火訊號方位，卻都是好幾個敵人正在等待。」
白鐵軍道：「我幫秘密求救訊號，製造之法特異，如非持有配方，那數十種藥石如不能都湊齊，焰色自便會有差異，敵人竟能仿造，這倒奇了。」
他話一說完，人叢中走出一個中年漢子，恭身向白鐵軍行了一禮道：「稟幫主，小人三代祖傳製造各種火炮硝石訊號，家祖家父都是丐幫弟子，小人承襲祖業，不敢忘先人教訓，這些年來老幫主失蹤，我幫形同解散，難免有不肖弟子出賣我幫秘密，小人三日之內，一定製出一種極爲複雜之火焰訊號，包含天下各種顏色，敵人要仿造只怕大大不易。」
白鐵軍打量著他，忽的失聲道：「徐……徐思治，你也來了，真是萬萬想不到。」
那中年漢子懇切地道：「我幫有事，正是我等效死之日，雖在千里之外，也必兼程而來。」
白鐵軍欣然點頭，湯二哥道：「這次我幫死傷甚是慘重，但幸虧兩個蒙面客出手相救，不然丐幫只怕要死傷殆盡。」
白鐵軍心中一慘，半晌說不出話來，他是雄才大略、豪邁多智的人，卻想不到敵人將己方摸索得一清二楚，傾巢而出，連丐幫幫衆非到生死關頭不准使用的訊號也被仿製出來，無怪自己幾乎一敗塗地了。
白鐵軍道：「那出手相助的人，正是救我性命的左白秋父子，左白秋原來便是天下聞名的『鬼影子』，這倒是想不到的了。」
他此言一出，眾人都是吃了一驚，那鬼影子在江湖上是頭一號神出鬼沒的人物，武功更是深不可揣，想不到便是左白秋，但此人聽說和老幫主楊陸之死大有牽連，卻不知爲何出手助丐幫脫去一難。

白鐵軍道：「那左老前輩的公子便是我好友『錢冰』，湯二哥、王三哥和四弟都見過的了。」

玉簫劍客哦了一聲道：「原來是錢老弟，但他爲什麼又姓錢呢？」

白鐵軍道：「錢老弟自幼和錢百鋒老前輩住在漠北落英塔中，他易姓行走江湖，想來是爲避免麻煩。」

湯二哥眼睛睜得大大地道：「幫主，您說是那老魔頭錢百鋒？」

白鐵軍正色道：「左、錢兩位前輩是出了名的老交情，左老前輩證明錢老先生也和昔年之事無關，此事既經左老前輩當面明言，咱們多年疑惑之心亦該撤除。」

湯二哥嘆氣道：「漠北落英塔！落英塔在哪裡幫主可曉得麼？」

白鐵軍搖搖頭道：「我們尋找落英塔多時，如今這條線索也斷了，到底誰是當年害我楊老幫主的主謀，咱們又得從頭查起。」

湯二哥道：「我總想到漠北落英塔去瞧瞧，那姓左的小兄弟懷中那方白巾，不正是楊陸幫主信物『天下第一幫』巾旌麼？楊老幫主葬身落英塔，那是不會錯的了。」

白鐵軍道：「這些事咱們後日再談，咱們先去瞧瞧受傷的弟兄去！」

他回頭發覺那蘭芳姑娘立在身後，膽怯怯地不敢直目瞧著丐幫那些粗壯爽朗的好漢，當下白鐵軍心中一喜，哈哈大笑道：

「蘭芳姑娘，我倒忘記替妳引見這些好朋友，這些都是赤膽忠心的好兄弟，頂天立地的好男兒，這是妳湯二哥、王三哥、蕭四弟！哈哈！這是王兄弟，妳別瞧他面容可怖，其實心地慈善，比菩薩也差不多。」

他指著一個六袋弟子，此人臉上刀痕、槍疤縱橫交加，真如鬼魅一般，蘭芳幾乎嚇得不敢睜眼，但她聽白鐵軍輕鬆言道，只道自己日後便得經常和這些好漢們相處，此刻萬萬不能失態惹人誤會，當下硬著頭皮微微一笑，算是寒暄招呼。

那丐幫弟子見幫主眉飛色舞地說著，眼光卻落在那明麗姑娘身上的多，當下均是會心微笑，連日來焦急之情，只因瞧見平日爽邁無拘，粗話不禁的幫主，此時竟是溫文無比，眾人心中都樂了。

白鐵軍一抬頭看看天色，當先和蘭芳並肩而行，行了一段路，前面露出一處野廟，白鐵軍回頭對湯二哥道：「受傷的要盡量好好的治，那死亡的咱們要厚恤他家屬親友。」

湯二哥點點頭，但隱隱卻有為難之色，白鐵軍精明無比，當下低聲道：「湯二哥，咱們又鬧窮了麼，幫裡沒錢了？」

湯二哥微微頷首，白鐵軍微一沉吟道：「快把鎮江郊外那座大院賣了，火速將銀子送來，哦對了，鎮江林大國手數代不都是御醫麼？也給請來瞧瞧！」

湯二哥道：「那李家花園是咱們江南根據地，那邊面山臨水，幫主你不是最愛的麼，咱們想別的辦法弄錢去！」

白鐵軍搖搖頭道：「救人急於星火，如果你一時賣將不脫，找個大錢莊將屋押了也好，二哥快去快回，我們弟兄都在此等候。」

湯二哥知道幫主脾氣說一不二，當下無可奈何告別而去。

眾人隨著白鐵軍走進廟內，只見正廳中地上躺著十來個高矮老幼漢子，那廟中可以拆下之門板均都用作床板了。

眾人一見幫主無恙歸來，人人都是面露喜色，掙扎著要起來行禮招呼，白鐵軍一搖手道：「咱們做叫化子的何必多禮，如果連叫化都拘禮如此，天下還有清閒的事兒麼？哈哈！」

他雖說得輕鬆，心中卻實沉重之極，那躺在地上的丐幫弟子個個受傷均重，折臂斷肢，每人都裹著厚厚白布，但這些人都是硬朗漢子，並未半聲呼哼叫痛。

白鐵軍緩緩走到每個人身前探視，只見第三個漢子整個頭上包得滿滿的只露鼻眼，已是奄奄一息，白鐵軍凝視著他，喃喃自語道：「唉！你辛辛苦苦做到縣令，卻又巴巴跑來咱們叫化群中廝混，這是何苦？」

那頭部受傷的漢子驀然掙開眼睛，聲音極其細微的道：「幫主您好，我吳泰昇能死於丐幫，正是多年宿願，丐幫忠義之心未泯，幫主英明果決，正是重振旗鼓、名揚天下之時……」

他傷勢沉重，雖是聲音低微，但卻詞意懇切妥貼明瞭，想是多年縣令判案甚多所得，白鐵軍柔聲安慰道：「你好好養傷，莫要胡思亂想。」

那吳泰昇道：「幫主，我自知傷勢沉重，只因要再見幫主一面，是以強自支持，幫……幫主……我十八歲跟隨楊老幫主，眼見丐幫興旺，又眼見丐幫零落，只怕再難有機會瞧見我幫重興，別了，幫主！」

他聲音愈說愈低，白鐵軍眼看他不行了，伸手抵住他背間大穴，只覺脈息散亂，當下一吸氣正要運功助他，忽然一股力道反激而來，那吳泰昇已自含笑而逝。

白鐵軍心中慘然，默然良久忖道：「他是自知無救，不願我耗費內力相救，是以息絕脈道而死，吳兄弟啊，吳兄弟！爲我丐幫弟兄性命，白鐵軍便是拋頭灑血又何足惜？唉！」

當下心中愈來愈是難受，那吳泰昇和白鐵軍只在前數天才初次晤面，此人拋棄富貴有若草芥，心存忠義耿耿，不死不休，當真是個好男兒了。

白鐵軍輕輕替吳泰昇蓋上布單，走到另一個漢子身旁，此人圓團團一張臉，福氣可親，此時卻是蒼白無比，整個人虛脫便如散了一般，他強自睜開眼睛，半晌從喉間迸出話來道：

「幫主，小人經營……經營……商業多年，頗有一……一些積蓄，小人知丐幫恢復舊觀，大大需要財力支援，是以一分錢……一分錢也不敢亂用，小人……小人……」

他伸手從懷中取出一本帳冊來，舉止極是艱苦，那持帳冊的手更是發顫不已，接著顫聲道：「這……這是小人全部產業，小人受我幫栽培多年，仍無所報，這……這些財產正好供幫主使用，重召我幫弟子，小人……小人……死也瞑目了。」

白鐵軍望著他那懇切的眼神心中不忍地接過帳冊，那人心事已了，緩緩閉上了眼睛，白鐵軍低聲道：「常兄弟，丐幫有這麼多熱血好漢子，還怕不能重新振興麼！」

那圓臉漢子點了點頭，第三下時身體一直，竟自死去了，白鐵軍翻開那本帳冊，只見扉頁上寫著八個蠅頭小楷：「將本求利，落進揚出，致富之道，唯大自處。」

白鐵軍心中一陣感觸，暗自忖道：「如果此人不死，替我料理財務，丐幫日後再也不會像目前這般拮据，湯二哥性子爽朗，不是斤斤計較的人，終非理財之人。」

他再往下翻，每頁都寫得滿滿的全是帳目，借貸放息日期人名，白鐵軍看著看著，眼淚都要流出來了，他心中不住地想：「人言為富不仁，常兄所積之財都是將本求利，並未苟得非分，我拿了這批錢，如果浪費半分，那便萬死莫贖了。」

他發癡了半天，只聞耳畔一個悅耳的女聲低聲道：「白大哥，我心中雖是難過，但更有一種興奮的情緒上衝，人性美好之處原有這麼多，白大哥，我真佩服你有這許多的好朋友。」

白鐵軍一怔，心中一振，只覺豪氣頓生，天下再無什麼難事，當下溫柔地點點頭，又上前去看觀其他受傷丐幫弟子。

白鐵軍看著其餘丐幫諸弟子，雖有的折足斷肢，但卻均無致命之傷，當下對眾人道：「飛帆幫在江南坐大，來了一批高手，如今我丐幫又受其挫，如不探清來龍去脈，不出數月，天下各大門派只怕還有巨變，諸位有何意見？」

玉簫劍客接口道：「怪就怪在這些飛帆幫眾武功路子大異中原武學，而且個個功力過人，中原武林陡然之間來了這許多高手，焉得不遇大變？」

白鐵軍沉吟道：「我數次和他們交手，這些人來自漠北是沒有問題的了。但漠北除了北魏功力之強，實在不知還有多少高手？」

玉簫劍客道：「這些人先奪下飛帆幫為根據，然後個個擊破，唉！中原武林門戶之見仍深，往往坐視一幫被殘滅，別派不但不助，反倒私心竊喜。」

那丐幫弟子徐世復道：「依小人看，飛帆幫早為內應，這些來自漠北高手先要盡收江南水道各門，再圖發展。」

白鐵軍點點頭道：「上次太湖陸家被飛帆幫滅了，江南水路並未支援，長江下游三劍客虛張聲勢，在金陵開了一次英雄大會，結果不了了之，人人雖均自危，但各派糾葛甚多，卻不願精誠合作，這次飛帆幫居然向我丐幫發起挑釁，小弟無能，致使本幫蒙受巨大損失，咱們今日雖未復幫，但如此死敵，本幫實負抵禦之責，他日援助各派是義不容辭之事！」

丐幫弟子齊聲道：「正如幫主所言，咱們死在飛帆手中弟子不少，這一筆血債豈能善罷了？」

白鐵軍沉吟道：「我現在想到一個問題，如果所料不差，只怕一場驚天動地的大事不久便要發生，這是我丐幫重振之唯一機會，但處置不當，只怕歷史又要重演。」

他臉色沉凜地說著，丐幫弟子屏息而聽，白鐵軍緩緩又道：「只怕是北方瓦剌又要大舉南進。」

他此言一出，丐幫人人都是噤然。

白鐵軍道：「瓦剌騎兵精銳，一日數百里攻城掠野，那是最所擅長，但北人於水均有畏懼，是以他們先派人掠取江南水道諸幫，將各派水性好的人擄回訓練水軍。」

玉簫劍客道：「幫主所慮正是，如果瓦剌水軍練成，北下萬里，江山再無險可守。」

白鐵軍道：「久聞魏定國機智巧變，是數百年來少見梟雄，目下江南腥風血雨，雖只限於武林，但依本幫主看來，不出一年，便是生民離亂。」

徐世復道：「俗語道：『時機一瞬，失則悔而不及』，幫主您正好乘這時機，振臂一呼，團結武林，恢復我丐幫舊觀。」

白鐵軍道：「我丐幫雖則叛亂多年，但以實力而言，仍爲中原武林佼佼者，不過我幫此次失敗，別人豈肯同心大力聽我領導？如果魏定國親自東來，中原只怕無人能敵。」

他人生得粗邁，其實精明不過。思慮所及，眞是面面俱到，當下接著又道：「但如鬼影子左老前輩以及落英塔錢老前輩置身其事，那麼情形又自不同，不是小弟長他人威風，那飛帆幫年輕高手楊群，功力絕不在小弟之下！」

玉簫劍客道：「知其不可爲之，正是楊老幫主一生風格，幫主，咱們慮多則滯，放手去幹，至於成敗也顧不得了。」

他激昂地說著，丐幫弟子轟然叫好。

白鐵軍道：「各位想想中原武林百餘年來以何派爲尊？」

徐世復道：「少林向來一直掌天下武林牛耳。」

白鐵軍道：「雖非天下武林，但學武之人隱約間早就將少林寺視爲武林泉源，是以飛帆幫下一個目標，一定是對準少林寺而去。」

玉簫劍客爲人極是衝動，當下脫口道：「咱們這便傾幫而去嵩山，助少林方丈抗敵去。」

白鐵軍道：「目下我幫弟子傷亡慘重，此地又早爲敵人所知，看來只有偏勞三弟四弟留守，我得親自上嵩山去。」

那受傷丐幫弟子紛紛掙扎起來道：「咱們跟幫主一道去，拚一個算一個。」

「中原武林何止千萬，敵人再強人數也有限，拚光了划算。」

「小弟右手雖斷，但小弟反手劍法最所擅長，好歹叫漠北韃子嘗嘗味道。」

白鐵軍一揮手，眾人靜寂下來，那古廟中一片寂然，白鐵軍望著眾人都是一片激憤之色，心中不由難以決定，回頭只見蘭芳臉上也是穆然，再無昔日羞澀之色，當下大聲道：「有幫主出馬，少林寺老方丈坐鎮，便是魏定國本人親來也未必討得了好。」

他以目示意丐幫王三俠，此人訥於言辭，一直未曾發言，但思量卻極為精斷，當下王三俠緩緩地道：「幫主決定，小人等以死相從，這裡的事交給咱們眾兄弟，敵人不來則罷，來了也不會再討到便宜的。」

他簡潔的說出這番話來，卻是分量極重。

白鐵軍道：「事不宜遲，幫主這便和各位弟兄告別。」

他說完不住頷首向眾人打招呼，才走出門，忽然蘭芳悄悄跟上道：「我跟您去！」

白鐵軍一怔低聲道：「妳去又有什麼用?此去多則一月，妳好好和眾兄弟一走生活，習慣咱們做叫化的生活，免得日後瞧著他們粗魯不慣。」

蘭芳柔聲道：「我一路跟您去，也有人照顧於您的飲食。」

白鐵軍啞然，但見她目光堅決，心中大感為難，當下心中忖道：「我此去是和飛帆幫拚命去，一路兼程猶恐趕之不及，怎需人照料飲食?」

白鐵軍柔聲道：「妳去了反而分散我會敵之心，而且危機重重，我如一個保護不妥，豈不遺憾終身?」

蘭芳柔聲道：「白大哥，此事很危險麼?」

白鐵軍裝得嚇人模樣道：「對方高手雲集，那真是危機一髮。」

蘭芳道：「那我就更要跟你去了！」

白鐵軍無奈，他不願久待，當下嘆口氣道：「妳真是我命中魔星，好！好！好！妳要去便去吧！」

當下吩咐丐幫弟子備了兩匹馬，兩人上馬正要加鞭離去，忽然不遠之處一陣凌亂腳步聲傳來，一個蒼勁的聲音道：「好賊子，趕盡殺絕，老夫和你拼了。」

白鐵軍只聽見一聲吐氣之音，接著一陣滑啦啦樹枝折斷，那吐氣之聲卻似悶雷，久久凝而不散，過了一刻，轟隆一響，四周樹木紛紛散落，白鐵軍心中大吃一驚忖道：「好厲害的風雷功，是江南神拳一派的人來了。」

當下拍馬上前，走了不遠，只見前面枝葉零亂，樹下立著一老一少兩人，那大樹旁倒著了個年邁老者。

白鐵軍飛身下馬，只見那立著老者緩緩彎下身子，出掌緩緩替那倒下老者推拿，半晌搖搖頭垂手走開。

那少年看到白鐵軍臉一喜正要開口，那地上躺著的老者低聲地道：「老夫簡青，此次赴鍾山會點蒼卓兄……卓兄……大事已起……大事已起……」

他說到此再也支持不住，雙目亂睜卻斷氣了。

白鐵軍大驚忖道：「江南神拳簡青，名垂大江南北碩果僅存的老前輩，來人是誰？能將這神拳無高敵手擊斃？」

白鐵軍凝神瞧了那老者一眼，只覺此人年紀雖老，但生得慈眉善目，儀表令人肅然，當下道：「請教前輩高姓大名？」

那老者手一指數丈之外，白鐵軍一瞧，地上倒擊一個蒙巾漢子，他心中登時大悟忖道：「神拳簡青拚著最後功力，落得和敵人同歸於盡，這一老一少顯然是來得太遲了。」

正在此時，蘭芳和丐幫眾人也來了，那老者不住打量蘭芳，嘴角孕生慈和笑意。

那少年上前笑道：「這便是蘭芳姊姊了，嘻，長得真美。」

蘭芳一怔，只見那少年上前和她拉手，當下心中又急又羞，退後一步沉聲道：「我可不認得你！」

那少年嘻嘻一笑道：「我可認得妳，唉！這等天姿國色，大爺爺真是……唉！真是有眼無……」

他說得起勁，只見身旁老者面色不善，還算爲人機智，連忙縮口。

白鐵軍只見蘭芳一臉氣憤尷尬之色，當下忍不住道：「蘭芳，這位姑娘是女扮男裝，妳別被她騙了。」

蘭芳一驚釋然而笑。

那少年尋思道：「我這大哥哥是是長得一臉粗相，但溫柔體貼卻是精細無比，我那人兒卻像白癡一般，不知何日才能恢復？」

想到傷心之處，只覺興致全無，默然不語。

那老者緩緩地道：「你便是當今丐幫幫主白鐵軍了？」

白鐵軍點點頭道：「正是在下，不知前輩有何吩咐？」

那老者道：「篩青稱霸江南數十年，想不到會葬身荒林，那下手的人是何路數？最近江南可來了什麼高手？」

白鐵軍道：「飛帆幫崛起江南，篩青老前輩只怕也是受他們伏擊而亡。」

那老者點點頭道：「魏定國蟄居漠北多年，終算沒有白費，調教出來不少徒子徒孫來。」

白鐵軍驚訝道：「前輩是說飛帆幫新來高手均是魏定國徒兒？」

那老者道：「除了這不安本分的老骨頭，誰還有此能耐？哈哈！只要姓董的不死，中原武林未必可任魏定國縱橫。」

白鐵軍心中猛然一震道：「前輩姓董？」

他話尚未說完，那少女接口道：「他是我爺爺，自然姓董的了。」

白鐵軍默然，他呆呆望著那老者，只見那老者目光愈來愈是柔和，當下脫口又道：「前輩與東海兩位神仙是何稱呼？」

那老者微微一笑道：「老夫董其心，人稱董二先生。」

他此言一出，丐幫眾人都是震驚無比，須知江湖上近十餘年來，如論頂尖高手，首推東海二仙、南北雙魏、鬼影子，但東海二仙多年不履中原，是生是死已成了江湖上一大謎案，這時那昔年名震寰宇的大俠陡然而臨，人人都是肅然起敬。

白鐵軍道：「原來是董二先生，前輩一出，江湖上正義伸張，奸小之輩再無所遁形了。」

董二先生道：「白幫主年輕俊發，正該接過老一輩的責任，重振武林正義！」

白鐵軍恭然道：「晚輩受教！」

那老者又道：「簡青赴鍾山之約只怕事關要緊，你便去一趟看個究竟！」

白鐵軍當下連聲應道：「前輩但有差遣，小人全力以赴。」

蘭芳輕輕附耳道：「他是您……叔祖！」

白鐵軍點點頭，董二先生見他倆人附耳說話。當下哈哈笑道：「小姑娘妳心事包在老夫身上，如果不行，我這條老命拚出去也要替妳玉成此事。」一拖那少年，也不見他雙腳起勢，竟是凌空而去。

白鐵軍心道：「縮地神功，東海二仙真是老而彌堅！」

丐幫眾人聽這董二先生和幫主一問一答，都是似懂非懂，白鐵軍想到身世，心裡著實感嘆一陣，自己總是董家之人，婆婆昔年雖對不起生母，但此刻年老孤苦，自己遲早要去東海一趟。

白鐵軍揮揮手道：「我先去鍾山，再趕到少林，咱們這便別過。」

白鐵軍翻身上馬，和蘭芳姑娘疾駛而去，走了一天多來到鍾山，卻是人影杳杳，哪有點蒼卓大江影子，他當機立斷，心中想道：「卓大江不是也被人伏擊，便是點蒼變生不測，我這趕快去嵩山！」

當下和蘭芳快馬加鞭，又往少林趕去，但這耽擱，畢竟遲了時日，一件驚天動地的大事發生了。

且說左白秋和左冰父子兩人聯袂而行，這時正是風起時候，迎頭而來的山風刮得飛砂入面，隱隱生痛。

左冰道：「這陣大風起得好生奇怪。」

左白秋道：「這山間常有如此現象，所謂風起雲湧，大自然變幻只在瞬息之間。」

左冰道：「從前公孫大娘舞劍，舞到後來風雲色變，那種上乘劍道當真是功奪造化了。」

他一說話，腳下忽然踩在一顆圓滑的小石子上，一個立足不穩，便向前傾，左冰只是略一晃步，落足之處正是全身重心所在，分毫不爽，立刻穩住了身形。

左白秋在旁邊注視著這個小動作，雖是平常不過的一動，但他的臉上卻露出無比的驚色，因爲他發現左冰在這一動之間，上身平穩有若泰山，下身晃動卻如行雲流水，這分明是輕身功夫已達最上乘的境界才有的現象。

左白秋有些不信地側目望了左冰兩眼，左冰不解地回望父親一眼，左白秋忽然道：「冰兒，這一路上都沒有什麼人，咱們趕它一程如何？」

他一面說著，一面忽長身形，聲落時人已落在數丈之外，端的是御風而行不爲過。

左冰方答了一聲好，見父親已飄出數丈，他連忙一晃身形，立刻追了上去，方才趕到父親的身旁，左白秋忽地又如一朵輕雲一般飄了出去，身形之瀟灑、迅速真到了極處。

左冰單足才落，一盪又起，左白秋輕聲笑道：「冰兒，爹爹跟你賽賽腳程。」

他忽地振臂而起，整個人就如飛鳥般足不點地的向前衝去，這時候，才教人看出左白秋的輕功真本事，爲什麼被喚作「鬼影子」三個字來。

左冰心中讚嘆，腳下猛可加勁，暗暗忖道：「再叫我練一百年也練不到這份神功。」但是他不自覺間身形也是愈來愈快，兩人霎時之間像是化成了兩道黑線，滾滾而前。左白秋忽地一躍而起，就如一顆彈丸一般直衝而上，然後三個小盤旋，瀟瀟灑灑地落在地上，正好左冰也趕到了他的身旁。

左白秋呵呵笑道：「好，好，冰兒竟然進步到這個境地了。」

左冰吐出一口氣道：「爹爹好快的身形，我是再練多久也趕不上。」

左白秋笑道：「我在你這年歲時，未必有這等身手哩。」

左冰正要說話，忽然之間，左白秋指著前面，低聲對左冰道：「注意些，有人來了。」

左冰向前望去，只見前路蜿蜒盤繞，不見半個人影，左白秋道：「咱們放慢腳程吧！」

兩人緩緩向前行去，倒像是遊山玩水一般，過了不久，彎道轉處，果然一人匆匆行來。

左冰暗道：「是個和尚。」

只見那人身高體闊，一襲僧袍飄揚，頭上戴著一頂黑色僧帽，正低著頭疾行過來。

左冰低聲道：「這和尚腳步又輕又快，落地卻又穩重無比，一定身具上乘內功。」

左白秋點了點頭，忽然道：「冰兒，你瞧他的腰帶……」

左冰抬目望去，只見那和尚腰上圍著一條紅色的腰帶，那帶頭紅得發亮，不知是什麼絲料織成。

左冰道：「您說那紅腰帶……」

左白秋道：「不，你瞧那腰帶上可繡了什麼花樣麼？」

左冰極目望去，只見那腰帶上果然隱隱繡了些字，他低聲道：「好像是……寶剎什麼的……」

這時那和尚已走到兩人身邊，斜著眼打量了兩人一眼，擦肩而過。

左冰只聞到一股強烈的酒味發自那和尚身上，他皺了皺眉，低聲道：「好大的酒味。」

左白秋道：「這個和尚莫非是從少林寺下來的？」

左冰道：「何以見得？」

左白秋道：「你沒瞧見他胸前掛的佛珠瑪？前面三顆全是青色的。」

左冰道：「不會的，少林寺的和尚怎會滿身酒味？」

左白秋沉吟道：「這就是奇怪的地方了。」

兩人走了一程，左白秋停下身來，正要說什麼話，忽然聽到後面有人叫道：「前面兩位施主請留步……」

左白秋和左冰停下身來，回頭向後望去，只見那個和尚大踏步又趕了回來。

那和尚跑到兩人面前，道：「兩位一路來，可曾見一個頭髮全白的矮老頭？」

左白秋道：「不曾看見。」

那和尚又問道：「當真不曾看見？」

左冰氣道：「咱們騙你一個出家人作啥？」

那和尚嘻嘻笑道：「對不起，對不起，是貧僧多喝了幾杯。」合個十便又匆匆往回走去了。

左白秋望了望他的背影，緩緩道：「這和尚絕不是少林寺的！」

左冰點了點頭。

左白秋繼續道：「但爲什麼他戴著少林寺的念珠？」

左白秋皺著眉想了一想，忽然道：「莫非少林寺出了什麼事情？」

左冰道：「咱們去少林寺一趟便知道了，反正少林寺就在附近，順路得很。」

左白秋點了點頭道：「就這麼辦。」

兩人繼續前行，走到轉彎之處，從左面一條上山之路走了進去，抬頭看處，路邊一尊石佛，佛手扶在一塊石碑上，那碑上刻著「極樂世界」四個大字。

轉過路角，那嵩山名寺已然在望，左白秋和左冰微微減慢身形，只見林木森然，高處薄霧繞浮，並沒有什麼異樣情景。

兩人走到山麓，開始沿著山道而行，大約走了半盞茶時分，左白秋面上神色凝重說道：「冰兒，看來的確有些不對了。」

左冰點了點頭道：「少林古寺平日進香客絡繹不絕，漫山都是行腳僧，今日山區之中卻是一片寧靜……」

左白秋嗯了一聲道：「由此可見，少林眾代弟子全已集合，來敵竟然如此強大，真不知是何方人物，左冰，我們得趕快。」

他身形陡然加速，左冰急忙吸滿了真氣，緊緊跟著父親的身形而去。

四四　少林大劫

兩人輕身功力施展出來，委實好比流水行雲，快速之間輕靈不失，霎時之間已繞過重疊山道，一路之上靜寂無聲，果真不見一個僧人。

再行一段路，忽然只聽一聲重重疊疊的聲浪直傳而來，竟然是梵唱之音。

左白秋不由呆了一呆，他停下足步來，這時那聲浪又高了起來，像是出自上百人的口中。

左冰道：「他們正在大寺之中。」

兩人這時滿懷疑慮，再上了一層，那少林大殿已然在望，忽然之間，那眾聲梵唱之中透出一聲重重的佛號，登時唱聲戛然而止！

左白秋身形一起，足足拔起三丈之高，在半空中一弓身形，好比離弦之箭，已經掠至大殿門口。

他急目一掃，只見那寶殿大廳之中，左右列站著排排僧人，中間站立一個穿黑衣的蒙面人。

那殿中有一老僧，突然緩緩的開口道：「尊駕既來了，何不出來一見？」

左白秋一愣，隨即走出隱身之處。

左白秋一向極少走動江湖，是以不會引起震驚，他慢慢走向大殿，突然那盤膝而坐的僧人緩緩站直身來，仰天一笑道：「老僧等候好久了！」

左白秋呆了一呆，他與那老僧素未見面，那老僧此言何意？

他心中一轉，口中不知如何接口，這時那老僧緩緩向前走了兩步，忽然那老僧大吼道：「楊陸幫主，你快出手！」

這楊陸兩字一出，霎時那黑衣人身形好比閃電般旋轉過來，身旁兩人也不由自主側背身形。

左白秋只見那黑衣人說不出有多麼陰森惡毒，右面兩人則是面生，都是中年模樣。

左白秋和那三人朝了一面，那黑衣人似乎立刻一震，想是看見並非真正楊陸，但就在這一霎時，一件令人永遠難以想像的事陡然發生，那個老僧身形猛地向前一躬，雙手閃電般一起，對著三步之外正在轉首回身的人，平擊而出。

這一式快捷簡直令人嘆爲觀止，左白秋面對著老僧，還來不及改變臉上的神色，那老僧兩手如電般已擊在右方兩人背心之上。

陡然之間一聲銳響，那兩人被掌風擊得竟然打了兩個轉，一齊倒在地上！

左白秋忍不住大吼一聲：「金剛掌！」

那黑衣人身形好快，他身邊兩人中暗算受制，他卻頭也不回，身形一轉，已平平移向左方三尺之外！

同時間裡，大廳之中響起如雷般的驚呼：「方丈！」

左白秋幾乎震驚得呆了，這個老僧原來就是少林寺主持，少林一派掌門，這種佛門高僧，武林名人，竟然當著百千弟子陡然親身動手，暗箭傷人！

方才他出手如電，使出少林千古名傳的內家第一至剛神力「金剛掌」，其威力可想而知，就算不是暗算，當今天下能硬接一掌的人也寥寥無幾，那黑衣人見機極快，否則那方丈雙掌合擊，內家真力範圍起碼也有三丈方圓，這等距離之下，不必肉掌及身，就是神力遙擊之下，也得當場筋斷骨折！

這一下變化太過玄奇，左白秋雙目圓睜，心中一片迷亂，忽然他瞥見那老僧人微躬的身軀微微一震，面上一道紅光閃過，心中重重一震。

這一霎時那黑衣人已轉了過來，雙目冷冷盯著那少林主持，用冰冷的聲音道：「這便是少林寺的方丈了？」

那老僧卻是一言不發，左手微微一揚，登時一旁嘈雜紛紛的僧人立刻靜寂下來。

老僧搖了搖頭道：「施主，你好快的心機，好快的身法！」

那黑衣人冷哼一聲道：「我不犯人，敵先犯我，大師，既然這種手段你都施得出來，可別怨老夫手黑心毒。」

那老方丈卻是冷笑一聲道：「施主，老衲猜出來了！」

那黑衣人怔了怔，冷笑道：「你猜出什麼來了？」

老方丈哼了一聲道：「難怪難怪！難怪老衲對施主的身形始終感到眼熟，咱們是敵人啊！」

那黑衣人似乎大出意料，一時不知所措，好在他臉上罩著黑布，看不出他面上的一切表情變化，只是他一言不發，心中不住盤算。

老方丈冷笑一聲道：「施主，你來找老衲，可是以小人之心度君子之腹了，可是，你這一來卻幫忙老衲想通了一個十年來耿耿於心的問題。」

那黑衣人仍是一言不發，左白秋和左冰兩人也是心中感到奇異萬分，一時大廳中人個個側耳傾聽。

老方丈嘆了一口氣道：「施主，你一再不出口回言，想來是默認了！」

原來他方才也沒有十成把握這黑衣人的身分，豈知他城府深沉，兩番動用心機，那黑衣人想是不知這高僧口中所言虛虛實實，一再處於下風。

方丈老僧見他仍是一言不發，冷笑一聲道：「施主，你將兩個同伴帶出去吧，咱們昔年故交，少林寺也不再爲難你了。」

那黑衣人仍是不語，這時那倒在地上的兩人之中，突然有一個人緩緩站起身來。

方丈老僧不由一怔，左白秋也是大吃一驚，左白秋這等武學大師，一見方丈金剛掌力發出，料知兩人必死無活，就是鐵鑄銅造，也得擊碎擊斷，哪知這其中一人竟然緩緩立起，難不道他已練就了金鋼不壞之身？

那人緩緩直立起身子，口角邊全是血漬，口中不住地喘息著，雙目緊緊地瞪著那少林方丈。方丈老僧呆了一呆道：「伍施主好深的內力！」

那姓伍的口角一動，話聲未出，卻是張口一口鮮血噴出，身形一陣子搖蕩，卻仍未跌倒下去！

眾僧人全是駭然不能出聲，左冰忽然蹭近左白秋的耳邊，輕聲道：「這人身上必然穿了寶甲之類。」

他這一言使左白秋疑團盡釋，其實這本是一個很爲簡單的問題，但左白秋是武學大師，禁不住想在武學造詣方面找尋一個答案，反而想不到這一層上來。

黑衣人這時緩緩走到那姓伍的身邊，喑喑說了幾句，那姓伍的踉踉拖起死在地上的同伴，一步一步走出大廳門外。

少林寺中僧人上百，卻是無一人擅自行動，眼見那姓伍的一步步走遠了。

這時那黑衣人緩緩走到方丈身前。

左白秋目不轉瞬地注視著方丈老僧，只覺他面上有極淡的紅氣不時閃動，心中暗自震動，一口真氣已然貫注了全身。

那黑衣人經過左白秋及左冰身前，頭都不曾移動，他走到那老方丈身前，忽然開口說道：「主持方丈，老夫有一事請教。」

那方丈老僧冷然道：「施主請說。」

那黑衣人道：「咱們昔年只有一面之緣，方丈焉能認出老夫？」

方丈老僧半晌不語，好一會噓了一口氣，低聲說道：「老衲提及楊陸幫主，施主若有雷擊，只是……老衲不曾忘記那昔年之事……」

那黑衣人默然不語，好一會才沉聲道：「大師，老夫要攻你一掌。」

少林方丈面上神色一凝，緩緩直起身來，右手平平放在腹前，左手擺在寬大的僧袍之中，口中淡淡說道：「施主，老衲接下你一掌，立刻發動羅漢全陣，望施主三思而行。」

那黑衣人雙目之中陡然寒芒四射，冷然說道：「你的內傷還容你再提真力麼？」

方丈老僧呆了一呆，說時遲，那時快，那黑衣人已發動了攻擊！只見他右掌一沉，斜斜劈了出去，那方丈老僧哼了一聲，身形各後一退，黑衣人有如附骨之蛆，急隨而上，內力猛吐。

他內力才吐，突然身後一聲急嘯，一股勁風好比刀刃破風，黑衣人頭都不回，便知自己若是內力不收回，招式走老，身後這一擊立會致己於死！

他心知道身後一擊乃是自己生平勁敵，內力之深，自己毫無半分把握，所以身形急轉，再也顧不得攻敵，但求自保。

他整個身子向左方急傾而下，右手翻出，一式「倒打金鐘」猛擊而出，同時間裡左手顫動，五指齊出，一連擊出六式，式式精絕陰惡，而且內力蓄存已到了十二成的地步！

「呼」地一聲，兩股內家力道在半空一觸，黑衣人只覺左手一空，對方內力強絕，自己左手招式竟然遞之不出，心中不由一寒，右手的內力和對方一觸，登時化內力爲外家散勁，「拍」地一響，急看那對方，也是身形一陣震晃。

這一下變化太快，一直到兩人內力吐完，各自震退後，眾僧人才驚呼出口。

黑衣人只見左白秋頷下白鬚飄飄，雙目中精芒四射，心中竟不由自主生出一絲寒意。

那黑衣人注視著左白秋，一字一語道：「你敢再接一掌麼？」

左白秋一言不發，左足微微向後跨了半步，顯然的，在方才那一擊之中，他已感到對方出奇的強大，自己是半分也不敢大意了。

那黑衣人猛吸一口真氣，他的右手微揚，掌緣向外直立，左白秋望著那豎立似刀的右掌，一瞬不敢放鬆。

霎時之間，那黑衣人的身形不向前掠，反倒好比一支急箭猛向後急射，頭都不回，左手反打而出，那部位，距離簡直如似腦後生眼，一分不差，攻向趺坐在蒲團上的少林老方丈。

這黑衣人好細密的心思，這樣陡然發難，一邊的少林弟子連看都沒有看清，別說是上前搶救，驚呼尚未出口，那一掌已罩在老僧頂門之上不及半尺！

霎時一聲銳嘯，只見一團灰黑色的影子在半空掠過，那簡直不像是人的身影，完全有些鬼魅，那黑衣人如此急捷的身法，竟然內力尚未吐出，左手一緊，只覺招式已盡爲人所接，這一驚那黑衣人忍不住脫口驚呼，但他一身功夫委實出神入化，左手一空，右掌立刻倒劈而上，掌緣再發，銳聲已響，只聽得拍一聲，黑衣人身形一斜，定下身形來，只見左白秋面上青色森森，一口真氣正急喘而出！

那黑衣人的雙目之中光芒一閃，冰冷地道：「左白秋，好個鬼影子！」

那「左白秋」三字一出，真是落地有聲，眾人震驚駭然兼而有之，心弦之中個個劇烈震動不已，怪不得他有如此駭人的快捷身形。

左白秋仰天笑道：「左某老邁之年，能親逢北魏定國先生，幸何如之！」

原來那黑衣人便是南北雙魏中的北魏魏定國，南北雙魏一向極少在武林涉足，一般人別說見過他們的真面了，就是知道北魏魏定國、南魏魏若歸的真實姓名的也都少之又少，少林僧人個個驚駭，年輕一代弟子只覺胸中熱血沸騰，真是百年的盛會了。

這時那雙目低垂的少林方丈主持忽然緩緩睜開雙目，低沉說道：「魏施主，咱們的戲也該收場了。」

魏定國突然仰天大笑道：「縱使天下以老夫爲敵，老夫又有何懼哉？」

他話聲方落，身形緩緩轉過，大踏步向殿門之外行去，少林方丈望著他的背影，吐了一口氣喃喃說道：「壯言，壯言！」

左白秋嘴角之上微微掛著一絲冷笑，直到那黑的背影轉下山去。

這時那些少林弟子靠攏過來，那方丈老僧忽然一揮手，高聲道：「恢復原課，無塵，你引左施主到藏經閣殿，老衲要和左施主面談數語。」

那少林寺規格甚嚴，眾弟子立刻各自施禮而退，沒有一人多問一句。

左白秋等那眾弟子都退去了，忽然開口道：「大師體內真氣如何？」

那方丈大師目中神色一變，右手一揮道：「無塵，快引路！」

左白秋見他避而不答，心知必然有所原委，自是不便再說，只道：「這位是小兒左冰！」

方丈頷首道：「小施主也請去吧！」

那無塵聽了左白秋無緣無故問及方丈體內真氣，心中不解，但方丈已說出命令，於是緩步引著左氏父子兩人向藏經閣而去。

來到藏經閣，那無塵大師安排了左氏父子的坐位、正待離開，少林老方丈忽道：「無塵，你也留下吧。」

無塵僧人應了一聲，盤膝坐在左側，那老方丈這時仰天長嘆一口氣道：「多謝左施主仗義助拳。」

左白秋搖了搖頭道：「哪裡的話，左某見大師面上紅氣上浮，便知受了嚴重內傷，竟已至血脈崩潰之境，決無還手之力，那魏大先生想必也瞧出來了，他陡下毒手，老朽非得管不可。」

無塵僧人和左冰面上神色都是微變，那少林方丈嘆了一口氣道：「左施主心中此時必然疑慮重重吧。」

左白秋道：「方才大師與魏定國對話之中，提及昔年有過一面之緣那楊陸之名，左某敢問是……」

老方丈不待他話說完，接口說道：「左施主請聽老衲敘來：

貧僧和兩位師弟在半年之前，為求參悟一種上乘的禪學心法，曾一齊閉關面壁，潛心苦研，大約化了四個月的時間，內力已然開始提聚。

但那禪學心法甚為奧秘，貧僧三人原來以為參悟已透，得以修練，豈知練至一半，真氣驅之不通，只好半途而廢。

這樣兩三次以後，斷定必是竅門不對，於是重新練過，到了十日以前，功力大有可為，但也進入緊急關頭。

施主也可想知，這時若有外魔侵擾，那後果簡直不堪設想，貧僧三人是敝寺輩分最高的，以下都是二三代弟子，但想少林古寺甚少傳警，於是破例三人齊同封洞。

少林寺中之事務則暫由無清弟子負責，到了前日深夜，蒼天的安排，少林寺竟然傳警。

那日深夜，無清弟子喘息來到洞口，貧僧兩位師弟當時都已入定，貧僧心知無清弟子一向穩重，如非什麼極為意外之事，絕計不會前來相擾。

果然，那無清弟子滿身汗漬，氣喘如牛，說道有兩個中年硬拜山門！那無清弟子功力深厚在第二代少林弟子中首屈一流，他日必能放一異彩，貧僧問及詳情，他卻吞吐不言，貧僧愈知情勢急迫，但一口真氣正值上下交遊之境，萬萬不得移動。

無清弟子說道：『那兩個人一個年約五旬，態度甚為凶暴，弟子實在看不過眼，便出手相搏，哪知他內家功力之深，簡直出神入化，弟子被他在三招內用內力逼退十步……』

貧僧當時真大吃了一驚，忙問道：『那中年人是何人物？』

無清弟子答道：『他自稱姓伍。』

貧僧想了一想，想不出什麼姓伍的武林高手，這時少林寺中警鐘連連，無清子弟又出去查看，貧僧雖然心焦無比，卻是毫無辦法。

無清身形才走，那警鐘之聲驟滅，原來那兩人已闖進殿內，無清弟子走到當前，那姓伍的中年人問他道：『咱們此來主要目的是見方丈主持一面，其餘也不必多說了。』

無清弟子自然告訴他：『方丈閉關已近半年，不能見客。』

那姓伍的漢子執意不信，眼看又要說僵，無清弟子見他凶暴無比，心知絕不能讓貧僧接見，於是斬鐵斷釘對他說道：『伍施主不必多言了，你見方丈有何事務和小僧說也是一樣，否則請便吧！』

那姓伍的漢子冷笑連連，這時情形已僵，哪知那姓伍的漢子冷笑聲完，突然大踏步走回去了，那跟著他一起來的人也一言不發，揚長而去。

無清弟子不清楚他們的用意，到了今日清晨，貧僧正值最為緊要關頭，突然巨鐘大響，一連響了一十二聲，乃是少林寺召集僧人的訊號。

那鐘聲才響完，突然一個人影一閃，撲向洞前，貧僧雙目一張，只見無清弟子衣袍散裂，身形一落地上，立刻張口吐了一口鮮血，翻身臥在地上！

貧僧一口氣提在紫府之間，發言不得，心神卻是巨震，那費盡心血方才提聚的真氣，幾乎一衝而散，由不得氣喘連連，好一會才平定下來。

無清弟子這時候雙目微啓，口中低聲道：『黑衣人，黑衣人……』說著一口氣閉了過去。

貧僧意識到少林大劫已然到臨，這時寺內似乎已失系統，陷於混亂，貧僧嘆了一口氣，猛然直立起身，用一甲子功力將那口真氣散入脈道百穴之中……」

他一口氣說到這裡，左白秋不由長長嘆了一口氣道：「大師，你這是自陷絕境。」

少林方丈道：「天意所定，貧僧一介凡人，無力更改。」

左冰抬起頭來，望見方丈面上神然肅穆，心中不由興起一陣悲哀來。

方丈大師接著又道：「貧僧回首望了望兩個師弟，並無異樣，便緩步走向大廳。才一踏入廳門，只見迎面一尊丈餘高大的山門守護神像，放在大殿正中。那山門守護神全身是極品青銅鑄成，重量千斤之上，竟被人移至大廳之中，貧僧便知對手是罕見高手了。

這時貧僧心中已有最壞的打算，是以心中反倒平靜無驚，只見那大神像左側站著兩人，照那打扮模樣，便是無清所說的姓伍的漢子和他的夥伴了。右方一人全身黑布，自然便是那個黑衣人。

再看四方時，只見成百少林弟子皆自各人位置趕到大雄寶殿，似乎為這變化驚住了，加之失去主持為首之人，一時沒有動靜。

貧僧緩步走出，眾弟子不約而同齊呼起來，忽然貧僧想到一事，雙目急急抬起來，只見那守門山神右手持著的翻天花戟原來是直立向天的，這時大約由於移動的關係，重重斜倒下來，變成了橫胸而持！貧僧只覺心神一涼，胸腦之中一片清涼，忍不住宣一聲佛號。

只因貧僧突然想起廿年前，武當的掌門道長曾來少林盤桓數日，道長善嫻紫虛神會之技，貧僧當日請問少林一脈氣數如何。道長閉目靜思，合掌而起，卻是一言不發，貧僧再問，道長說道：『長戟橫時，少林大劫將至。』

貧僧問道：『大劫之餘如何！』

道長道：『外援突至，道長魔消。』

貧僧心中先定了一半，事後年久月深，此事已然忘諸腦後。

貧僧突然看見那山門守護神手中長戟平持，這些話陡然自腦中跳出，那道長真是神術，這時貧僧已將心情完全抑平。

那兩人見眾人口呼，立刻上前問道：『大師可便是少林方丈麼？』

貧僧這時體內真氣已然散遍全身，沉聲答道：『老僧正是，敢問施主貴姓大名。』

那姓伍的漢子微微一笑道：『據聞大師閉關未出？』

貧僧只覺心頭火起，環顧四周弟子，沒有一人功力深強，那羅漢大陣核心之位原來由無清擔任，此時一時也不好換人，心中一轉，先道：『那一位施主要見老僧？』

那姓伍的漢子冷笑一聲道：『咱們三人。』

貧僧冷然道：『那一位出手傷了敝寺弟子？』

那姓伍的漢子笑則不答。

貧僧一步跨上前去，突然那黑衣人身形一飄，向後直退而去，剎時大廳之中驚呼大作，只因那黑衣人身形邊退，右手斜推著那一尊大神像，其功力之深，已深不可測了。

貧僧心中暗忖，這人功力太強，若是真的動起手來，多半血洗大殿，貧僧非得以一己之力處置不可。於是貧僧故意冷笑道：『施主這是示威麼？』

那黑衣黑面人一言不發，他越是不說話，貧僧越覺他滿身神秘險惡，於是說道：『三位施主找的是老僧，有何見教請說吧。』

那姓伍的漢子道：『咱們找大師問一句話。』

老僧奇道：『什麼話請說，老僧知無不言。』

那姓伍的漢子忽然笑了一笑道：『但願大師如此。』

老僧當下心頭一股無名火起，忍不住冷然道：『這位施主口出不遜，想來疏於禮教，見識短窄……』

那姓伍的漢子果似生性橫暴，貧僧一言未罷，他已怒叱道：『大師莫要出口傷人……』

貧僧雙掌合十道：『善哉善哉！』
那姓伍的漢子身形陡然一移，雙掌左右齊起，一連發招，老僧存心想觀察他的來路，是以只守而不攻，但那姓伍的功力已臻上乘，老僧避開二式，雙足已然站立不穩，被迫開始倒退。
老僧只覺他招式古樸之極，而且正而不邪，可是路走偏鋒，不像是中原之學，卻又有幾分正宗武術，一連避了五式，第六式他雙臂闊張，施了一式『托碑翻天』，老僧提了一口氣，發出混元指力。
那混元指力勁風陡出，姓伍的右掌突然向下一掩，內力也自發出，兩股力道一擊之下，老僧只覺心中一震，那姓伍的後退了一步。
這幾招前後不過一瞬，老僧仍是未想出此人的來歷，老僧心想既已發戰端，那跟著姓伍的夥伴不知實力到底如何，始終未見他出手。於是上前一步，衝拳發出百步神拳，內力故意偏開那姓伍的漢子，果然那姓伍的漢子身形一側，拳風一直擊向那同來之人。
老僧暗中遙觀，那人覺察拳風及身，陡然不及閃避，左掌一翻拍下，老僧只覺內力一散，竟被他這一拍之力拍散了去。
老僧心中大大震驚，這人的功力竟決不在姓伍的漢子之下，與這樣三個高手爲敵，少林就算不在閉關之時，實力也不見得能應付。
老僧只覺這一下少林大劫已至，心下不住盤算，決心以一己之力，誓保眾弟子安全，非得以話相扣不可。
於是老僧表面上不露神色說道：『伍施主且慢……』

姓伍的漢子怒道：『什麼？』

老僧冷笑道：『伍施主，你可別太狂妄了，這是少林大殿，豈容你輕易動手，咱們要動手，到廳外去吧。』

姓伍的漢子哼了一聲道：『如此甚好！』說完反身便走。

老僧正待啓步，忽然那黑衣人用冰冷低沉的聲音道：『慢著，伍老弟！』

那姓伍的漢子緩緩收住足步，黑衣人忽然上前兩步，雙目不住地在老僧面前掃視，老僧當時不明白他此舉用意，現在才想通敢情老僧動運內力，體內真氣亂竄，面上有什麼跡象引起他的疑心，好在當時尚早，他沒有瞧出什麼，只緩緩說道：『大師，老實說，咱們三人求見，乃是爲了老夫一人之事！』

老僧心中怔了一怔道：『那麼施主請說……』

那黑衣人嘿嘿笑了一笑道：『要大師隨咱們下山一趟！』

他此言一出，全廳都是嘩然，老僧心中卻是疑驚不定，老僧心知，四周僧眾雖多，功力卻是相差太大，於是僅冷冷一笑道：『施主先露真面目再說吧。』

那黑衣人冷笑一聲道：『老夫再說一遍，大師跟隨咱們下山一趟，否則……』

這時老僧的怒火反倒全無，只覺這黑衣人此言含意極大，同時老僧只覺體內真氣渙散，幾乎不能自抑，於是仰天宣了一聲佛號。

老僧一言不發，緩步走向一個蒲團之上盤膝坐了下來。

老僧此舉似乎也出乎對方意料之外，但他們三人都沒有作聲。

老僧坐定身形，開口道：『這等重大之事，老僧三思而後行！』黑衣人冷哼了一聲，這時四周的僧眾已有了騷動，老僧心中已決定以獨身相擋，於是下令道：『眾僧梵唱。』

這時老僧體內真氣亂竄，慌忙垂下雙目，藉著思慮，暗運內力引導，好一會那真氣遂漸平息了，但老僧已知體內傷勢已不可挽救！

老僧盤在蒲團之上，這時四周僧侶梵唱之聲不斷，只覺心中一片紛亂，遂漸平靜下來，反正老僧是命劫在此，少林的千古基業決不能輕易毀去。

於是……老僧想到偷襲一策！真是罪過，方外之人不打誑語，何況老僧身爲少林之尊，但也就因爲如此，敵方萬萬料計不到。

老僧心中思慮不定，只就體內真氣欲散又凝，十分難過，正在此時，左施主父子出現了！

那武當道長『外援突至，道長魔消』之語突然印在腦海之中，老僧也不考慮，脫口呼出楊陸之名。果然那黑衣人有如雷擊，其餘兩人也應聲反顧，這時老僧出掌相擊，一擊成功，只是那黑衣人功力太高，竟能避過。

老僧此時心中已微知那黑衣人身分，是以出口相試，果是那魏大先生，只是老僧此時體內真力已散而不聚，是以面上紅氣微掠，大約便被魏定國看出來了！」

方丈說到這裡，左白秋插口道：「想來多是如此，那紅氣一現，左某也已發覺，是以時時提高警覺，有了準備，否則那魏定國陡然發難，以他這等功力，左某萬萬搶救不及！」

方丈主持點了點頭，這時他語音逐漸微弱下去，左白秋心中黯然不已，但忍不住問道：

「大師與魏定國是昔日之交？」

方丈和尚道：「咱們僅有一面之緣，那還是十年之前，本朝土木堡驚變之時！」

那土木驚變之語一出，左白秋忍不住脫口說道：「楊陸！」

方丈呼了一口氣道：「那魏定國不惜興師動眾在此，想來便是爲了這事。」

左白秋道：「大師可否詳言？」

方丈道：「魏定國是以小人之心度君子之腹了，老僧一言既出，駟馬難追，昔日之事……」

左白秋呆了一呆，見他語音又頓，再度問道：「大師知其詳情麼？」

方丈道：「貧僧雖知之不詳，但已明其關鍵了。」

左白秋道：「大師請賜教。」

方丈仰天長嘆一聲，口一張，突然一口鮮血噴出來，左白秋吃了一驚，那無塵弟子高呼「方丈」，方丈這時雙目下垂，低聲道：「老僧與魏先生昔年有約，萬萬不能說出！」

左白秋呆了一呆，喃喃道：「魏定國，魏定國，原來是他……」

他突然轉念，開口問道：「那魏定國臨行之時，曾道天下爲敵之語，想是他怕大師說出昔年之事，如此看來，他是心虛了，原來最大的關係人是他！」

那方丈久久不語，忽然開口喃喃道：「羅漢石……羅漢石……」

左冰矍然而驚，忍不住呼道：「羅漢石？那上面有秘密麼？」

方丈雙目低垂，卻是不語。

左冰喃喃道：「楊陸楊老幫主，不知他究竟是生是死？」
那方丈雙目半睜，低喝道：「死即是生，生即是死……」
突然，他語聲一停，左冰呆了一呆，左白秋仰天長嘆道：「大師圓寂去了！」
無塵弟子一聲哭喊，左白秋喃喃道：「道長魔消，道長魔消，少林百年大劫，大師一人身受，唉！」
左白秋突然驚問道：「冰兒，你知那羅漢石麼？」
左冰滿面驚疑不解之色，急急答道：「我與白大哥……不，白幫主曾親眼目睹，那武當山中也有一塊。」
他急切間哪裡說得清楚，左白秋聽得呆了一呆，那無塵僧人這時卻呆呆地注視著面相端莊的少林方丈，似乎外在一切都與他無關了。
左白秋沉思了一會，低聲道：「無塵僧人，令師已仙去了，不知這少林一寺之中主持者為誰？」
無塵僧人呆呆地答道：「兩位師叔閉關未出，師兄身受重傷……」
左白秋想了想道：「冰兒，咱們在這兒盤桓兩日，待兩位大師出關再去吧！」
無塵僧人雙手合十深深一禮，他這時心中方寸已亂、真是不知如何是好。
左白秋又道：「大師仙去的消息，要不要公開讓寺中僧人知道？」
無塵僧人默然無語，須知此刻少林寺中群僧無首，二代弟子在武林之中雖都算得上一等高手，但若是真遇上北魏之流強敵，的確是以卵擊石。

左白秋微微嘆了一口氣道：「老朽之見還是暫時保留爲好！」

無塵僧人也緩緩頷首，這時刻正是少林僧人作課時分，藏經閣的主持僧人正是兩個閉關的高僧之一，是以藏經閣中倒不會有人來往，若是不說方丈的訊息，的確不易爲人所知。

左白秋對無塵僧人道：「那麼，你也留在此閣之中，以免出閣之後，有什麼地方難免露出破綻。」

這時他想起方才所提及羅漢石，忍不住又向左冰問道：「冰兒，那羅漢石之事，究竟如何？」

左冰便將當日與白鐵軍在武當山上的事都說了，左白秋聽完之後，潛心思索不已。

那無塵僧人似乎哀傷過巨，對左冰所言並不曾十分注意，沉默了一陣，左白秋喃喃道：「大師臨終示意，說明他與那北魏有諾在先，是以不能出口，但已暗示此事有秘密在，奇怪的是，他怎會與魏定國打上交道？」

他想了想，問那無塵僧人道：「大師尋常足跡有遍天下麼？」

無塵僧人搖了搖頭道：「方丈自十五年前主持敝寺以來，絕少行動江湖，貧僧記憶所及，那土木之變當年秋天，大師的確曾下山去了兩三個月的日子。」

左白秋啊了一聲道：「那一年陰錯陰差，老朽與那錢百鋒錯過一面，一晃十餘年，錢老弟爲天下人指責詬罵，老朽便覺其中必有陰謀在……」

左冰插口道：「錢大伯這一次重入江湖，也便是爲了查出一個水落石出。」

左白秋道：「以前咱們兩人心中一直認爲此事是了不起的秘密，不能輕易說出口，現在漸漸覺得有許多蛛絲馬跡，那毫無關聯的事，已逐漸有系統了。」
左冰道：「這一件事有關錢大伯的名譽，楊老幫主的生死及許多恩怨……」
左白秋道：「就因如此，牽涉極廣，事情也愈更複雜，就拿父親來說，一向是絕跡武林，竟糊裡糊塗地牽連進去……」
左冰道：「爹爹，孩子兒始終覺得這是一個陰謀，一個狠毒無比的詭計。」
左白秋點點頭道：「只是，事情快要水落石出了。」
左冰道：「這一切事情與那黑衣人必然有密切的關係，今天才知道這黑衣人便是北魏。」
左白秋的嘴角不知不覺之間泛出了一絲冷冷的笑容，他喃喃道：「這黑衣人十餘年前便曾出現，咱們幾乎可以肯定，他便是幕後的關鍵人物！」
左冰點頭道：「方才他臨行之前，還曾說過倘使天下人與之為敵，又復何懼之言。」
左白秋冷冷一笑道：「詳知這事情當年之人首推你錢大伯了，但十餘年父親與他不曾談過，上次在落英塔中相對，他卻支吾以對，當時父親也有許多話沒說出來，現在想起，若是能從你錢大伯口中問出一個仔細，那許許多多疑團都能一一串結起來。」
左冰點點頭道：「還有那羅漢石之秘，白幫主和我始終不得其解。」
左白秋沉思良久，緩緩道：「以往咱們也許將事情想得過於複雜了，到這時想來，也許事情很單純呢。」
左冰卻是欲言又止，左白秋望了望他，微微笑道：「你心中還有什麼想法麼？」
左冰道：「孩兒心中一直有一個想法，那土木之變當年還有一個當事人——」

左白秋皺皺眉道：「你說是誰？」

左冰道：「就是上次孩兒在絕谷之中遇著的那瓦刺高手郎倫爾。」

左白秋只覺心中一怔，腦海中靈光似乎一閃，脫口說道：「你說的不錯，他也是其中一人！」

左冰怔了一怔，道：「爹爹說誰？」

左白秋面色一沉道：「有一個武林高人，一生居在漠北土木堡一帶，你說是誰？」

左冰想了想，突然說道：「您是說……銀嶺神仙？」

左白秋重重點了點頭道：「薛大皇，就是他！」

四五　絕谷中伏

天空幾絲斜雲，襯得藍天格外地藍，也襯得黃土格外地黃，綿綿千里，景色如畫，這正是北國風光。

黃土道上出現了一個孤零零的行人，無垠的黃土上只有這麼一個行人，形單影雙緩緩行著，彷彿整個世界只有這麼一個人的樣子。

這個孤零零的行人，正是當今丐幫的幫主白鐵軍。

白鐵軍一面走著，一面沉思著，他默默地想道：「帶著她，怎能在江湖上闖蕩？一個男子漢若碰上一個心愛的女孩子，他闖蕩天涯的日子就快結束了……」

他嘴角掛著一個甜蜜的苦笑，繼續想道：「把她寄住在湯二哥的家裡，那是最妥貼不過了的。」

如果有人見到白鐵軍這威震天下的丐幫幫主，此刻所想的竟是這麼樣女兒情長的事，一定要大為吃驚了。

白鐵軍把上身穿的短棉襖扯了一扯，雙手插在衣袋裡，沿著無盡止的黃土路走下來，他搖了搖頭，像是想把心中所想的事拋開一些，好換一件事情來想，他想道：「我還是南下去見師父一面要緊。」

這時風起了，只是霎時之間，狂風就擲著黃沙飛舞起來，白鐵軍皺了皺眉頭，暗道：「這一場風過去，我可又得變成一個黃沙人了。」

他冒著風沙，獨自在黃土道上疾行，只見他的身形愈來愈快，漸漸地成了一縷黑線。

狂風過後，天空又恢復一片寶石般的碧藍，白鐵軍伸手拍衣袖，黃土不知有多厚，臉上頭間更成了黃泥，他搖了搖頭，心想：「要尋個有水的地方，一定跳下去洗個痛快。」

行沒有三里路，忽然耳邊傳來嘩啦嘩啦的水聲，白鐵軍不由精神一振，他辨別了一下方向，覺得水聲來自西方，但是西方卻是一片土崖，高達百丈。

白鐵軍付道：「反正趕路也不急於這一刻時間，身上全是泥難過之極，不如尋著水源洗個澡再走。」

於是他一長身形，輕飄飄地飛躍而起，在那陡峭的黃土崖壁上如覆平地，身形又快又瀟灑，宛如長著翅膀一般。

白鐵軍自通玄關後，武學造詣又進一層，此時他年齡雖輕，然而功力已是世上有數幾人之一，他一口氣躍到崖頂，居高了望下去，只見下面叢林之中一條清溪蜿蜒而西。

他身處千里綿綿的黃土之中，驟然看到這一流清溪，只覺渾身精神為之一振，立刻向下飛跑去。

不一會，白鐵軍已跑到那清溪旁，溪水清澈可見溪底，四面幽靜無人，只有嘩然的水沖岩石之聲，白鐵軍忖道：「四面都是黃土地帶，這條流水卻是岩石的河床，真是怪事。」

他四顧無人，便把衣裳脫了，跳入水中，水涼無比，白鐵軍忍不住張口喝了兩口，渾身感到無比的舒暢。

他把全身上下的塵垢洗乾淨後，站起身來，忽覺這溪水上游似乎別有幽境，忍不住便想游上去瞧瞧。

於是他逐水游將上去，只覺溪面愈來愈窄，水流也愈來愈急，沖激著皮膚，他舉目一看，只見岸上放著一堆衣服，看上去，像是女子的衣裳。

白鐵軍吃了一驚，一時不知如何是好，果然那岸邊的竹葉水草中水聲一響，一個女子的驚叫聲擊破寂靜，白鐵軍又驚又窘，連忙一頭鑽入水中，潛水拚命游回原地，匆匆爬上岸來，飛快地把衣服穿好。

不一會，竹叢中一個青衣女子靦腆地走了出來，白鐵軍不敢正視，只坐在岸邊，假裝向水中看，那少女頭髮猶未乾，也不曾梳攏，只是長長地披在肩後，臉上紅暈未褪，顯得美得出奇。

白鐵軍目不斜視，心中卻有些緊張，忽然聽得身後一聲嬌滴滴的聲音：「喂，請你讓開些好嗎？」

白鐵軍吃了一驚，側頭一看，才發現岸邊小徑極是狹窄，自己在岸邊一坐，倒像是正好擋住了人家的去路，他連忙站起身來，卻不小心又碰到那女孩子的身子。

那女子「哎喲」叫了一聲，倒退兩步，白鐵軍連忙閃到一旁，只見那少女嗔目望著自己，一時竟是不知所措，只是吶吶地道：「對不起……對不起……」

那少女瞪了他一眼，拍了拍肩上被白鐵軍衣上黃塵碰髒的地方，便低著頭向前走過去。

白鐵軍深怕又碰著她，便擠著身體向後又退了數寸，那少女從他身旁走過，帶著一股非蘭非麝的清香，她忽然之間回過頭來，瞪視著白鐵軍身上那件破棉襖上一塊金絲線釘的補釘，滿面驚愕地帶著詢問的眼光瞄了白鐵軍一眼。

白鐵軍從她這一眼之中，知這個少女已經認出自己是誰了，如此說來，她必是武林中人了，一想到這裡，白鐵軍再無尷尬的感覺，他只是淡淡笑了一笑道：「在下姓白，方才真是對不起。」

那少女滿面微紅，似乎是因爲自己心中所思被人看穿了而感尷尬，她盯著白鐵軍望了一眼，低聲道：「我知道，你就是白鐵軍……」

說到這裡，她似乎覺得不該直呼一個大男人的名字，便止住了，但是臉上的紅暈卻是更濃了。

白鐵軍道：「姑娘既然認得白某，便必是武林世家了，敢問令尊尊姓？」

他見這少女的模樣，多半是沒有出來闖過江湖的樣子，是以他直接問她父親的名諱。

那少女笑了一笑，這一笑，真如一朵粉紅色的大牡丹突然破蕾而放，簡直美得不可方物，白鐵軍雖非好色之徒，卻也看得呆住了。

那少女見白鐵軍這般模樣，不覺有些得意，微笑道：「你問我父親姓什麼？我可不知道。」

白鐵軍糊裡糊塗點了點頭，猛可想起哪有不知道自己父親姓什麼的事，忍不住咦了一聲道：「什麼？妳不知道？」

那少女抿嘴笑道：「真的不知道。」

白鐵軍皺了皺眉道：「那麼妳姓什麼？」

那少女道：「我麼？我只知道師父叫我菊兒。」

白鐵軍皺眉道：「菊兒？」

那少女點了點頭，忽然道：「聽說你是當今天下第一個英雄人物，你說什麼，江湖上好漢都要聽的？是麼？」

白鐵軍笑道：「那也未必。」

那少女點頭道：「我瞧也是這樣，看你這模樣便不像。」

白鐵軍笑而不語，心中卻在想這少女究竟是什麼來頭。

那少女見白鐵軍不說話，便道：「我要走了。」

白鐵軍：「妳走就是。」

那少女笑了一笑，輕移蓮步，婀娜多姿地從白鐵軍面前走過。

堪堪走出不到三步，那少女忽地猛一轉身，揮袖之間香氣襲人，卻夾著三點寒星疾如閃電地直襲白鐵軍咽喉……

白鐵軍萬萬料不到這貌美如花的少女忽然會向自己下毒手，這三點寒星飛來距離既近，來得又突然無比，簡直躲無可躲。

說時遲，那時快，在這電光火石之間，就顯出白鐵軍登峰造極之功力來，只見他猛可上提一口真氣，開口向著頭一顆飛來的寒星猛然吐氣吹去！

那顆寒星本來來勢如箭，卻被白鐵軍這一口氣之力道逼得在空中一停，立刻叮叮兩聲，連續被後面飛來兩點寒寒星撞上，三顆寒星同時落地！

白鐵軍這一口氣乃是全身功力所聚，硬生生把無形真氣化作有形之物，把來襲三顆暗器逼落地上，他自己卻如疾奔過數十里路一般，全身汗如雨下，低頭看時，只見三點寒星乃是三顆極小的銀針，細如牛毛，頭上卻是烏黑無光，顯然淬有劇毒。

白鐵軍長吁一口氣，怒目瞪著那少女，只見那少女笑口吟吟地若無其事，指著白鐵軍笑道：「好本事，好本事，真不愧爲天下丐幫的幫主。」

白鐵軍只恨得牙癢癢的，再也忍不住罵道：「大膽妖女竟敢暗算於我！」

那少女菊兒忽然臉色一沉，怒道：「你敢罵人？」

白鐵軍喝道：「罵妳已是好的了，妳究是何人，從實招來。」

菊兒道：「你罵人，不跟你講。」

白鐵軍見她忽然撒起嬌來，待要一拳打將過去，卻又不好意思，他暗中想道：「我白鐵軍是何等人物，豈能跟這小女孩計較。」便忍氣道：「好，是我罵妳不對，妳今天可走不成了，不說實話就跟我走。」

菊兒道：「我高興走便走，誰管得著我？」

白鐵軍冷笑道：「妳倒試試看。」

菊兒移步便走，白鐵軍伸手如電，直拿她的脈門要穴，菊兒忽然一停身，五指一翻，反扣白鐵軍的脈門，出手之快，竟如一流高手。

白鐵軍心中暗驚，手上只是略沉一分，堪堪避過反拿，正指所向，依然抓向菊兒脈門要穴。這一招主客之易勢，只在這略沉一分之間，實在漂亮已極，那少女菊兒避無處避，只得斜跨三步，堪堪躲過。

白鐵軍道：「說不說實說？」

菊兒道：「不說。」

白鐵軍伸手一拿，暗中連藏五個殺手，這一拿看似簡單，實則是厲害之極的上乘武學，能在這麼近的距離之內舉手投足間化解此招的，武林中已不多見，那菊兒看似嬌弱，卻是身法如電，一晃身之間，不僅躲過此招，而且極其毒辣地正指直取白鐵軍咽喉。

白鐵軍乃是大將之才，每一出招，自然而然地未慮勝而先慮敗，是以此招方一落空，招式已變，忽然間身軀一轉，五指彈出，發出轟然一聲！

這一招又是後發先至，那菊兒明知危險，卻倔強地依然五指直攻，好像算定白鐵軍一定要讓她三分似的，只見白鐵軍五指彈出，施出隔空點穴絕學，菊兒一聲嬌呼，腕上穴道已被彈中。

白鐵軍伸手拿住，冷笑道：「如何？」

那菊兒怒道：「隨你怎樣，就不跟你說。」

白鐵軍原是想嚇她說出實話，也沒打定主意要拿她怎麼樣，但此刻狠話已經說出去，只好道：「那妳跟我走。」

菊兒道：「走便走，又有什麼了不得。」

白鐵軍只得冷笑一聲，帶著她一路走上崖頂，菊兒穴道被制，一聲也不哼，只是怒目斜瞪著白鐵軍，白鐵軍也不理她。

走了一程，那菊兒道：「你要帶我到哪裡去？」

白鐵軍心中其實也不知道要帶她到哪裡去，只是冷笑道：「妳閉嘴少問爲妙。」

菊兒道：「天要黑了，我可不敢走夜路。」

白鐵軍暗道：「她雖心黑手辣，終究是個小姑娘，我何必磨折於她。」當下便道：「跟我來。」

他帶著菊兒走到一片叢林後，正是一塊不大不小的草坪，草坪的兩邊一邊一棵大樹，白鐵軍找了一些枯草在兩棵樹下鋪起來，枯草本不多，薄薄鋪了一層，也就鋪完了，他想了一下，索性把所有的枯草都鋪在左邊的樹下。

他伸手點了菊兒的軟麻穴，叫她睡在枯草堆上，自己卻走到另一棵樹下，口中只冷冷道：「不要想逃走，妳知道我是殺人不眨眼的。」

菊兒看了他一眼，也沒答話，白鐵軍從懷中摸出一個油紙包來，裡面包了幾個大餅，他抓起兩個丟過去，力道用得絲毫不差，正好落在菊兒的手上。

菊兒賭氣不吃，白鐵軍也不理她，逕自一個人倚著樹幹坐了下來，他仰首觀天，天空漸暗，星星也出來了。

忽然，他聽得耳邊有輕微的歌聲起來，側目一看，只見那菊兒躺在枯草堆上，低聲地唱著：「我是一朵小黃花，沒爹也沒媽，清風把我吹落地，黃土把我扶養大。」

那歌聲唱得又嬌又嫩，卻也有幾分淒涼，白鐵軍想到她的名字叫「菊兒」，不禁一怔。

過了一會，那菊兒停止了唱歌，像是睡著了，白鐵軍暗忖道：「我點她的穴道，至少要十個時辰方能自解，幾日來奔走得也夠累了，我且歇一下。」

他正想閉目養神，忽然鼻間吸進一股香氣，暗叫一聲不妙，已經來不及閉氣，只覺一陣頭昏眼花，便沉沉睡去。

也不知過了多久，白鐵軍悠悠醒來時，天色已經大亮，急看左邊那棵樹下，哪裡還有菊兒的影子，他低首一看，只見地上有幾行娟秀的字跡：

「你點的穴道不管用，早就被我自解了，送些極樂香給你，助你好好睡一覺，你也大勞累了。前面有兩條岔路，千萬不要走右邊，走左邊那條路。咱們後會有期。」

白鐵軍看了這幾行字，簡直被搞糊塗了，他暗思道：「這個女娃兒真不知在搞什麼名堂，她用什麼鬼藥迷住了我，卻又不傷我性命……」

他把這件事的前前後後仔細想了一遍，只覺愈想愈是糊塗，再想一會，不知怎的，忽然一股無名之火冒了上來，他狠狠把地上的字跡擦去，忖道：「這小妖女會存什麼好心，我偏從右邊一條路走。」

正是黎明將至之時。

信。

武當山上一片冷清清的寂寞，這時，忽然有一條人影如流星閃電一般飛上了山崖。

那人上了山崖，連想都沒有想一下，便直向武當道觀奔去，速度之快，簡直令人難以置信。

那人奔了一程，只見前面矗立一方巨石，石上刻著三個大字：「解劍岩」，那人看了看，冷笑一聲，繼續前行。

只聽得黑暗中有人道：「施主慢行……」緊接著走出兩個青年道士來，左面那道士稽首道：「貧道帶方一，施主上武當來，不知有何急事？」

那夜行人黑布蒙面，身著黑袍，聞言道：「老夫欲尋貴派掌門天玄道長一談。」

那方一道人道：「敢問施主貴姓？」

那蒙面人冷笑一聲道：「天玄道長見了老夫，自然認識。」

那兩個道士相對望了一眼，左邊的道：「既是如此，施主請解下佩劍，貧道帶路入觀。」

蒙面人哈哈大笑起來：「老夫縱橫天下數十年，從來沒有人敢要老夫交出長劍的，這是你們武當的臭規矩，關老夫何事？」

那方一道人怒道：「不錯，解劍岩是我武當的規矩，但天下人無敢不從，施主不願解劍也罷，便請回去。」

蒙面人理都不理，昂然便向前行，那兩個道人一揮手拔出佩劍，厲聲道：「施主止步……」

話聲未完，蒙面人忽然猛一揮手，看準左面道士手中長劍，伸手便奪，其勢如風，銳不可當。

左面道士一個側身，右面道士舉劍刺來，只見蒙面人忽然一聲長笑，人影一花之間，左面道士退了三步，右面道士的劍卻到了蒙面人的手中。

他分明是伸手奪那左面道士的劍子，卻在一照面間把右面道人的劍子奪了下來，這等身法簡直是聞所未聞，見所未見，兩個道士不禁呆住了。

那右面道人忽然一躍飛上解劍岩，抓起一個大槌，在岩上把那口警鐘敲了起來，堪堪敲得第三響，蒙面人長笑一聲，舉手隔空一拳打去，轟然一聲便將那口巨鐘打成碎片。

蒙面人一躍而起，如一隻大鳥一般飛過左邊道人頭頂，直向山上武當玄觀奔去。

當蒙面人到達武當玄觀前時，只見觀前已列隊站了二十多個道士，一個白髯道士爲首立在中央。

蒙面人躍落石階之上，向四方望了望，那白髯老道稽首道：「貧道天寅，施主夜闖武當，過解劍岩而不解劍，又復出手傷人……」

他話說到這裡，蒙面人哈哈一笑打斷道：「出手是出了，可沒有傷人……」

他說著把手中奪來的長劍往石上一擲，在那堅硬無比的青石地上，那支長劍竟然直沒劍柄，四周武當弟子雖不乏高手，但見了他這一手，全都倒抽一口涼氣。

天寅道長怔了一怔，緩緩道：「施主藝高氣傲，過岩不解佩劍也就罷了，敢問夜闖武當，有何貴幹？」

蒙面人道：「老夫欲見天玄道長。」

天寅道長道：「掌教師兄正值坐關，施主有話但對貧道言，也是一樣。」

蒙面人搖頭道：「不行，不行，你作不得主的。」

武當眾人見蒙面人如此無禮，全都鼓譟起來。

天寅道長伸手一揮，冷冷道：「既是如此，施主便在此地耐心等候吧，掌教師兄出關時，自會見你。」

蒙面人哼一聲，向上便闖，天寅道長雙掌一合，怒聲道：「止步！」

蒙面人理也不理，舉步前行，天寅道長喝道：「看掌！」

只見他雙掌緩緩推出，正是武當十段錦的起手之式，這十段錦創自張三豐祖師，數百年來早已傳遍天下武林，成爲最普遍通俗的拳招，但是懂得這易學的拳招之精髓所在的人卻是愈來愈少，這時天寅道長雖然只是一個起手式，但在蒙面人眼中看來已覺氣象萬千，暗讚不絕。

蒙面人見天寅動掌，依然前行不止，雙掌微一相觸，只覺道長力道溫厚緩和，全無殺伐之氣，但是一種難以測度的韌勁則隱於其間，呼之欲出。

蒙面人暗暗吃了一驚，但他並不接招，只在突然之間，猛可施出一個古怪得無以復加的身法，忽地已越過了天寅道長，到了平階之上。

武當眾人驚呼起來，天寅凝目望著蒙面人，忽然沉聲道：「施主可是姓魏？」

那蒙面人哈哈大笑道：「老道士，算你還有三分眼力……」

他仰天大笑之時，忽然看見天空一支紅色火焰箭斜飛而過，霎時之間，他態度大是慌亂，忽然回首匆匆向天寅道長道：「天玄道長既是無暇，不見他也罷，老夫去也！」

他說完就走，整個身形就如一片烏雲一般騰空冉冉而起，霎時不見蹤影，武當弟子皆未見過這等駭人的身形，有幾個少年弟子躍出待要追趕，天寅道長連忙止住，他仰望著天空，滿臉不解之色，喃喃地道：「你們知道這蒙面人是誰麽，他便是北魏！」

「北魏？」

衆人中立刻湧起一片驚駭之聲。

天寅道長默默地忖道：「但他到武當來要見掌教真人，爲的是什麼？方才那支紅色火焰箭一出現，他立刻又匆匆離去，這又是爲什麼？」

這時，天已微亮了。

山下，那蒙面人如一縷輕煙般奔到山下，扯下了蒙巾，卻原來是那楊群的大師兄梁墨首，哪裡是什麼北魏？

不遠處有一個漢子迎了上來，見了梁墨首，行了一禮道：「大爹！小的這支火焰箭放的還不差吧？」

梁墨首回首仰望武當，微微笑了一笑，喃喃地道：「不到中午的時候，北魏夜闖武當山的消息就會傳遍湖北武林，不出十天，就會傳遍天下，那時候有誰相信北魏能在同一夜裡分身在武當山和大別山同時出現？哈哈，此計大妙……」

梁墨首說的不錯，北魏此時身在何處呢？

就在這時候，大別山的絕谷邊，有兩個當今天下屈指可數的大高手在靜候著一個人經過這峽谷。

這兩人靜靜地坐在一棵古松下，左面的一人是個氣概不凡的俊秀少年，右面的一個卻用白面布罩住了整個面部，只留出一雙炯炯有神的眼睛。

右面那蒙面人說道：「楊群，時間差不多了。」

那青年道：「師父，弟子總覺得犯不著師父親自出手……」

蒙面人輕嘆一口氣道：「孩子，你說得不錯，那小子雖然功力高強，但要想勝得過他，卻也未必一定要爲師親自出手，但是今夜咱們並不只是要戰勝於他，而是……」

他說到這裡略爲停了一停，然後一字一字地道：「而是一定要取他性命！」

那青年道：「姓白的雖是厲害，弟子與他交手數次，覺得比之師父相去實仍甚遠。」

蒙面人道：「楊群，你知其一而不知其二，姓白的小子是爲師平生僅見的奇才，他除了對武學領受敏銳無比以外，尤其得天獨厚的乃是隱藏在體內的神秘力量，爲師一生浸淫上乘武學，雖不敢誇口天下無敵，卻也想不出世上有什麼人能勝得過爲師的，但對姓白這小子，卻是第一眼就產生一種寒意，彷彿覺得他那潛在力量有如汪洋大海，深不可測，像是遇上的壓力愈強，則他的抗力也愈強，這與功力無關，乃是天賦的異秉，是凡人無法達到的，至於功力麼？嘿，爲師還不把他放在眼內。」

楊群道：「咱們今夜殺了姓白的，管教南魏去找薛大皇算血帳，師父這條借刀殺人的妙計，委實是天衣無縫。」

蒙面人冷笑一聲道：「薛大皇這老鬼知道得太多了，留下不如除去。」

楊群站起身來，向前眺望，只見晚風拂林，呼呼之聲夾著沙沙之響，彷彿萬籟作樂，草木歌舞，他看了一會，忽然輕嘆一聲。

蒙面人道：「群兒，你嘆息什麼？」

楊群吃了一大驚，他支吾道：「沒……沒有什麼。」

蒙面人笑道：「你以爲我不知道你爲什麼而嘆麼？」

楊群知道師父的脾氣，此時只有實說最好，他望了師父一眼，然後道：「弟子只是可惜那姓白小子一條好漢。」

蒙面人笑了笑道：「你是與那姓白的小子惺惺相惜是麼？」

楊群見師父臉色和藹，便大膽地道：「弟子只是敬重他是條好漢。」

蒙面人忽然呵呵大笑起來，他指著楊群道：「什麼英雄，什麼好漢，全是唬唬你們這些血氣方剛的小伙子罷了，天下哪有什麼英雄？全是狗熊。」

他望了楊群一眼，繼續道：「英雄是什麼？成功的人便是英雄，那些成功的人又是如何？全是犧牲了別人才得到成功的，你不瞧瞧古來的英雄人物，殺人如麻，弒君父殺兄弟的多不勝舉，哪有什麼英雄？」

楊群衝口說道：「那師父算不算是成功的人物？」

蒙面人更是哈哈一笑道：「問得好，問得好，爲師的就從來沒有把自己當成英雄人物看待，比起那些滿口仁義道德、滿腹險惡陰詐的英雄好漢，起碼對得起良心得多。」

楊群點了點頭，蒙面人道：「這些話你們少年人是永遠不會懂得的，等到你們到了我這把年紀時才懂就遲了。」

楊群又是點了點頭，他在心裡對自己說：「師父，您不瞭解我，您是世上我最敬佩的人，您武學究天，聰明絕頂，便是那些毒辣的手段陰謀我也都欽佩無比，因為我原也不是什麼善人，但是有一點，我心中的那一點火焰，您卻一點也不瞭解……」

蒙面人望了望沉思中的楊群一眼，正想說什麼，忽然微微一怔，道：「來了！」

楊群如閃電一般閃躲下來，只見遠處逐漸現出了一個人影。

楊群心中暗道：「小子，你是來送死了。」

那人大步朝著這邊一直走過來，魁梧的身軀在黑夜中顯得格外巨大，他走了幾步，停下身來，向著四面望了望，然後又繼續走過來。

他走到十丈開外，忽然停住腳步，凝目注視著左邊一棵巨樹幹上刻著的一行大字。

那行大字刻得有如龍游大海，氣勢極是不凡，那人低聲念道：「白幫主死於此樹下。」

他念完了，忽然哈哈大笑，朗聲道：「哪位朋友效仿鬼谷子的舊計，在這裡嚇人，白鐵軍在此，有什麼見教請出來吧！」

他話聲方完，忽然一支火焰箭如流星一般直飛而起，從白鐵軍的頭頂上飛過，刷的一聲正射在山上一條巨籐上，那籐立刻劈劈啪啪地燒起來，接著轟然一聲巨震，彷彿天地都要毀滅一般，白鐵軍忽然一縱身，如閃電般竄入一個石縫中躲避。

只見漫天都是飛砂走石，轟然之聲不絕於耳，過了好一會才平息下來，白鐵軍悄悄躍出石縫，只見滿地都是巨石碎岩，對面卻站著兩個人。

白鐵軍定目細看，呵呵大笑起來，他指著楊群道：「咱們是老朋友了。」

楊群道：「白鐵軍，你瞧瞧後面。」

白鐵軍回首一看，只見後面峽口已被崩塌的石土堆聚堵死，想是方才那一聲爆炸，火藥之力把兩崖上的石土炸了下來，堵死了出口。

他心中暗驚，知道今夜敵人是佈置好了來對付自己的，他向前緩緩走了幾步，暗中一直在打量著四周的地勢，只見四面山陡如壁，後路又斷，顯然是被困定了。

他再向前走了幾步，平靜地道：「也罷，既然沒路可逃了，索性打個痛快。」

楊群身旁的蒙面人忽然一揮手，低聲道：「你退後守住。」楊群一個倒竄，落到谷後的山石上，那蒙面人卻是一跨向前。

白鐵軍雙臂環抱，問道：「閣下貴姓大名？」

蒙面人理都不理，忽地一招掌，一股驚天動地的內勁突發而出。

白鐵軍全身精神一凜，避開掌鋒，巧妙地斜裡一撥，橫跨三步，沉聲道：「你不說我也知道閣下是誰了，威震天下的北魏，何必蒙什麼面？」

蒙面人仍不理睬，他一掌落空，連收招的時間都不須要，翻掌便借勢發出第二掌，那收發之間的瀟灑自如，也惟有北魏這等一代宗師方能輕易辦到。

白鐵軍心中寒意直起，在此四面臨敵、援手絕無的情形下，要想和北魏作殊死之鬥，實是令他不寒而慄，他心中雖是如此想著，手下卻是絲毫不慢，他左掌橫劈，右掌從斜裡旁出，掌勁陡發——

北魏武學已究天人，一望而知白鐵軍此招乃是從少林伏虎神掌中蛻出來的式子，他掌變五指，猛拿白鐵軍手腕。

白鐵軍年紀雖輕，卻是身經百戰，應招之嫻熟，雖丐幫諸老亦不能過，他見掌封掌，見爪反抓，五指所向，反扣北魏脈門。

北魏心中暗讚，雙掌如鉤，一口氣變了五個招式。白鐵軍卻也在這一霎時之間連施了五種大力鷹爪功中的精髓之學，式式相抗。

這其間北魏無形中吃了一些虧，只因北魏勁力在白鐵軍之上，此時捨掌易爪，成了個鬥招式的局面，白鐵軍雖然功力上遜了一籌，但論起這等變招易式的機敏程度，竟比北魏卻也不差，所以一時之間，一個名重天下的武學宗師和一個威震武林的青年高手竟然打成了一個平局。

北魏如何不知這其中原委，但他乃是一代宗師的身分，自覺即使如此相鬥，也必可將白鐵軍斃於掌下，是以雖知不利，卻仍是堅持著招招進逼。

白鐵軍與他過了二十招後，內心的膽怯之情，忽然一掃而空，心想：「反正今晚這個局勢是慘定了的，何須再懼怕於他？」

於是陡然間，白鐵軍雙掌招式大變，只見他時而輕靈有如波上乳燕，時而凝重有如老僧坐佛，上半式還是少林寺的大力金剛爪，下半式卻忽然變成漠南的鷹爪功，北魏一時之間簡直搶不到上風。

南魏魏若歸一生之中調教出這麼一個弟子出來，實是他平生中一大傑作，除了反應敏銳是練武上馳之材外，更有一種令人難以置信的精神力量，這時白鐵軍已不存希望能活著度過今夜，是以他那武林中津津樂道的大無畏精神又表現出來，北魏攻勢雖是逐漸加強，但白鐵軍屹立當地，一步也沒有退縮。

匆匆又是幾十招過去，這其間兩人所施的招式，每一式皆足以令武林中人嘖嘖稱羨，強如楊群，在一旁也不禁看得服氣了。

北魏在暗中默計已是百招開外，雖然他已逐漸取得控制戰局之勢，但若要立即教白鐵軍倒下卻也萬萬不成，他忽然覺醒，自己此刻乃是以立斃白鐵軍爲惟一目的，何必再和他這般鬥將下去？

只見他忽地一聲長嘯，身子猛地拔了起來，接著便是驚天動地一震，他由空對地發出神掌。霎時之間，戰局完全改觀，從疾如閃電的招招搶改，忽然變成沉若千鈞的掌力硬拚。

白鐵軍只覺全身被籠罩在無比強勁的掌力之中，他知道只要自己一個閃身躲避，立刻會露出破綻，那麼下面的一招就不好受了，但是反過來說，若是自己硬接上這一招，那麼以硬拚硬的局勢已成，以後的局面也不好受。

然而在此時，白鐵軍還有什麼可遲疑選擇的？他一咬牙根，雙掌排胸推出。

北魏見他終於硬拚，冷笑一聲，掌力直推而進，猛震一下，他借勢發掌落地，一氣呵成。

白鐵軍只覺如中巨石，雙臂又酸又麻。他驚駭地忖道：「看來北魏到此時才拿出了真正的功夫，如此拚法，只怕二十招不到，我就得斃於掌下了！」

北魏催掌又至，白鐵軍無可退處，只好把全身功力聚於雙掌之上，再度迎出。

於是乎一場百年罕見的硬戰在絕谷中展開，白鐵軍步步為營，掌掌堅守，只希望能拖一刻便是一刻，但是在這等硬對硬的拚法之下，卻是一刻也拖不下去。

只見堪堪二十掌上，北魏昂首一聲大喝，一掌如石破天驚一般拍了出去，白鐵軍一聲悶哼，慘然為之臂折，他一連倒退五步，低首望了望折斷的左臂，知道只要北魏下一掌發出，自己就完了。

這時，北魏冷笑著道：「白鐵軍，你死定了。」

白鐵軍茫然，點了點頭，抬起頭來道：「不錯，又怎麼樣？」

北魏一怔之下，答不出話來。

遠處立在山石上的楊群聽到這一句話，心中忽然猛烈的震起來，他喃喃對自己道：「這是何等英雄氣概！這是何等英雄氣概……」

白鐵軍雙腿微蹲，力聚單掌，忽然躍了起來，整個身子如一條巨龍一般在空中飛舞而過，同時掌力暴發。

北魏舉目一看，忽然全身一凜。臉色為之大變，他喃喃自語地道：「楊陸的絕學……」

白鐵軍飛身而起時，已不存能全身落地之想，便是此刻忽然發覺北魏楞然的模樣，立刻他對自己說：「今日能不能逃得性命，就看這一下了！」

他身形並未落地，雙足也無從借勁，只是整個身軀在空中一扭，卻忽然如一隻蒼鷹般倒飛了回去，這一手輕身功夫，委實達到登峰造極的地步。

北魏見他忽然倒飛，知道他想逃走，連忙大喝一聲，舉掌便發。

白鐵軍身在空中，立刻感覺到這一掌雖可躲避，但躲避之後卻是再無脫離危境的指望，在這千鈞一髮的關頭，白鐵軍默默地對自己說：「白鐵軍，試試你的造化吧……」

於是他不避不閃，反而微一沉身，以背迎向了北魏那一記神掌——

只聽得「啪」的一聲沉響，白鐵軍以背迎掌，卻藉著這一掌之力，整個身形如斷線紙鳶，疾逾流星地飄出十多丈外。

白鐵軍只覺背上宛如中了一記萬斤之力，耳目口中鮮血齊流，差點兒昏迷過去——

但霎時之間，他又清醒過來，他默默對自己說：「要死也要死到谷外面去！」

他估計自己體內臟腑雖未被震至粉碎，但也好不到哪裡去，他身形從空中飛去，鮮血卻在地上灑過一線，片刻之間，已落在谷口邊。

楊群大喝一聲：「往那裡走？」

白鐵軍足方落地，只見楊群遞掌已到，他想破口大喝道：「楊群，你這手下敗將又來幹什麼？」但是他連蚊子般的輕聲都發不出來，他只是把畢生的功力集聚在右掌之上，悶聲不響地硬推過去。

他又顧不得這一掌推出的後果如何，同時間拔身就起，向那左邊石壁直縱上去。

楊群忽覺白鐵軍這一掌之力奇大無比，他避過正鋒，伸掌欲發，忽然發覺白鐵軍移向左逃走了，他大喝一聲：「那裡逃？」縱身便追。

白鐵軍強納最後一口真氣，在直如石牆的山巖上連縱而上，竟是快如猿猴。

那邊北魏飛躍而至，大叫道：「群兒快追，得不著他的屍體，便前功盡棄了。」

白鐵軍聽到這一句話，全身重重一震，他忖思道：「他們要我的屍體幹麼？」他默默地道：「說什麼我也不能讓他們得著我的屍體！」

只見突然之間，這個垂死之人的速度忽然增加了一倍有餘，以楊群的功力追趕上去，三丈之內，竟是愈追愈遠！

北魏驚得目瞪口呆，眼巴巴望著白鐵軍如脫弦之箭一口氣衝到了崖頂，楊群猶在一丈之下。

白鐵軍衝到了崖頂，一股凜冽的山風迎面吹了過來，他冷靜地暗道：「大丈夫既不能成百世之功名，粉身碎骨也罷！」

只見他蹤身一跳，便跳入下面茫茫的雲海之中。

楊群功力何等深厚，他見白鐵軍已登崖頂，一急之下，猛可施出八步趕蟬的輕功絕學，整個人如同長了翅膀一般橫飛而上，但是依然遲了一步。

北魏也跟蹤而至，只見雲海茫茫，下面深不可知，楊群道：「師父，是弟子無能……」

北魏嘆道：「不干你事，是爲師疏忽了一招，唉，姓白的這小子真厲害。」

楊群道：「咱們要不要下去搜搜他的屍首？」

北魏向下面雲海望了一眼，道：「下面雲海茫茫，如何搜尋法？」

他側頭想了半天，忽然道：「雖然找不到他的屍體，咱們的計劃仍是可行。」

他說到這裡，回頭道：「咱們先下去再說。」

他率著楊群匆匆從崖頂躍回谷中，北魏道：「把咱們那皮口袋拿來。」

楊群從那古松下取來一隻皮口袋，北魏打開皮口袋，從袋中掏出一個烏鐵製的圓筒來，又掏出一塊火石來，點著了火，把那烏鐵筒尾一根引線一燃著，那鐵筒前端立刻就噴出火焰來。

北魏拿著那鐵筒，在四周山石上、土地上都噴燒一番，霎時間，四周土石都都燒呈黑色。

北魏熄了火焰，從皮口袋中拿出一個鐵製的手掌模型，運用內功，在石壁燻黑處留下許多掌印。

楊群嘆道：「這手掌模型與薛大皇的手掌一般大小，再加以這番佈置，可惜沒有得到白鐵軍的屍體，否則在他屍體上再如法佈置一番，便是神仙來了也必認定是薛大皇偷襲宰了白鐵軍，可惜啊可惜！」

北魏道：「雖然沒有白鐵軍的屍體，咱們照樣能教南魏去尋薛大皇的晦氣。」

楊群道：「師父雖然把現場如此佈置一番，但南魏是何等人物，沒有見著白鐵軍的屍體前，只怕不會輕舉妄動。」

北魏哈哈一笑道：「群兒，你附耳過來……」

楊群湊耳過去，北魏在他耳邊低聲道：「南魏不去殺薛大皇，就沒人會去麼？」

楊群一怔，低聲道：「您是說……」

四六　故友反目

白鐵軍強忍著最後一口氣，衝到了崖頂，奮身躍了下去，他心中不存一絲生還的希望，但是老天爺此時尚不要他死，他的敵人再處心積慮，結果仍是一場空。

且說白鐵軍絕崖頂一躍而下，但是他卻並未感到絲毫恐懼，他心中只是安慰地想道：「他們要得我的屍體，我偏不給他們……」

忽然之間，他覺得自己全身被一捲巨籐纏住，雖然依照是向下落，但是速度卻是減慢了一些，他伸手拚命抓住一根粗籐，可惜只是用不出力來，正急切間，整個身軀忽然猛然一震，他覺得雙腿上和胸上都被勒得緊不透氣，然而身軀卻停止下落了。

他知道自己已被籐條纏住，吊在半空之中，胸前被纏得透不過氣來，極是難過，他想伸手去解一解籐索，在一動臂，猛覺手臂劇痛，他才忽然想手臂已折，同時，他才意識到一件事——

原來自己仍然活著！

於是他睜開眼來，向下看去，只見依然一片雲海，低處山巒樹林在在雲霧之間或隱或現，黎明初現之時，萬道金光從東方射出，霎時之間雲海也成了一片浩浩金波，天空朝霞與群雁齊飛，四面怪石與奇木相並，白鐵軍忽然感到造物之神奇，其偉大之處不可言喻，想到自己死裡又逃一生，千萬種滋味一齊湧上心頭，說不出是高興還是悲哀。

過了好一會，白鐵軍才從沉思中醒過來，他移動了一下身體，覺得尚能動彈，便伸手摸出一把小刀，緩緩把纏在胸前的籐條除去一二，使呼吸稍順暢。

這時太陽升起，雲霧已散了一些，他忽然發覺在左邊下約三丈處竟然有一片平地，看上去彷彿遠處尚有羊腸小道可循，白鐵軍不由大喜，緩緩把身上的纏籐一一切斷，最後把小刀銜在口中，伸出來斷的一隻手，抓住一根籐條，輕輕地蕩落下去。

他身體一落地，立刻支持不住，一個跟斗摔在地上。

這時候，他才感覺到無比的疲乏，什麼事都不想做，除了睡覺，但是立刻他又想到在此處睡覺，難保不被北魏從山上追尋過來，於是他掙扎著向草坪上面爬，一直爬到一片極其穩秘的樹林後，鑽入一個小石穴，才昏然睡去。

等到白鐵軍再醒來時，天又黑了，他試著運了運氣，覺得內傷雖重，但還未到無可療治的地步，於是他盤坐閉目，運起最上乘的內功心法，不一會，只見他面色一陣紅一陣白，而一縷白霧般的蒸氣從他的頭頂裊裊冒起，他體內那無上真力已經緩緩發生作用。

天高雲淡，輕風微蕩，一條小小的山道蜿蜒曲繞在群山之中，兩旁雜草野花叢生，陽光灑在地上，好像染上了一層柔和的金黃。

這個地帶雖然遠離城鎮，隔絕村落，但從這一條小路看來，卻並不是人跡絕無的地方，小山石道被走得光坦坦的，如果耐心地繞過左轉右彎的的羊腸小道，便會發現一棟小小木屋倚石而立。

住在這木屋中的人，不用說必是隱逸之士，虧他想得出如此清悠的地帶，木屋對面便是山谷，遍生老松，遠望而去，彷彿落在松海之中，直如仙境。

這一日辰時時刻，那小道上忽然出現了一個人影，那人年約六旬，身上穿著一件青衣長衫，眉目之中神光閃爍，他似乎在找尋什麼，一路上行來，不時停足止步，左盼右望不已。

這時陽光直灑下來，他雙目覷成一線，但眼珠轉動時，不時有令人驚駭的光芒閃動。

他走了一刻，忽然停下足步，似乎在側耳傾聽，果然只聽一陣足步之聲，一個人影自路角轉了出來。

那人一身雪白衣衫，他似乎沒有料到在這等偏僻小道之上，竟有第二人出現，登時不由一呆。

青衣老者雙目一睜，微微拱手道：「兄台請了。」

那白衣人也是年約六旬，頷下白髯根根，相貌也自不凡，他呆了一呆，朗聲道：「兄台有何見教？」

那青衫老者微微一笑道：「老朽想要尋找一人。」

那白衣老者咦了一聲，青衫老人卻接著道：「不知兄台此去……」

那白衣人朗聲道：「不瞞兄台，老朽便是居住於此。兄台要想尋找何人能否見告？」

青衫人怔了怔道：「老朽想找一位姓薛的先生。」

那白衣老者雙目之中神光一閃而滅，聲音忽然低沉下來道：「敢問兄台貴姓大名？」

青衫人神色依舊，緩緩反問道：「你便是薛老先生麼？」

那白衣老人伸手微微拈了拈頷下銀鬚，沉聲道：「老朽薛大皇。」

青衫人微微一笑道：「那就不會錯了。」

白衣人原來便是鼎鼎大名的銀嶺神仙薛大皇，他心中滿懷疑慮，雙目不住量那長衫老者，口中冷然說道：「兄台找尋老夫有何貴幹？」

青衫人笑了一笑道：「要想請薛兄去解釋一件事的經過！」

薛大皇心中一驚，右手忽然舉起胸前，這個架式乃是他獨門招術，極爲飄忽，實虛變化無端，專是用以試探對方的，若是對方有任何舉動，由虛而實只是一瞬間之事，千斤內力立刻可以吐出。

他右手才舉，那青衫老人忽然身軀微微向後一仰，薛大皇陡然大吃一驚，他乃是武學的大行家了，只覺對方向後移了半尺不到，自己腹腰之下已蓋在對方攻擊威脅之下，若是雙方同時發力，自己注定要吃大虧不可，所謂「行家一伸手」，薛大皇心中駭然，右手卻毫不停留一直舉過胸前，假裝拈拈銀鬚，心中卻不住盤算，不知這個老人到底是何來頭！

青衫人身軀緩緩直立而起，薛大皇突然仰天大笑起來。

青衫人不由微微一怔，忍不住開口問道：「薛先生何笑之有？」

薛大皇笑道：「兄台令老夫想起一件往事！」

青衫人奇道：「什麼往事？」

薛大皇笑道：「十年前的事了，也是在這兒發生的。」

青衫人面色微微一變，但迅即淡淡問道：「可是與老朽有關麼？」

薛大皇神色陡然一冷道：「兄台大名不肯相告，老夫與你素未謀面，那事豈會與你有關？」

青衫人微微一呆，接口微笑道：「說得不錯。」

薛大皇道：「那一年，有一個人來找老朽，也說了一句要老夫解釋的話！」

青衫人噢了一聲，薛大皇道：「那時候老夫可不像現在火氣都消了，衝著他這一句話，便和他動手起來！」

青衫人淡然一笑道：「那人想是不知薛先生的名號，自找麻煩了！」

薛大皇冷笑一聲道：「老夫一連打他一十五拳，他拳拳硬接下了，第十六拳他反擊一拳，老夫真力沒有他長，登時被他震退三步之遠！」

青衫人驚啊了一聲道：「那人是誰？」

薛大皇笑道：「老夫敗得心服，那人姓楊名陸，當年丐幫幫主！」

青衫人面上神色又是一變道：「楊陸神拳天下聞名，薛先生一拳之差，哪裡算是敗了？」

薛大皇冷然道：「老夫方才想到，老大一生久住塞北，極少盤桓中原，幾十年來先後兩次，卻都遇上有人找上門來，武林中人真是看得起老夫了。」

青衫老人微笑不語，薛大皇又道：「第一次找上門來，老夫結識了天下英雄第一人，至今老夫猶嚮往不已。這一次不知老夫將要結識什麼神仙人物？」

青衫老人淡淡一笑道：「薛老先生，老朽只請教一事。」

薛大皇冷冷道：「兄台請說吧。」

青衫老者道：「有一個姓白的少年白鐵軍，薛先生認得麼？」

薛大皇啊了一聲道：「識得識得，與他有數面之緣。」

青衫老人面色一變，正待開口再說，薛大皇卻搶先說道：「老夫並曾與他一度交手，他可真是一個強勁的青年！以老夫之見，十年之後，武林非此子莫屬！」

青衫老者面上一陣古怪的表情，低聲道：「是以薛先生深感寢食不安？」

薛大皇呆了一呆道：「你……老夫不知兄台所言有何用意？兄台是那白鐵軍什麼人？」

青衫老者冷笑道：「薛先生你說我是什麼人吧！」

薛大皇臉色一變大聲道：「老夫是一再容忍，兄台將話先說清楚了，老夫便要領教領教。」

青衫老者突然仰天一聲大笑道：「銀嶺神仙薛大皇的火焰掌五湖聞名，只是也用不著以之對付武林後輩吧……」

薛大皇面色一變，怒道：「老夫在少林寺中對白鐵軍打出火焰掌力，那時已將他認爲勁敵，絕無欺凌之心……」

青衫老人面色一怔，插口道：「什麼？在少林寺中？」

薛大皇點了點頭道：「不錯，那一日少林方丈也在場……」

青衫老人忽然又是一陣大笑道：「那麼，你是第二次了。」

薛大皇大怒道：「兄台可別敬酒不吃……」他話音陡然一頓，緩緩問道：「你說……什麼第二次？」

青衫老人雙目一翻，霎時滿目之中精芒四射，冷冷地道：「薛大皇，大丈夫敢做敢當，什麼時候開始，你變成了畏首畏尾之人？」

銀嶺神仙雙目之中陡然露出殺氣，他仰天大笑道：「衝著這一句話，兄台，今日你是不得好走了！」

青衫老人冷冷一哼道：「你對那白鐵軍追擊三番，火焰掌力凌空虛擊，好威風好本事，老朽倒要見識一番……」

薛大皇似乎怒極反倒平靜了下來，他冷冷一哂道：「今兒咱們是注定要動手了。只是在動手之前，薛某有一言想說。」

青衫老人雙目一皺道：「快說吧。」

銀嶺神仙道：「老夫對兄台今日所言是一無所知，簡直不知所云，不過兄台既是如此態度，老夫也懶得弄清楚了，而且就算弄明白，老夫還是要看看在中原所遇第二個拜門客人的本領！」

青衫老人面上神色陰沉之至，緩緩跨前了一步，銀嶺神仙薛大皇緩緩吸了一口真氣，他方才從那一式中已發覺對手的強勁，這時那還敢有一分一毫大意，雙足之間也貫足了內家真力。

青衫老人冷笑一聲，突然開口道：「老夫也有一言相告……」

銀嶺神仙不將真氣散去，開口道：「老夫洗耳恭聽。」

他語音之中貫足真氣，震得空氣嗡嗡作聲，那青衫老人沉聲一字一字說道：「白鐵軍喪生你火焰掌下，老夫要叫你也喪生火焰掌力之中！」

銀嶺神仙陡然呆了一呆，似乎不敢相信自己的雙耳，但卻又欲言又止，只是冷冷一笑，淡淡道：「老夫渴望知道，兄台是那白鐵軍什麼人？」

那青衫老人面上現出一絲哀傷古怪的神色，冷冷答道：「老夫傳授白鐵軍一十八年，卻不料……」

他話聲未完，銀嶺神仙薛大皇突然仰天大笑起來，那笑聲之中充滿了內家真氣，直衝雲霄，好一會他才停住笑聲，朗聲道：

「好痛快，好痛快，老夫一生要會天下高人，始終不遇，卻是每每高人找上門來，楊老幫主使老夫見識中原神拳之威，今日老夫將可看見失傳百年擒龍手法，若是老夫沒記錯，兄台便是魏先生吧！」

那青衫老人冷笑不語。

薛大皇卻是語聲不絕：「老夫曾私評天下英雄，南北雙魏當執牛耳，魏定國是老夫之友，南魏卻是始終聞名而未見面，魏若歸，咱們終於會上了！」

青衫老人冷笑道：「魏定國告訴你老夫與白鐵軍的關係了！」

銀嶺神仙道：「不錯，也只有南魏之門才出得了白鐵軍那等人物。」

魏若歸冷笑道：「如此，薛先生請賜招吧！」

銀嶺神仙雙目一定，登時神斂氣靜，他這時心中不敢有半分雜念，一心只在於這個蓋代強人，甚至連大戰的結果都分不出心來考慮！

薛大皇左足微微踏前一步，右掌向下一劃，猛可斜斜推了出去，同時右足一圈，身形卻是不退反進！

這一式喚作「雪地拖刀」，乃是銀嶺神仙近年來潛心領悟的絕招，神妙無方，攻退有度，他一上手便施出如此招式，只因對手是南北雙魏之一。

魏若歸面色凝然，右掌一拂緩緩切出，那出手的部份極為古怪，但薛大皇只覺一股勁風直逼下來，自己雙足攻勢登時被封閉。

薛大皇不待招式用老了，突然右手一撤，左掌斜伸如刀，倒削而起！

這時他心知自己先出手，已佔了先機，萬萬不能被逼退一步，是以招式才返又攻，而且這一式乃是實攻實打，掌緣才遞出，嗚嗚呼嘯之聲狂作！

魏若歸卻是足不下退，上身陡然平平向後移了將近半尺，猛然右手一振，反迎而上。

「啪」的一聲，這兩位蓋代奇人交手第二招便實對了一掌，薛大皇占攻先的優勢，但覺自己內力一阻，身形為之一震，急看魏若歸時，只見他身軀一陣搖動，寬大的青衫斜飄而起。

薛大皇大吼一聲，驀地右足飛起，猛向魏若歸下盤橫掃而過，攻勢未盡，突然身形凌空，右足也是一掃而至。

這一式著實險惡無比！薛大皇「龍門神腿」是四海聞名的，相傳有一年他在燕北面對青松幫一十二舵舵主，在杯酒之間，雙腿一連踢出七七四十九腳，將十二舵主一一踢倒在地，立刻風傳武林，這時他佔得先機，竟在第三式開始，施出「龍門神腿」！

只見那腿影重重疊疊，右腿未落，左腿已起，破空之聲已分不出先後，形成嗡嗡一片。

魏若歸雙目如炬，他知道自己已面臨重大危機，這當兒別說是還擊，就是退守也都萬分艱難。

南魏魏若歸在江湖上永遠是一個謎一樣的人物，他絕跡武林，人們只知其大名，卻從未見過他真實的功夫，這時只見他雙足倒踏，不住向後退走，他每一步踏出，動作與薛大皇卻是大相逕庭。

那薛大皇雙足閃動已成模糊一片，反觀魏若歸，只見他步步分明後退之時正是薛大皇踢實之際，停頓之時正是薛大皇的虛晃招式，是以但見他一步一步倒踏，卻步步閃在薛大皇腿影之後！

別見他退得緩慢，其實比疾退後縱要艱巨得多，有一步踏錯了，立刻骨折筋斷重傷在地！是以魏若歸全身真力貫足，雙目一眨不眨隨著薛大皇的雙腿，霎時只見他額角汗漬滲出，由小而大，可見他心神緊張已到了何等程度！

魏若歸一路退到第廿一步之時，右足向後跨了半步，這一步踏得好不玄妙，整個身形隨著這一跨之勢側轉了半圈，而這一步卻並未踏實，剎時之間右足凌空一劃，不退反進，疾疾一掃而出！

他這一腿掃出，部位、時間拿捏得好不精妙，正當那薛大皇右足攻勢已盡，左足將起未起之時！

那薛大皇右足攻出，足風籠罩足足有半丈方圓，照說魏若歸決計攻不出來，但南魏方才足下一踏，身形竟然轉了半圈，待那足風貼身而過，立刻反攻一腿。

薛大皇只覺對方腿勢未至，勁風已如泉而湧，急切之間不容再想，身形向後一側，後退一步，那綿綿不斷的攻勢登時中止。

魏若歸噓了一口氣，雙掌合併，雙目之中精光陡長，右掌貼著右臂疾推而出！

這時他與薛大皇之間的距離已足有一丈，但拳風真力劃過半空，噓地發出尖響，薛大皇咬牙右手一立，生生推出半尺，但這一剎時間，魏若歸身形已欺近不及三尺之地！

魏若歸左右拳交相而起，忽然左拳一翻，右掌猛探而出，無端響出尖銳噓聲，薛大皇但覺雙目盡赤，大吼一聲道：「擒龍手！」

說時遲，那時快，銀嶺神仙薛大皇的身形一立，雙掌一合立分，猛可一股熱風憑空而生，他已在這一剎時發出了火焰掌力！

魏若歸掌勢才遞出一半，突然大吼道：「慢著！」

薛大皇猛地吐氣開聲，生生止住掌勢，魏若歸冷冷道：「路過的朋友請現身吧！」

薛大皇呆了一呆，心知自己方才心神專一，耳目竟然失聰，這一點已較南魏遜了一籌，面上不由微微一紅。

果然只見路旁樹葉一搖，走出一對人來。

只見當先一人年約六旬，面色清癯，身旁站著的是一個廿歲上下的少年，相貌清秀，銀嶺神仙一眼認得，原來正是左冰！

那魏若歸看見兩人，面色不由大大變了一下，但迅即掩飾過去，這時其他三人並沒有分神留意。

那老人對薛大皇頷首道：「閣下便是薛神仙？」

薛大皇點了點頭向左冰道：「小子，你同誰一起來了……」

那老人微微一笑道：「老夫姓左，草字白秋！」

薛大皇怔了怔，震驚問道：「你……你就是在白秋？」

左白秋點點頭道：「這是小兒，咱們方才上來，便見兩位正在搏鬥不已，薛神仙『龍門神腿』果是名不虛傳，只是這一位，左某卻是素未謀面，直到方才薛神仙呼出『擒龍手』，左某方知原來是南魏先生駕到，難怪方才受影移形身法，左某父子算是開了眼界了！」

魏若歸道：「原來是名震天下的左白秋先生，老夫真是三生有幸，能有緣一見。」

薛大皇似乎震驚過度，此刻猶自吶吶不知所言。

左白秋笑了一笑道：「薛神仙，左某父子今日登門求見，是有一事相求！」

薛大皇道：「薛某與左老先生素不相識，不知有何事要薛某效勞？」

左白秋微微一笑道：「左某想問薛神仙一個問題！」

薛大皇怔了一怔道：「左老先生請說。」

左白秋頓了頓才道：「乃是有關十年之前土木驚變之事！」

薛大皇陡然面色劇變，這時卻沒有人注意到那魏若歸面上神色更是變得可怕。

左白秋這時雙目緊緊盯著薛大皇，口中一字一語道：「左某認爲薛神仙總不至知而不言吧！」

薛大皇怔了怔道：「左老先生此言從何說起？」

左白秋道：「左某但要請教一事，那一年丐幫楊陸幫主隻身入星星峽的前後經過！」

薛大皇突然冷哼一聲道：「這個與左老先生有何相關？」

左白秋冷然道：「但卻與錢百鋒相關太大了！」

薛大皇吃了一驚道：「左老先生與錢百鋒是相交麼？」

左白秋冷冷道：「錢百鋒與左某至交廿年了。」

薛大皇啊了一聲，道：「錢百鋒現在何處？」

左白秋雙眉一皺道：「左某但要請教薛神仙，閣下久居塞北，那年土木驚變之時卻入關閉居，據錢百鋒所說，當年楊老幫主曾親自登門求見……」

薛大皇點了點頭道：「不錯，這一件事方才我也曾對魏若歸提及。」

左白秋道：「曾聞北魏魏定國與薛神仙乃是至交好友，不知當年生變之時，那北魏身在塞北還是關外？」

薛大皇不假思索答道：「那時他在關內。」

左白秋道：「薛兄敢確定此言麼？」

魏若歸身形未動，臉色卻爲之一變。

左冰在旁，看到魏若歸的神情並不以爲意。

左白秋又道：「薛兄可別又想弄什麼陰謀？」

他話未說完，薛大皇搶口道：「什麼陰謀？左兄說什麼？」

左白秋面色陡然一沉道：「薛兄又在做作了。」
薛大皇怒火上衝，大吼道：「左白秋，你說——」
他話聲陡然一頓，似乎想起什麼，雙目一轉，沉聲說道：「你說老夫又在做作，從這『又』字看來，難道你也知那白鐵軍傷在火焰掌下之事？」
左白秋和左冰一齊點頭不已。
薛大皇仰天大笑道：「一日之間，一切罪名都加在薛某一身之上，薛某也不多說了，左白秋，要怎樣劃出道來吧！」
這時那南魏魏若歸冷冷一笑道：「薛大皇，咱們的事還沒有了呢。」
薛大皇只是冷笑不語，左白秋微微哼道：「南魏的替形換位身法薛兄已領教過了，左某一見也是自嘆弗如！」
那魏若歸冷然道：「左老先生好說了，誰不知鬼影子身法天下第一，武林……」
他陡然面色大變，左白秋當時一怔，隨即會過意來，剎時只覺如夢方醒，恍然大悟道：「原來……原來是你！真是天網恢恢……」
薛大皇不知所措，那魏若歸陡然之間大笑，聲，身形好比箭矢一般向後急射而去！
左白秋冷冷道：「這筆債又算到你頭上來了。」
那魏若歸身形在半空，怪笑道：「都來找老夫一人吧！」
那最後一字傳出，身形已在好幾十丈外，簡直有如巨鳥淩空。
左冰喊道：「爹爹！快去追他！」

左白秋卻是搖了搖頭道：「追不上了！」
薛大皇被這突變驚得呆了，半晌說不出話來，好一會才道：「是——是怎麼一回事？」
左白秋長吁了一口氣道：「他不是南魏本人！」
薛大皇吃了一驚，吶吶問道：「他不是南魏魏若歸？」
左白秋沉聲道：「他也姓魏，卻是人稱北魏的魏定國！薛兄，你的生平好友！」
薛大皇簡直驚得呆住了，他再也說不出一句話來。
左白秋道：「真是天網恢恢，疏而不漏，魏定國定下連環毒計，卻不料為他自己一言所敗！」
薛大皇道：「左兄請明言……」
左白秋道：「知道左某便是人所稱的鬼影子者，就只北魏一人！」
薛大皇只覺驚奇，駭怒交集心胸，這對面的人，竟就是身兼武林兩重盛名的奇人，而方才向自己挑戰的，卻是生平老友魏定國！
左白秋道：「魏定國定下連環計，想來那白鐵軍必是傷在他手中了，然後移禍與薛兄。」
薛大皇長長嘆了一口氣道：「不知那白鐵軍之事究竟如何？」
左白秋道：「左某也是聽傳言，說白鐵軍身遭火焰掌所襲，若此事為北魏所為，他卻假冒南魏前來尋仇，目的究竟何在？」
薛大皇吶吶道：「難道他想……他想挑撥薛某與那南魏？」
左白秋道：「以左某之見，目的不止為此！」

薛大皇道：「薛某想不出其他原因目的。」

左白秋道：「怕是要傷薛兄掩沒某件秘密！」

薛大皇呆了一呆，半晌說不出話來。

左白秋嘆了一口氣道：「北魏處心積慮要掩沒什麼事，咱們先不去說它，老夫要問薛兄之事，是有關一個外族高人。」

薛大皇道：「外族高人？什麼外族？」

左白秋道：「有一個瓦剌的高人，名叫郎倫爾的，薛兄可是知道？」

薛大皇好像被人打了一拳，登時呆在當地，那「郎倫爾」三字好比驚天巨雷，竟使得他不知所措！

左白秋冷然望了他一眼，緊逼著道：「薛兄見過此人麼？」

薛大皇吸了一口氣，似是在平息胸中的激動，他點了點頭道：「不錯，老夫見過他。」

左白秋道：「願聞其詳。」

薛大皇道：「郎倫爾乃是關外西方第一高手，三十歲不到便遍問西藏飛龍十八寺，未逢敵手。」

左白秋道：「老夫敢問郎倫爾與土木之變有何關係？」

薛大皇臉色微變，忽又冷笑道：「隨便你去猜吧。」

左白秋道：「土木之變關係多年來武林大事，薛兄難道真要讓其中真相永泯於世麼？」

薛大皇道：「其中真相便是薛某也不知道，左兄你倒是言重了。」

左白秋再道：「願薛兄能將所知者惠告一二。」

薛大皇臉上忽現不耐之色，大聲道：「薛某所知，言盡於此，兩位請便，薛某尚有要事。」

左冰站在一旁一直沒有開口，這時再也忍耐不住，正要說話，左白秋已道：「既是如此，咱們後會有期。」他拱了拱手，拉著左冰就走。

薛大皇冷冷地道：「不送。」

左白秋拉著左冰走出數十步遠，左冰急道：「他不肯說，咱們就此罷手？」

左白秋道：「關鍵就在他的身上，咱們豈能罷手。」

左冰道：「那麼爲什麼……」

左白秋道：「冰兒你且不要急，待我想想辦法。」

兩人又走了一程，左白秋忽然一停，低聲道：「咱們再轉回去，要小心一些。」

左冰跟著他又轉了回去，走到方才與薛大皇說話的地方，忽然看見薛大皇正與另一個老人在說話。

左白秋悄聲道：「咱們先躲起來。」

兩人隱身一個屋角後，裝著一副悠閒的模樣，遠遠望去，只見那正與薛大皇說話的老人，背對著這邊，看上去似乎年齡十分老邁，但是舉止氣質之間，卻處處流露出高貴風度。

左冰悄聲問道：「那老人是誰？」

左白秋搖了搖頭道：「不認識。」

左冰道：「想辦法走近一些去偷聽一下。」

左白秋搖頭道：「銀嶺神仙何等人物，咱們一移動，他多半就會注意發現。」

那薛大皇低聲與那老人說話，滿臉神秘的表情，那老人卻是不時搖頭嘆息的模樣，過了一會，薛大皇伸手向東邊小路那面指了一指，說了一句不知什麼話，那老人點了點頭，兩個人就一同向那小路上走去。

左白秋等他們走得遠了，這才低聲道：「盡量想辦法不讓他發覺，咱們跟下去。」

左冰輕應一聲，兩人順著那小路跟蹤下丟，轉了一個彎，左白秋忽然輕聲道：「上樹去。」

他身形飄起，簡直就如沒有重量的東西一般，一點聲音也沒有發出，左冰也依樣跟上路邊的樹上，放眼望去，只見薛大皇領著那老人走入一座幽靜的小亭子中。

左白秋施展絕世輕功，猶是不敢靠近，只是遠遠躲在樹上，藉著樹葉隱住身形，只隱隱約約聽得薛大皇對那老人道：「……大學士你仔細想一想，事隔這許多年，你若再聽到那人聲音……」

薛大皇道：「……咱們便立刻動身……」

那老人道：「……待老夫略爲收拾一下行李……」

接著那老人便緩緩走出小亭，沿著小路繼續往上走去。

左冰正想問問父親要不要分一個人跟上去看個究竟，那薛大皇忽然揮手冷笑道：「樹上的朋友，聽夠了就下來吧。」

左白秋暗暗吃了一驚，他伸手向下一指，飄然落了下來，左冰也跟著落了下來。
薛大皇冷笑道：「好俊的輕功，真不愧為『鬼影子』三個字。」
左白秋自覺面上無光，只是淡淡一笑道：「薛兄要遠行麼？」
薛大皇道：「你們不必跟來跟去的了，老夫告訴你，言已盡此，你們再探也探不出什麼名堂來，除非……」
他說到這裡，忽然止住，左白秋立刻道：「除非什麼？」
薛大皇不答，過了一會兒道：「沒有什麼。」
左白秋道：「薛兄且聽老夫一言，昔年土木堡一戰，龍廷受辱，武林中形勢亦因之巨變，丐幫幫主楊陸慘死，中州高手聯手困擒錢白鋒，這一切變故只因步入了一個大陰謀中，薛兄心中所知之事必能對左某探測此事大有幫助，薛兄何必固執不肯言出？」
薛大皇道：「老夫什麼也不知道，有何好講的？」
左白秋道：「左某再三相求，薛兄只是不肯說，莫非那陰謀中薛兄是個關係人？」
薛大皇臉色鐵青，戟指罵道：「你們隨便怎麼說都成，什麼罪名都加到薛某身上，薛某可不在乎。」
左白秋身邊的左冰再也忍耐不住，這時忽然大聲喝道：「薛老前輩，你可知道晚輩曾見過郎倫爾一面？」
薛大皇一聽此言，整個人宛如裝了彈簧一般跳了起來，他一把抓住左冰的衣袖道：「什麼？你說什麼……」

左冰道：「晚輩說，在棲霞山絕谷之中，晚輩曾見過郎倫爾老前輩。」

薛大皇臉色激動，喃喃地道：「棲霞山……棲霞山……絕谷……這麼說來……他怎可能是自尋短見跳崖而死的？魏定國啊魏定國，你騙得我好苦……」

他喃喃說到這裡，忽然轉過臉來，厲色對著左冰喝道：「小子，你不要唬我，昔年老夫在棲霞山上上下下搜尋三遍，卻是什麼都未發現，你這話唬得住我嗎？」

左冰道：「晚輩與郎前輩在谷底相處了數日，若是晚輩不曾見過他，怎知什麼棲霞山絕谷的？」

薛大皇一聽此言，面露喜色，連聲道：「不錯，不錯，你快告訴我，郎倫爾現在在什麼地方。」

左冰道：「咱們問前輩的事，前輩不肯說，前輩問咱們的事，咱們便非說不可嗎？」

薛大皇一怔，眼中立刻露出殺氣，左白秋站在一旁冷笑一聲，抖了抖衣袖。

薛大皇望了左白秋一眼，又轉向左冰道：「那麼你說便怎的？」

左冰道：「咱們交換所知。」

薛大皇道：「好，交換就交換，你先告訴老夫郎倫爾的下落……」

左冰道：「不行，還是老前輩你先說。」

薛大皇怒道：「老夫說出來了，你這小子詐賴怎麼辦？」

左冰大笑道：「前輩你瞧咱們是這種人嗎？」

薛大皇勃然道：「依你說，我薛大皇便是這種人了？」

左冰道：「不敢，不敢。」

薛大皇道：「老天平生不信任何人。」

左冰道：「那就算了，爹爹，咱們走吧。」

他轉身就走，薛大皇忽然猛一伸手，疾如閃電地扣住了左冰的脈門。

左冰回首道：「你要怎的？」

薛大皇道：「慢走！」

左白秋自忖銀嶺神仙功力絕無能耐伸手便擒住左冰，心想左冰必有計謀，便也裝著上前一步冷冷道：「薛兄你想動武嗎？」

薛大皇道：「薛某先說也罷，但可要留個人質，嘿嘿。」

他扣著左冰一帶，輕輕躍回亭中，得意非凡地道：「現在薛某要你先說了，哈哈！」

左冰道：「薛前輩你不先說，便是殺了我，晚輩也不會告訴你半個字，郎倫爾老前輩是不可能重出人間，沒有晚輩領路，天下無人能尋得著他，前輩你看著辦吧。」

薛大皇冷笑道：「老夫當然不殺你，可要教你慢慢好受。」

左冰料不到他到了此時，忽然又變臉耍賴，不禁也有一點心慌。

左白秋忽然上前半步，冷冷道：「薛大皇，有個人質在你手上，你還不先講嗎？」

薛大皇笑道：「就是因爲有個人質在我手上，所以才要請你們先講。」

左白秋沉聲一字一字地道：「薛大皇，你不要玩花樣，左某有把握在一招之內要你鬆手放人，你不信就試試看。」

薛大皇望了左白秋一眼，心中倒是信了大半，鬼影子之名在武林之中被傳說得如同神仙一般，薛大皇雖有一身驚人奇門功夫，卻也不敢莽然一試。

左白秋道：「咱們還是君子協定，薛兄你先講吧。」

薛大皇一面加勁扣住左冰，一面瞟了左白秋一眼，冷冷道：「也罷，你們有什麼話只管問吧！」

左白秋道：「老夫想知道楊陸出星星峽前後的全部經過。」

薛大皇道：「那年楊陸以丐幫幫主之名邀天下英雄共赴國難，方出動之時，土木堡已經告危……」

左白秋點了點頭，薛大皇道：「楊陸行經晉北之時，便把群雄分成數組，當時分在最西方的一組有駱金刀、神拳簡青、武當掌教三大高手，但是當夜他們卻在古秦道口上遇到伏襲……」

左白秋道：「薛兄請說下去。」

薛大皇道：「奇怪的是，伏襲之敵人竟然全是武林高手，而且是滿口蠻子話的西域人，駱金刀他們一行九個人力戰對方十七個高手，一夜血戰下來，九人中死了六個，就只剩下駱金刀、簡神拳和武當掌教三人。」

薛大皇說到這裡略為一頓，緊接著道：「到最後，神拳簡青打得發了狂，他撕去上衣，對著敵人一口氣發出七十二記百步神拳，連斃了七名敵手，敵人才相率退走，簡神拳讓駱金刀扛著，大夥會合之時，虛弱猶如死人一般，終南儒醫費了九靈芝大還散，才把簡青救轉過來。」

左白秋點了點頭，這段神拳簡青的英雄事蹟他也曾聽說過的。

薛大皇繼續道：「從這件事的發生，楊老幫主便懷疑到西方武林中人已被韃子人利用上了，他當夜籌劃了一夜，仍然決定繼續前行，卻把各組力量重新分配了一下……」

他正說到這裡，左冰忽然插口道：「晚輩請教一事，敢問那時候薛前輩你在何處？」

薛大皇雙目一翻道：「老夫因有私事入關一行，正在關內。」

左冰道：「薛前輩沒有參加那遠征行列？」

薛大皇怒喝道：「當然沒有，我薛大皇向來獨來獨往，誰指使得動我？小子你少問一點，不然老夫點你啞穴。」

左冰不理，繼續道：「那你怎會知道得那麼清楚？」

薛大皇大怒，左白秋忙道：「薛兄不要理他，請繼續說下去。」

薛大皇狠狠瞪了左冰一眼，左冰也狠狠還瞪他一眼。

薛大皇道：「哪裡知道當天晚上又出了變故……」

左白秋道：「什麼變故？」

薛大皇道：「楊陸為明瞭前方實情，便派了幾個輕功最佳的好手前往打聽，當時他們距離戰線大約尚有兩天路程……」

左白秋道：「那楊陸一定是派崑崙派的高手了？」

薛大皇道：「不錯，當時楊陸派了五個人去，崑崙派的浮雲大師帶了兩個青年弟子，浮雲大師的輕功絕學是不用提了，那兩個青年弟子也是百年一見的天賦奇才，年齡不過弱冠，一身崑崙絕學已是十分火候，有這三人星夜趕去，兩天的路程只要一日一夜即可往返……」

薛大皇正待繼續講下去，左白秋插口道：「另外還有兩人是誰？」

薛大皇道：「另外還有兩人，一個是天下第一劍卓大江，另一個是他的師弟何子方，在楊陸想來，有這一雙神劍在，便是千軍萬馬裡也能殺得出來。」

左白秋點了點頭。

薛大皇繼續道：「這五人從莽漢坡出發，經過鬼哭神號的野豬林，那夜天黑如漆，伸手不見五指，五個人從子時進入野豬林，不出百步之遙，便遭到襲擊，黑暗之中什麼都看不見，敵人有多少也弄不清楚，只覺四面八方全是對手，這五人等於蒙著眼睛血鬥，結果殺出野豬林後，崑崙派三位大師全都力戰圓寂，只有點蒼雙劍衝出林子，卓大江竟然義無反顧，繼續向前猛進，終於探得了軍情，回程時路過野豬林，竟然又遭伏襲，卓、何兩人憑著兩支長劍殺了回來……」

薛大皇停了一停，繼續道：「當點蒼雙劍見到楊陸之時，在楊陸這邊也發生了一件怪事……」

薛大皇說到這裡，臉上忽然露出一種極爲神秘的神色，左白秋注意聆聽著。

只見他摸了摸鬍子道：

「那天晚上，忽然有一個無人識得的漢子騎著快馬護著一個朝廷官員趕來，說是要見楊幫主，楊幫主雖覺事有蹊蹺，但仍是趕忙出來見了他，那官員與楊幫主密談了一個多時辰，又匆匆而去，楊幫主在那官員走後，繞著一棵大樹踱來踱去，不知在沉思什麼事情，也沒有人敢打擾他，到快天亮時，點蒼雙劍趕了回來，兩人見了楊陸第一句話便是：『楊幫主，皇上已經被困，咱們怕是來不及了。』

楊陸大驚之下，連忙細問詳情，他聽到三番四次被伏襲的經過，不禁勃然大怒，立刻懷疑到自己人中必有奸細，但是怎麼想也想不出會是什麼人來……」

左白秋道：「奸細？」

薛大皇道：「不錯，若非是有奸細，敵人怎能對我方動態瞭若指掌，而處處設伏襲擊？」

左白秋點了點頭。

薛大皇道：「楊陸連請武當掌教、點蒼雙劍、駱金刀、简神拳密商了半個時辰，決心不顧一切，火速趕到土木堡救駕。」

左白秋道：「那朝廷大員是什麼人？」

薛大皇道：「那官員乃是當時朝廷大學士，姓周……」

左冰聽到這裡，忽然靈光一閃，脫口叫道：「周公明！」

薛大皇奇道：「你怎麼知道？」

左冰道：「這個……晚輩是胡亂猜的！」

薛大皇厲聲道：「怎麼胡亂猜法，猜得到周公明這個名字？」

左冰道：「晚輩曾見過一方殘缺石碑，上面刻著這個名字……」

薛大皇冷笑一聲道：「如此說來，你倒是知道的比老夫還多了，還要老夫講什麼？」

左冰道：「晚輩只是見過此石，其他一概不知……」

薛大皇冷哼了一聲，繼續道：「楊陸決策既定，便招呼大家飽餐一頓，休養半個時辰後立刻全速起程，就在這時，那個朝廷大員周公明忽然又騎著馬趕到……」

左冰和左白秋全都瞪大了眼，側身傾聽下文。

薛大皇道：「周公明飛馬趕到，仍是那個陌生漢子護著他來到，他見了楊幫主，又是一陣密談，最後只見他一直苦苦哀求，楊幫主便答應他一件事，那周公明騎了馬又走了，楊幫主忽然宣布京城中將起大亂，要派人到京城去辦事，於是他便把手下丐幫的幾員大將召集，囑咐了一大堆話，命他們立刻趕回京城去……」

左白秋問道：「當時群雄中各派高人俱在，竟沒有一人識得那護送周公明的漢子嗎？」

薛大皇道：「沒有人識得。」

左白秋道：「那人可是武林中人？」

薛大皇道：「那人一身武功極是不凡，當時丐幫的王三俠曾試過他一招，只覺他化解得輕若無物，不露絲毫痕跡。」

左白秋側首想了一會，道：「薛兄請繼續講下去。」

薛大皇道：「當時大夥便飽餐一頓，個個摩拳擦掌，正待出發，忽然之間，各派英雄一個個無緣無故地倒了下去，楊陸大吃一驚，衝上前去一看，只見一個個都是七竅流血，倒斃地上！」

左白秋雙眉一皺，欲言又止，卻聽薛大皇道：「楊陸如雷轟頂，一時之間不知該怎麼辦才好，天下群雄受了他們的召請，不遠千里趕來共赴國難，卻是出師未捷，全都莫名其妙地倒斃地上，叫楊陸怎樣向天下交代？他急亂之中，環目四看，只見身後站著幾個人，個個面色凝重，他一個個看過去，只見那是武當掌教、點蒼雙劍、駱金刀、簡神拳，還有長白山的烏氏兄弟……」

左白秋忙問道：「烏九飛和烏九原嗎？」

薛大皇道：「不錯，正是這兩個。」

左白秋道：「這幾個沒有倒斃的有什麼關係？」

薛大皇搖搖頭道：「他們這幾人吃飯和楊陸坐在一起，雖是席地而坐，倒像是一桌似的……」

左白秋追問道：「如此說來，只有楊陸這一『桌』的人沒有中毒了？」

薛大皇點頭道：「不錯。」

左白秋道：「後來如何？」

薛大皇道：「除了楊陸之外，所有的人心中全有一個想法，爲什麼楊陸把丐幫所有的人全遣走了，緊接著就是大夥被人毒害？但是以楊幫主的英明和爲人，這個想法沒有一個人敢說出口來，楊陸是何等人物，他看了幾人一眼，心中已經明白，於是道：『各位心中有什麼話，只管說出來吧。』

但是沒有一個人說一句話，大家只是瞪著眼望著他。

楊陸在心中盤算了千百轉，終於道：『今天咱們大夥兒到這裡來是救駕赴國難的，是也不是？』

眾人都點了點頭。

楊陸道：『目下出了這慘劇，咱們剩下這幾人趕去救駕，即使時間來得及，只怕也作不了什麼用，是也不是？』

眾人又點了點頭，楊陸道：『方才我想了很久，要想救駕只有一線希望，便是吐魯蕃那裡還有一個擁重兵二十萬卻躊躇不前的番將齊厄爾，若能說動他出兵攻敵之背，則事情大有可為……』

楊陸說到這裡停了一停，然後道：『依我之計，各位立刻兼程趕往土木堡，我立刻隻身夜出星星峽，你們去奮戰保駕，我去搬兵救駕，這樣還有一絲可為……至於這裡的變故……』

楊陸又停了一停，然後朗聲道：『我知道各位心中是怎麼想，楊某是個有重大嫌疑的人，現在就聽各位的意見，是要就地好好把這裡的事先弄個水落石出呢，還是先救駕再說，楊陸全憑各位一句話。』

眾人聽到楊陸這麼講，全都猶豫起來，若以理智決定，自是不能讓楊陸一走了之，但若立刻就地偵查此事，救駕的事就不能說了；且如果採取前策，則萬一楊陸果是真兇，害得眾人前去土木堡送死，那就悔之莫及，但若採取後策的話，萬一楊陸不是真兇，如此又誤國事，那後果也是不堪設想，是以眾人商議很久，卻是拿不下主意。

最後駱金刀大聲道：『萬事君為先，駱某贊成先救駕再說。』

卓大江也道：『咱們就拿老命賭這麼一次，楊兄，我卓大江信了你。』

其餘的人原先猶豫難決，到這時紛表同意，楊陸抱拳為禮道：『既是如此，咱們說動身就動身，楊某人混跡武林數十年，別的什麼都沒有，天下人可都信得楊某一諾千金這句話，救駕的事了，楊陸自動來尋今日在場諸位……』

駱金刀一字一字地道：『若是今日的兇手真是你楊兄，天下雖大，你要尋個藏身之處只怕不易。』

楊陸道：『各位如此想法，楊某何嘗不是如此想法，真兇未明前，今日在場的人個個都是疑兇！』

武當掌教道：『多說無益，咱們要動身就快吧。』

楊陸抱拳道：『如此，後會有期……』

他轉身就跑，兩個起落便已不見人影……」

薛大皇說到這裡，噓了一口氣，停了下來，左白秋望了他一眼。

薛大皇道：「這就是楊陸出星星峽前的經過。」

左白秋道：「後來的事呢？」

薛大皇道：「後來的事，就迷離得教人不懂了。」

左白秋道：「薛兄還是從楊幫主講起吧。」

薛大皇道：「楊陸他……」

才說到這裡，左白秋忽然打斷道：「且慢……」

薛大皇道：「怎麼？」

左白秋道：「薛兄說了半天，怎麼沒有提到薛兄自己？薛兄若是全無關係，怎可能知道得如此清楚？」

薛大皇怔了一怔，忽然哈哈大笑起來，笑了半天才緩緩地道：「若要說清楚這個，又是一件教人摸不著頭腦的事。」

左白秋道：「願聞其詳……」

薛大皇道：「在這件武林大公案之中，我薛大皇扮演了一個極為特殊的角色……」

他才說到這裡，忽然上面有人叫道：「薛兄，勞你久等了。」

左白秋和左冰同時抬頭看去，只見方才那老者牽著兩匹馬，馱著一些行李包袱走了下來。

薛大皇道：「房子都料理好了嗎？」

那老者道：「都好了。」說著已走到跟前。

左白秋道：「這位老先生……尚請薛兄引見……」

左冰凝目望著這老人，老人的面孔雖是陌生，卻令左冰有一種極其奇怪的感覺，說不出是為什麼，也弄不清究竟是怎樣的感覺，只是覺得十分古怪，而且還有幾分不安，他心中覺得十分奇怪，但只是奇怪而已……

薛大皇道：「這位老兄，他……」

薛大皇的話才說到這裡，忽然之間，有一條人影如鬼魅一般出現在薛大皇的背後，連一絲聲息都沒有，薛、左兩人是何等高手，竟也沒有發現這人是怎麼出現的。

左白秋大喝一聲道：「薛兄留神——」

然而一切都已太遲，那神秘人影快如閃電，忽地對準薛大皇背上一掌，左白秋飛身而起，雙掌齊發，那神秘人影一擊而退，一退便是八步之遙，而身形簡直不似人類所能為。

左白秋追上去又是一掌，那人舉掌便架，這一掌乃是左白秋畢生功力所聚，那人架了一半，忽然驚訝無比地大喝一聲，收招便退，擦著地面滾出五丈之遠，騰身便起。

左白秋惱怒盈胸，暗一咬牙，默默對自己道：「若是追不上你，我左白秋還叫什麼鬼影子？」

他正待施出天下無雙的輕功絕學，忽聞左冰一聲大叫道：「糟了，薛老前輩完了！」

左白秋連忙又趕了回來，只見薛大皇面如金紙，馬上就要斷氣，他連忙猛一伸手，按在薛大皇華蓋大穴上，把上乘內功猛力輸入，同時向左冰一打手勢，左冰連忙也伸掌按在薛大皇氣海大穴上，同時以內力輸入。

兩人全力施為，薛大皇只是瞑目不醒，數次都險些斷氣，直把兩人忙得汗如漿下，足足過了半個時辰，兩人才同時噓了一口氣，放開手來。

薛大皇依然昏迷不醒，左白秋道：「十日之內，他雖不醒轉，大概沒有生命之虞了。」

左冰道：「方才那兇手是誰？」

左白秋道：「根本看不清楚，那……」

左冰道：「那人怎樣？」

說到這裡，他不由自主地一頓。

左白秋道：「那人功力之高，簡直……簡直不敢相像！」

左冰道：「會是北魏嗎？」

左白秋一字一字地道：「不是，只怕比魏定國猶高一籌！」

左冰為之默然，南北雙魏名滿宇內，是誰能比北魏猶高一籌？

他一回頭，驚道：「那老人也不見了！」

左白秋道：「必是方才咱們忙得一場糊塗時，他悄悄騎馬去了。」

左冰道：「薛老前輩的傷怎麼辦？」

左白秋恨聲道：「正是最緊要關頭，卻被人如此傷了，咱們二人也真丟臉極了，唉，無論如何一定要救治薛大皇，他是關鍵！」

左冰道：「看來……」

左白秋打斷道：「他體內已傷得不成樣子，我一個……你錢伯伯一個……再加一個……最好是玄門正宗的武當……對了，最好是再加上一個武當掌教天玄道長，以三人之內力，或許能醫好他的內傷。」

他一想到這裡，立刻抱起薛大皇，對左冰道：「冰兒，我去尋你錢伯伯，你快連夜趕路去尋武當掌教去。」

左冰知道事關緊要，匆匆別了父親，如飛趕路而去。

請續看《俠骨關》(四)

上官鼎武俠經典復刻版14

俠骨關（三）東海俠踪

作者：上官鼎
發行人：陳曉林
出版所：風雲時代出版股份有限公司
地址：10576台北市民生東路五段178號7樓之3
電話：(02) 2756-0949
傳真：(02) 2765-3799
執行主編：劉宇青
美術設計：吳宗潔
業務總監：張瑋鳳

出版日期：2023年9月 新版一刷
ISBN：978-626-7303-57-3
風雲書網：http://www.eastbooks.com.tw
官方部落格：http://eastbooks.pixnet.net/blog
Facebook：http://www.facebook.com/h7560949
E-mail：h7560949@ms15.hinet.net
劃撥帳號：12043291
戶名：風雲時代出版股份有限公司

風雲發行所：33373桃園市龜山區公西村2鄰復興街304巷96號
電話：(03) 318-1378
傳真：(03) 318-1378
法律顧問：永然法律事務所 李永然律師
　　　　　北辰著作權事務所 蕭雄淋律師

行政院新聞局局版台業字第3595號 營利事業統一編號22759935

定價：320元

國家圖書館出版品預行編目資料

俠骨關 / 上官鼎著. -- 二版. -- 臺北市：風雲時代出版股份有限公司, 2023.05 冊； 公分

上官鼎武俠經典復刻版
ISBN 978-626-7303-55-9 (第1冊：平裝). --
ISBN 978-626-7303-56-6 (第2冊：平裝). --
ISBN 978-626-7303-57-3 (第3冊：平裝). --
ISBN 978-626-7303-58-0 (第4冊：平裝). --
ISBN 978-626-7303-59-7 (第5冊：平裝). --

863.57　　112003685